ŒUVRES

DE

M. DE VOLTAIRE.

ŒUVRES
DE
M. DE VOLTAIRE.

SECONDE ÉDITION

Considérablement augmentée,

Enrichie de Figures en taille-douce.

TOME V.

Contenant ses Piéces de Théâtre.

M. DCC. LVII.

Piéces contenues dans ce Volume.

ROME SAUVÉE, Tragédie.

L'ORPHELIN DE LA CHINE, Tragédie.

SAMSON, Opera.

PANDORE, Opera.

LA PRUDE, Comédie.

Gravelot inv. *P. F. Tardieu Sculp.*

ROME SAUVÉE.

ROME SAUVÉE,

TRAGEDIE.

Représentée pour la première fois le 24 Février 1752.

PRÉFACE

DEux motifs ont fait choisir ce sujet de Tragédie, qui paraît impraticable & peu fait pour les mœurs, pour les usages, la manière de penser & le Théâtre de Paris.

On a voulu essayer encore une fois de détruire les reproches que fait toute l'Europe savante à la France, de ne souffrir guéres au Théâtre que les intrigues d'amour; & on a eu sur-tout pour objet de faire connaître Ciceron aux jeunes personnes qui fréquentent les spectacles.

Les grandeurs passées de Rome tiennent encore la terre attentive; l'Italie moderne met une partie de sa gloire à découvrir quelques ruines de l'ancienne. On montre avec respect la maison que Ciceron occupa. Son nom est dans toutes les bouches; ses écrits dans toutes les mains. Ceux qui ignorent dans leur patrie quel chef était à la tête de ses tribunaux il y a cinquante ans, savent en quel tems Ciceron était à la tête de Rome. Plus le dernier siécle de la République Romaine a été bien connu de nous, plus ce grand homme a été admiré. Nos nations modernes trop tard civilisées ont eu long-tems de lui des idées vagues ou fauſſes. Ses ouvrages ſervaient à notre éducation; mais on ne ſavait pas juſqu'à quel point ſa perſonne était reſpectable. L'auteur était ſuperficiellement connu, le Conſul était preſque ignoré. Les lumières que nous avons acquiſes, nous ont appris à ne lui comparer aucun des hommes qui ſe ſont mêlés du gouvernement, & qui ont prétendu à l'éloquence.

Il me ſemble que Ciceron aurait été tout ce qu'il aurait voulu être. Il gagna une bataille dans les gorges d'Iſſus, où Alexandre avait vaincu les Perſes. Il eſt bien vraiſemblable que s'il s'était donné tout entier à la guerre, à cette profeſſion qui demande un ſens droit & une extrême vigilance, il eût été au rang des plus illuſtres capitaines de ſon ſiécle; mais comme Céſar n'eût été que le ſecond des orateurs, Ciceron n'eût été que le ſecond des généraux. Il préféra à toute autre gloire celle d'être le père de la maîtreſſe du monde; & quel prodigieux mérite ne fallait-il pas à un ſimple Chevalier d'Arpinum pour percer la foule de tant de grands hommes, pour parvenir ſans intrigue à la première place de l'univers, malgré l'envie de tant de Particiens qui regnaient à Rome?

Ce qui m'étonne ſur-tout, c'eſt que dans le tumulte & les orages de ſa vie, cet homme toujours chargé des affaires de l'état & de celles des particuliers, trouvât encore du tems pour être instruit à fond de toutes les sectes des Grecs, & qu'il fût le plus grand philosophe des Romains, ainsi que l'orateur le plus éloquent. Y a-t-il dans l'Europe beaucoup de ministres, de magistrats, d'avocats même un peu employés, qui puissent, je ne dis pas expliquer les principes de Descartes ou de Newton, comme Ciceron rendait compte de ceux de Zénon, de Platon & d'Epicure, mais qui puissent répondre à une question profonde de philosophie.

Ce que peu de gens savent, c'est que Ciceron était encore un des premiers poëtes d'un siécle où la belle poësie commençait à naître. Il balançait la réputation de Lucréce. Y a-t-il rien de plus beau que ces vers qui nous sont restés de son poëme sur Marius, & qui font tant regretter la perte de cet ouvrage?

Sic Jovis altisoni subitò pennata satelles
Arboris è trunco serpentis saucia morsu
Subjugat ipsa feris transfigens unguibus anguem
Semianimum, & variâ graviter cervice micantem
Quem se intorquentem lanians, rostroque cruentans
Jam satiata animos, jam duros ulta dolores,
Abjicit efflantem, & laniatum affligit in unda.

Je suis de plus en plus persuadé que notre langue est impuissante à rendre l'harmonieuse énergie des vers Latins comme des vers Grecs; mais j'oserai donner une légére esquisse de ce petit tableau peint par le grand homme que j'ai osé faire parler dans *Rome sauvée*, & dont j'ai imité en quelques endroits les Catilinaires.

» Tel on voit cet oiseau qui porte le tonnerre
» Blessé par un serpent élancé de la terre :
» Il s'envole, il entraîne au séjour azuré
» L'ennemi tortueux dont il est entouré.
» Le sang tombe des airs ; il déchire, il dévore
» Le reptile acharné qui le combat encore.
» Il le perce, il le tient sous ses ongles vainqueurs ;
» Par cent coups redoublés il venge ses douleurs.
» Le monstre en expirant se débat, se replie,
» Il exhale en poisons le reste de sa vie ;
» Et l'aigle tout sanglant, fier & victorieux
» Le rejette en fureur, & plane au haut des cieux.

Pour peu qu'on ait la moindre étincelle de goût, on appercevra dans la faiblesse de cette copie la force du pinceau de l'original. Pourquoi donc Ciceron passe-t-il pour un mauvais poëte ? parce qu'il a plu à Juvénal de le dire, parce qu'on lui a imputé un vers ridicule :

O fortunatam natam me consule Romam !

C'est un vers si mauvais, que le traducteur qui en a voulu exprimer les défauts en français, n'a pu y réussir.

O Rome fortunée sous mon consulat née :

Ne rend pas à beaucoup près le ridicule du vers latin.

Je demande s'il est possible que l'auteur du beau morceau de poësie que je viens de citer, ait fait un vers si impertinent. Ciceron ne pouvait pas dire une sottise. Je m'imagine que le préjugé qui n'accorde presque jamais deux genres à un seul homme, fit croire Ciceron incapable de la poësie, quand il y eut renoncé. Quelque mauvais plaisant, quelque ennemi de la gloire de ce grand homme, imagina ce vers ridicule, & l'attribua à l'Orateur, au Philosophe, au père de Rome. Juvénal dans le siécle suivant adopta ce bruit populaire, & le fit passer à la postérité dans ses déclamations satyriques; & j'ose croire que beaucoup de réputations bonnes ou mauvaises se sont ainsi établies.

On impute par exemple au Père Mallebranche ces deux vers :

> Il fait en ce beau jour le plus beau tems du monde,
> Pour aller à cheval sur la terre & sur l'onde.

On prétend qu'il les fit pour montrer qu'un Philosophe peut, quand il veut, être Poëte. Quel homme de bon sens croira que le Père Mallebranche ait fait quelque chose de si absurde? Cependant qu'un Ecrivain d'anecdotes, un compilateur littéraire transmette à la postérité cette sottise, elle s'accréditera avec le tems; & si le Père Mallebranche était un grand homme, on dirait un jour, ce grand homme devenait un sot quand il était hors de sa sphère.

On a reproché à Ciceron trop de sensibilité, trop d'affliction dans ses malheurs. Il confie ses justes plaintes à sa femme & à son ami ; & on lui en fait un crime. Le blâme qui voudra d'avoir répandu dans le sein de l'amitié les douleurs qu'il cachait à ses persécuteurs, je l'en aime davantage. Il n'y a guéres que les ames vertueuses de sensibles. Ciceron qui aimait tant la gloire n'ambitionne point celle de vouloir paraître ce qu'il n'était pas. Il dédaigne cette gloire fausse & honteuse. Nous avons vu des hommes mourir de douleur pour avoir perdu de très-petites places, après avoir affecté de dire qu'ils ne les regrettaient pas. Quel mal y a-t-il donc à avouer, qu'on est fâché d'être loin de Rome qu'on a servie, & d'être persécuté par des ingrats & par des perfides ? Ciceron était vrai dans toutes ses démarches, il parlait de son affliction sans honte, & de son goût pour la vraie gloire sans détour. Ce caractère est à la fois naturel, haut & humain. Préférerait-on la politique de César, qui dans ses Commentaires dit qu'il a offert la paix à Pompée, & qui dans ses Lettres avoue qu'il ne veut pas la lui donner ? César était un Héros, Ciceron était un citoyen vertueux.

Mais que ce Consul ait été un bon poëte,

un philoſophe qui ſavait douter, un gouverneur de province parfait, un général habile, que ſon ame ait été ſenſible, ce n'eſt point là le mérite dont il s'agit ici. Il ſauva Rome malgré le Sénat même dont la moitié était animée contre lui par l'envie la plus violente. Il ſe fit des ennemis de ceux-mêmes dont il fut l'oracle, le libérateur & le vengeur. Il prépara ſa ruine par le ſervice le plus ſignalé que jamais homme ait rendu à ſa patrie. Il vit cette ruine, & n'en fut point effrayé. Voilà ce qu'on a voulu repréſenter dans cette tragédie. C'eſt moins encore l'ame farouche de Catilina, que l'ame généreuſe & noble de Ciceron qu'on a voulu peindre.

Nous avons toujours cru, & on penſe ſurtout aujourd'hui plus que jamais, que Ciceron eſt un de ces caractères qu'il ne faut jamais mettre ſur le théâtre. Les Anglais qui haſardent tout, ſans même ſavoir qu'ils haſardent, ont fait une tragédie de la conſpiration de Catilina. Ben-Jonſon n'a pas manqué dans cette tragédie hiſtorique de traduire ſept ou huit pages des Catilinaires, & même il les a traduites en proſe, ne croyant pas que l'on pût faire parler Ciceron en vers. La proſe du Conſul, & les vers des autres perſonnages font un contraſte digne de la barbarie du ſiécle de Ben-Jonſon; mais pour traiter un ſujet ſi ſévére, ſi dénué de ces paſſions qui ont tant d'empire sur le cœur, il faut avouer qu'il fallait avoir affaire à un peuple sérieux & instruit, digne en quelque sorte qu'on mît sous ses yeux l'ancienne Rome.

Je conviens que ce sujet n'est guéres théâtral pour nous, qui ayant beaucoup plus de goût, de politesse, de connaissance du théâtre que les Anglais, n'avons généralement pas des mœurs si fortes. On ne voit avec plaisir au théâtre que le combat des passions qu'on éprouve soi-même; ceux qui sont remplis de l'étude de Ciceron & de la République Romaine, ne sont pas ceux qui fréquentent les spectacles, ils n'imitent point Ciceron qui y était assidu. Il est étrange qu'ils prétendent être plus graves que lui. La véritable raison en est que les uns sont moins sensibles aux beaux arts; les autres sont retenus par un préjugé ridicule. Quelques progrès que ces arts ayent fait en France, les hommes choisis qui les ont cultivés, n'ont point encore communiqué le vrai goût à toute la nation; c'est que nous sommes nés moins heureusement que les Grecs & les Romains. On va aux spectacles plus par oisiveté que par un véritable amour de la littérature.

Cette tragédie paraît plutôt faite pour être lûe par les savans, que pour être vûe par le Parterre. Les savans n'y trouveront pas une histoire fidelle de la conjuration de Catilina,

Ils sont assez persuadés qu'une tragédie n'est pas une histoire ; mais ils y verront une peinture vraie des mœurs de ce tems-là. Tout ce que Cicéron, Catilina, Caton, César ont fait dans cette piéce n'est pas vrai ; mais leur génie & leur caractère y sont peints fidélement.

Si on n'a pu y déployer l'éloquence de Ciceron, on a du moins étalé toute sa vertu & tout le courage qu'il fit paraître dans ce péril. On a montré dans Catilina ces contrastes de férocité & de séduction qui forment son caractère ; on a fait voir César naissant, factieux & magnanime, César fait pour être la gloire & le fleau de Rome.

On n'a point fait paraître les députés des Allobroges, qui n'étaient point des ambassadeurs de nos Gaules, mais des agents d'une petite province d'Italie, soumise aux Romains, qui ne firent que le personnage de délateurs, & qui par-là sont indignes de figurer sur la scène avec Ciceron, César & Caton.

Si cet ouvrage paraît au moins passablement écrit, & s'il fait connaître un peu l'ancienne Rome, c'est tout ce qu'on a prétendu, & tout le prix qu'on attend.

ACTEURS.

CICERON.

CESAR.

CATILINA.

AURELIE.

CATON.

LUCULLUS.

CRASSUS.

CLODIUS.

CETHEGUS.

LENTULUS-SURA.

CONJURE'S.

LICTEURS.

Le théâtre représente d'un côté le palais d'Aurélie, de l'autre le temple de Tellus, où s'assemble le Sénat. On voit dans l'enfoncement une galerie qui communique à des soûterrains qui conduisent du palais d'Aurélie au vestibule du temple.

ROME SAUVÉE,

TRAGEDIE.

ACTE PREMIER.

SCENE PREMIERE.

CATILINA.

Soldats dans l'enfoncement.

ORATEUR insolent qu'un vil peuple seconde,
Assis au premier rang des souverains du monde,
Tu vas tomber du faîte où Rome t'a placé.
Infléxible Caton, vertueux insensé,
Ennemi de ton siécle, esprit dur & farouche,
Ton terme est arrivé, ton imprudence y touche.
Fier sénat de tyrans qui tiens le monde aux fers,
Tes fers sont préparés, tes tombeaux sont ouverts.

Que ne puis-je en ton ſang, impérieux Pompée,
Eteindre de ton nom la ſplendeur uſurpée;
Que ne puis-je oppoſer à ton pouvoir fatal
Ce Céſar ſi terrible & déja ton égal!
Quoi! Céſar, comme moi factieux dès l'enfance,
Avec Catilina n'eſt pas d'intelligence!
Mais le piége eſt tendu, je prétends qu'aujourd'hui
Le trône qui m'attend ſoit préparé par lui.
Il faut employer tout, juſqu'à Ciceron même,
Ce Céſar que je crains, mon épouſe que j'aime.
Sa docile tendreſſe, en cet affreux moment,
De mes ſanglans projets eſt l'aveugle inſtrument.
Tout ce qui m'appartient doit être mon complice:
Je veux que l'amour même à mon ordre obéiſſe.
Titres chers & ſacrés & de père & d'époux,
L'ambition l'emporte, évanouiſſez-vous.

SCENE II.

CATILINA, CETHEGUS.

Affranchis & ſoldats dans le lointain.

CATILINA.

EH bien, cher Céthegus, tandis que la nuit ſombre
Cache encor nos deſtins & Rome dans ſon ombre,
Avez-vous réuni les chefs des Conjurés?

CETHEGUS.

Ils viendront dans ces lieux du Conſul ignorés,
Sous ce portique même, & près du temple impie
Où domine un ſénat tyran de l'Italie,

Ils ont renouvellé leurs fermens & leur foi.
Mais tout eft-il prévu, Céfar eft-il à toi?
Seconde-t-il enfin Catilina qu'il aime?

CATILINA.

Cet efprit dangereux n'agit que pour lui-même.

CETHEGUS.

Confpirer fans Céfar!

CATILINA.

Ah! je l'y veux forcer;
Dans ce piége fanglant je vais l'embarraffer.
Mes foldats en fon nom vont furprendre Préneste;
Je fai qu'on le foupçonne, & je réponds du refte.
Ce conful violent va bientôt l'accufer;
Pour fe venger de lui Céfar va tout ofer.
Rien n'eft fi dangereux que Céfar qu'on irrite;
C'eft un lion qui dort, & que ma voix excite.
Je veux que Ciceron réveille fon courroux,
Et force ce grand homme à combattre pour nous.

CETHEGUS.

Mais Nonnius enfin dans Prénefte eft le maître:
Il aime la Patrie, & tu dois le connaître:
Tes foins pour le tenter ont été fuperflus.
Que faut-il décider du fort de Nonnius?

CATILINA.

Je t'entends, tu fais trop que fa fille m'eft chère;
Ami, j'aime Aurélie en déteftant fon père.
Quand il fut que fa fille avait conçu pour moi
Ce tendre fentiment qui la tient fous ma loi,
Quand fa haine impuiffante & fa colère vaine
Eurent tenté fans fruit de brifer notre chaîne,

A cet hymen ſecret quand il a conſenti,
Sa faibleſſe a tremblé d'offenſer ſon parti :
Il a craint Ciceron, mais mon heureuſe adreſſe
Avance mes deſſeins par ſa propre faibleſſe.
J'ai moi-même exigé par un ſerment ſacré,
Que ce nœud clandeſtin fût encore ignoré.
Céthegus & Sura ſont ſeuls dépoſitaires
De ce ſecret utile à nos ſanglans myſtères,
Le palais d'Aurélie au temple nous conduit,
C'eſt-là qu'en ſûreté j'ai moi-même introduit
Les armes, les flambeaux, l'appareil du carnage ;
De nos vaſtes ſuccès mon hymen eſt le gage ;
Plus que nos Conjurés mon amour m'a ſervi.
C'eſt à l'aſpect des dieux d'un indigne ennemi,
Sous les murs du Sénat, ſous ſa voûte ſacrée,
Que de tous nos tyrans la mort eſt préparée.

Aux Conjurés qui ſont dans le fond.

Vous, courez dans Préneſte où nos amis ſecrets
Ont du nom de Céſar voilé nos intérêts :
Que Nonnius ſurpris ne puiſſe ſe défendre.
Vous, près du Capitole allez ſoudain vous rendre.
Songez qui vous ſervez, & gardez vos ſermens.

A Céthegus.

Toi, conduis d'un coup d'œil tous ces grands mouvemens.

SCENE

SCENE III.

AURELIE, CATILINA.

AURELIE.

Ah ! calmez les horreurs dont je ſuis pourſuivie,
Cher époux eſſuyez, les larmes d'Aurélie.
Quels troubles, juſte ciel ! & quel réveil affreux !
Je vous ſuis en tremblant ſous ces murs ténébreux.
Ces ſoldats que je vois redoublent mes allarmes.
On porte en mon palais des flambeaux & des armes !
Qui peut nous menacer ? Les jours de Marius,
De Carbon, de Sylla ſont-ils donc revenus ?
De ce front ſi terrible éclairciſſez les ombres.
Vous détournez de moi des yeux triſtes & ſombres,
Au nom de tant d'amour, & par ces nœuds ſecrets
Qui joignent nos deſtins, nos cœurs, nos intérêts,
Au nom de notre fils dont l'enfance eſt ſi chère,
Je ne vous parle point des dangers de ſa mère,
Et je ne vois, hélas ! que ceux que vous courez,
Ayez pitié du trouble où mes ſens ſont livrés.
Expliquez-vous.

CATILINA.

Sachez que mon nom, ma fortune,
Ma ſûreté, la vôtre, & la cauſe commune
Exigent ces apprêts qui cauſent votre effroi.
Si vous daignez m'aimer, ſi vous êtes à moi,
Sur ce qu'ont vû vos yeux obſervez le ſilence.
Des meilleurs citoyens j'embraſſe la défenſe.
Vous voyez le ſénat, le peuple diviſés,
Une foule de rois l'un à l'autre oppoſés.

On ſe menace, on s'arme, & dans ces conjonctures,
Je prends un parti ſage & de juſtes meſures.

AURELIE.

Je le ſouhaite au moins ; mais me tromperiez-vous ?
Peut-on cacher ſon cœur aux cœurs qui ſont à nous ?
En vous juſtifiant vous redoublez ma crainte :
Dans vos yeux égarés trop d'horreur eſt empreinte.
Ciel ! que fera mon père alors que dans ces lieux
Ces funeſtes apprêts viendront frapper ſes yeux ?
Souvent les noms de fille, & de père & de gendre,
Lorſque Rome a parlé n'ont pû ſe faire entendre.
Notre hymen lui déplut, vous le ſavez aſſez,
Mon bonheur eſt un crime à ſes yeux offenſés.
On dit que Nonnius eſt mandé de Préneſte ;
Quels effets il verra dans cet hymen funeſte !
Cher époux, quel uſage affreux, infortuné,
Du pouvoir que ſur moi l'amour vous a donné !
Vous avez un parti, mais Ciceron, mon père,
Caton, Rome, les Dieux ſont du parti contraire.
Peut-être Nonnius va vous perdre aujourd'hui.

CATILINA.

Non, il ne viendra point, ne craignez rien de lui.

AURELIE.

Comment ?

CATILINA.

Aux murs de Rome il ne pourra ſe rendre
Que pour y reſpecter & ſa fille & ſon gendre.
Je ne peux m'expliquer ; mais ſouvenez-vous bien
Qu'en tout ſon intérêt s'accorde avec le mien.
Croyez quand il ſaura qu'avec lui je partage
De mes juſtes projets le premier avantage,
Qu'il ſera trop heureux d'abjurer devant moi
Les ſuperbes tyrans dont il reçut la loi.

Je vous ouvre à tous deux, & vous devez m'en croire,
Une source éternelle & d'honneurs & de gloire.

AURELIE.

La gloire est bien douteuse & le péril certain.
Que voulez-vous ? pourquoi forcer votre destin ?
Ne vous suffit-il pas dans la paix, dans la guerre,
D'être un des Souverains sous qui tremble la terre ?
Pour tomber de plus haut où voulez-vous monter ?
De noirs pressentimens viennent m'épouvanter.
J'ai trop chéri le joug où je me suis soumise.
Voilà donc cette paix que je m'étais promise,
Ce repos de l'amour que mon cœur a cherché ;
Les dieux m'en ont punie, & me l'ont arraché.
Dès qu'un léger sommeil vient fermer mes paupières,
Je vois Rome embrasée & des mains meurtrières,
Des supplices, des morts, des fleuves teints de sang
De mon père au Sénat je vois percer le flanc ;
Vous-même environné d'une troupe en furie,
Sur des monceaux de morts, exhalant votre vie,
Des torrens de mon sang répandus par vos coups,
Et votre épouse enfin mourante auprès de vous.
Je me lève, je fuis ces images funèbres,
Je cours, je vous demande au milieu des ténèbres
Je vous retrouve, hélas ! & vous me replongez
Dans l'abîme des maux qui me sont présagés.

CATILINA.

Allez, Catilina ne craint point les augures,
Et je veux du courage, & non pas des murmures,
Quand je sers & l'état, & vous & mes amis.

AURELIE.

Ah, cruel ! est-ce ainsi que l'on sert son pays ?
J'ignore à quels desseins ta fureur s'est portée,
S'ils étaient généreux tu m'aurais consultée ;

Nos communs intérêts semblaient te l'ordonner,
Si tu feins avec moi, je dois tout soupçonner.
Tu te perdras, déja ta conduite est suspecte
A ce consul sévère, & que Rome respecte.

CATILINA.

Ciceron respecté! lui? mon lâche rival?

SCENE IV.

CATILINA, AURELIE, MARTIAN
l'un des Conjurés.

MARTIAN.

Seigneur, Ciceron vient près de ce lieu fatal,
Par son ordre bientôt le Sénat se rassemble:
Il prétend vous parler.

AURELIE.

Catilina, je tremble
A cet ordre subit, à ce funeste nom.

CATILINA.

Mon épouse trembler au nom de Ciceron!
Que Nonnius séduit le craigne & le révère,
Qu'il deshonore ainsi son rang, son caractère,
Qu'il serve, s'il le veut, je plaindrai son erreur;
Mais de vos sentimens j'attends plus de grandeur.
Allez, souvenez-vous que vos nobles ancêtres
Choisissaient autrement leurs consuls & leurs maîtres.

Quoi, vous, femme & Romaine, & du ſang de Néron,
Vous ſeriez ſans orgueil & ſans ambition,
Il en faut aux grands cœurs.

AURELIE.

Tu crois le mien timide,
La ſeule cruauté te paraît intrépide.
Tu m'oſes reprocher d'avoir tremblé pour toi.
Le conſul va paraître, adieu; mais connais-moi:
Apprends que cette épouſe à tes loix trop ſoumiſe,
Que tu devais aimer, que ta fierté mépriſe,
Qui ne peut te changer, qui ne peut t'attendrir,
Plus Romaine que toi, peut t'apprendre à mourir.

CATILINA.

Que de chagrins divers il faut que je dévore!
Ciceron que je vois eſt moins à craindre encore.

SCENE V.

CICERON *dans l'enfoncement*, LE CHEF DES LICTEURS, CATILINA.

CICERON *au Chef des Licteurs.*

SUivez mon ordre, allez; de ce perfide cœur
Je prétends ſans témoins ſonder la profondeur.
La crainte quelquefois peut ramèner un traître.

CATILINA.

Quoi, c'eſt ce Plébeien dont Rome a fait ſon maître!

CICERON.

Avant que le Sénat se rassemble à ma voix,
Je viens, Catilina, pour la dernière fois,
Apporter le flambeau sur le bord de l'abîme
Où votre aveuglement vous conduit par le crime.

CATILINA.

Qui, vous ?

CICERON.

Moi....

CATILINA.

C'est ainsi que votre inimitié....?

CICERON.

C'est ainsi que s'explique un reste de pitié;
Vos cris audacieux, votre plainte frivole,
Ont assez fatigué les murs du Capitole.
Vous feignez de penser que Rome & le Sénat
Ont avili dans moi l'honneur du Consulat.
Concurrent malheureux à cette place insigne,
Votre orgueil l'attendait, mais en étiez-vous digne ?
La valeur d'un soldat, le nom de vos ayeux,
Ces prodigalités d'un jeune ambitieux,
Ces jeux & ces festins qu'un vain luxe prépare
Etaient-ils un mérite assez grand, assez rare
Pour vous faire espérer de dispenser des loix
Au peuple souverain qui regne sur les rois ?
A vos prétentions j'aurais cédé peut-être
Si j'avais vu dans vous ce que vous deviez être.
Vous pouviez de l'état être un jour le soutien;
Mais pour être Consul devenez citoyen.
Pensez-vous affaiblir ma gloire & ma puissance,
En décriant mes soins, mon état, ma naissance ?

Dans ces tems malheureux, dans nos jours corrompus,
Faut-il des noms à Rome ? Il lui faut des vertus.
Ma gloire, & je la dois à ces vertus sévères,
Est de ne rien tenir des grandeurs de mes pères.
Mon nom commence en moi, de votre honneur jaloux,
Tremblez que votre nom ne finisse dans vous.

CATILINA.

Vous abusez beaucoup, magistrat d'une année,
De votre autorité passagère & bornée.

CICERON.

Si j'en avais usé vous seriez dans les fers,
Vous, l'éternel appui des citoyens pervers ;
Vous, qui de nos autels souillant les privilèges,
Portez jusqu'aux lieux saints vos fureurs sacriléges,
Qui comptez tous vos jours, & marquez tous vos pas
Par des plaisirs affreux ou des assassinats,
Qui savez tout braver, tout oser & tout feindre.
Vous, enfin qui sans moi seriez peut-être à craindre.
Vous avez corrompu tous les dons précieux
Que pour un autre usage ont mis en vous les dieux,
Courage, adresse, esprit, grace, fierté sublime,
Tout dans votre ame aveugle est l'instrument du crime.
Je détournais de vous des regards paternels,
Qui veillaient au destin du reste des mortels.
Ma voix que craint l'audace, & que le faible implore,
Dans le rang des *Verrès* ne vous mit point encore ;
Mais devenu plus fier par tant d'impunité
Jusqu'à trahir l'Etat vous avez attenté :
Le desordre est dans Rome, il est dans l'Etrurie,
On parle de Préneste, on soulève l'Ombrie.
Les soldats de Sylla de carnage altérés
Sortent de leurs retraites aux meurtres préparés ;

Mallius en Toscane arme leurs mains féroces ;
Les coupables soutiens de vos complots atroces,
Les rebelles, sont tous vos partisans secrets ;
Par tout le nœud du crime unit vos intérêts.
Ah ! sans qu'un jour plus grand éclaire ma justice,
Sachez que je vous crois leur chef ou leur complice,
Què j'ai par tout des yeux qui percent vos desseins ;
Que malgré vous encore il est de vrais Romains,
Que ce cortége affreux d'amis vendus au crime
Sentira comme vous l'équité qui m'anime.
Vous n'avez vû dans moi qu'un rival de grandeur,
Voyez-y votre juge & votre accusateur,
Qui va dans un moment vous forcer de répondre
Au tribunal des loix qui doivent vous confondre,
Des loix qui se taisaient sur vos crimes passés,
De ces loix que je venge, & que vous renversés.

CATILINA.

Je vous ai déja dit, seigneur, que votre place
Avec Catilina permet peu cette audace ;
Mais je veux pardonner des soupçons si honteux
En faveur de l'état que nous servons tous deux,
Je fais plus, je respecte un zèle infatigable,
Aveugle, je l'avoue, & pourtant estimable.
Ne me reprochez plus tous mes égaremens,
D'une ardente jeunesse impétueux enfans.
Le Sénat m'en donna l'exemple trop funeste,
Cet emportement passe & le courage reste ;
Ce luxe, ces excès, ces fruits de la grandeur
Sont les vices du tems, & non ceux de mon cœur.
Songez que cette main servit la république,
Que soldat en Asie & juge dans l'Afrique,
J'ai malgré nos excès & nos divisions
Rendu Rome terrible aux yeux des nations,
Moi, je la trahirais ? moi, qui l'ai su défendre ?

CICERON.

CICERON.

Marius & Sylla qui la mirent en cendre,
Ont mieux servi l'état, & l'ont mieux défendu;
Les tyrans ont toujours quelque ombre de vertu,
Ils soutiennent les loix avant de les abattre.

CATILINA.

Ah! si vous soupçonnez ceux qui savent combattre,
Accusez donc César, & Pompée & Crassus.
Pourquoi fixer sur moi vos yeux toujours déçus?
Parmi tant de guerriers dont on craint la puissance,
Pourquoi suis-je l'objet de votre défiance?
Pourquoi me choisir, moi? par quel zèle emporté...

CICERON.

Vous-même jugez-vous, l'avez-vous mérité?

CATILINA.

Non, mais j'ai trop daigné m'abbaisser à l'excuse,
Et plus je me défends, plus Ciceron m'accuse.
Si vous avez voulu me parler en ami,
Vous vous êtes trompé, je suis votre ennemi,
Si c'est en citoyen, comme vous je crois l'être,
Et si c'est en consul, ce consul n'est pas maître,
Il préside au Sénat, & je veux l'y braver.

CICERON.

J'y punis les forfaits, tremble de m'y trouver,
Malgré toute ta haine, à mes yeux méprisable,
Je t'y protégerai si tu n'es point coupable.
Fuis Rome si tu l'es.

CATILINA.

C'en est trop, arrêtez,
C'est trop souffrir le zèle où vous vous emportez,

De vos vagues ſoupçons j'ai dédaigné l'injure ;
Mais après tant d'affronts que mon orgueil endure ;
Je veux que vous ſachiez que le plus grand de tous
N'eſt pas d'être accuſé, mais protégé par vous.

Il ſort.

CICERON *ſeul.*

Le traître ! penſe-t-il à force d'inſolence
Par ſa fauſſe grandeur prouver ſon innocence !
Tu ne peux m'impoſer, perfide, ne crois pas
Eviter l'œil vengeur attaché ſur tes pas.

SCENE VI.

CICERON, CATON.

CICERON.

Eh bien, ſage Caton, Rome eſt-elle en défenſe ?

CATON.

Vos ordres ſont ſuivis, ma prompte vigilance
A diſpoſé déja ces braves chevaliers,
Qui ſous vos étendarts marcheront les premiers,
Mais je crains tout du peuple, & du Sénat lui-même.

CICERON.

Du Sénat !

CATON.

Enyvré de ſa grandeur ſuprême
Dans ſes diviſions il ſe forge des fers.

CICERON.

Les vices des Romains ont vengé l'univers,
La vertu disparait, la liberté chancelle,
Mais Rome a des Catons, j'espère encor pour elle.

CATON.

Ah! qui sert son pays, sert souvent un ingrat,
Votre mérite même irrite le Sénat,
Il voit d'un œil jaloux cet éclat qui l'offense.

CICERON.

Les regards de Caton seront ma récompense,
Au torrent de mon siécle, à son iniquité
J'oppose ton suffrage & la postérité.
Faisons notre devoir, les dieux feront le reste.

CATON.

Eh, comment résister à ce torrent funeste,
Quand je vois dans ce temple aux vertus élevé,
L'infâme trahison marcher le front levé?
Croit-on que Mallius, cet indigne rebelle,
Ce tribun de soldats subalterne, infidelle,
De la guerre civile arborât l'étendart,
Qu'il osât s'avancer vers ce sacre rempart,
Qu'il eût pu fomenter ces ligues menaçantes,
S'il n'était soutenu par des mains plus puissantes,
Si quelque rejetton de nos derniers tyrans
N'allumait en secret des feux plus dévorans,
Les premiers du Sénat nous trahissent peut-être,
Des cendres de Sylla les tyrans vont renaître,
César fut le premier que mon cœur soupçonna,
Oui, j'accuse César.

CICERON.

Et moi, Catilina.

De brigues, de complots, de nouveautés avide;
Vaſte dans ſes projets, impétueux, perfide,
Plus que Céſar encor je le crois dangereux,
Beaucoup plus téméraire, & bien moins généreux;
Je viens de lui parler, j'ai vû ſur ſon viſage,
J'ai vû dans ſes diſcours ſon audace & ſa rage;
Et la ſombre hauteur d'un eſprit affermi,
Qui ſe laſſe de feindre, & parle en ennemi.
De ſes obſcurs complots je cherche les complices,
Tous ſes crimes paſſés ſont mes premiers indices,
J'en préviendrai la ſuite.

CATON.

Il a beaucoup d'amis,
Je crains pour les Romains des tyrans réunis,
L'armée eſt en Aſie, & le crime eſt dans Rome,
Mais pour ſauver l'état il ſuffit d'un grand homme.

CICERON.

Si nous ſommes unis il ſuffit de nous deux,
La diſcorde eſt bientôt parmi les factieux.
Céſar peut conjurer, mais je connais ſon ame,
Je ſai quel noble orgueil le domine & l'enflamme;
Son cœur eſt trop altier, ſes deſſeins ſont trop grands
Pour ſervir de degrés au trône des tyrans,
Il aime Rome encore, il ne veut point de maître;
Mais je prévois trop bien qu'un jour il voudra l'être.
Tous deux jaloux de plaire, & plus de commander,
Ils ſont montés trop haut pour jamais s'accorder,
Par leur déſunion Rome ſera ſauvée:
Allons, n'attendons pas que de ſang abreuvée,
Elle tende vers nous ſes languiſſantes mains,
Et qu'on donne des fers aux maîtres des humains.

Fin du premier Acte.

ACTE II.

SCENE PREMIERE.

CATILINA, CETHEGUS.

CETHEGUS.

TANDIS que tout s'apprête, & que ta main hardie
Va de Rome & du monde allumer l'incendie ;
Tandis que ton armée approche de ces lieux,
Sais-tu ce qui se passe en ces murs odieux?

CATILINA.

Je sai que d'un consul la sombre défiance
Se livre à des terreurs qu'il appelle prudence.
Sur le vaisseau public ce pilote égaré
Présente à tous les vents un flanc mal assuré ;
Il s'agite au hasard, à l'orage il s'apprête,
Sans savoir seulement d'où viendra la tempête.
Ne crains rien du Sénat : ce corps faible & jaloux,
Avec joie en secret l'abandonne à nos coups.
Ce Sénat divisé, ce monstre à tant de têtes,
Si fier de sa noblesse & plus de ses conquêtes,
Voit avec les transports de l'indignation
Les souverains des rois respecter Ciceron.
César n'est point à lui, Crassus le sacrifie ;
J'attends tout de ma main, j'attends tout de l'envie ;
C'est un homme expirant qu'on voit d'un faible effort
Se débattre & tomber dans les bras de la mort.

CETHEGUS.

Il a des envieux, mais il parle, il entraîne,
Il réveille la gloire, il ſubjugue la haine,
Il domine au Sénat.

CATILINA.

Je le brave en tous lieux,
J'entends avec mépris ſes cris injurieux.
Qu'il déclame à ſon gré juſqu'à ſa dernière heure,
Qu'il triomphe en parlant, qu'on l'admire & qu'il meure.
De plus cruels ſoucis, des chagrins plus preſſans
Occupent mon courage, & regnent ſur mes ſens.

CETHEGUS.

Que dis-tu ? Qui t'arrête en ta noble carrière,
Quand l'adreſſe & la force ont ouvert la barrière ?
Que crains-tu ?

CATILINA.

Ce n'eſt pas mes nombreux ennemis,
Mon parti ſeul m'allarme, & je crains mes amis :
De Lentulus-Sura l'ambition jalouſe,
Le grand cœur de Céſar & ſur-tout mon épouſe.

CETHEGUS.

Ton épouſe ? Tu crains une femme & des pleurs ?
Laiſſe-lui ſes remords, laiſſe-lui ſes terreurs ;
Tu l'aimes, mais en maître, & ſon amour docile
Eſt de tes grands deſſeins un inſtrument utile.

CATILINA.

Je vois qu'il peut enfin devenir dangereux.
Rome, un époux, un fils partagent trop ſes vœux.

Ô Rome! ô nom fatal! ô liberté chérie!
Quoi, dans ma maison même on parle de patrie!
Je veux qu'avant le tems fixé pour le combat,
Tandis que nous allons éblouir le Sénat,
Ma femme avec mon fils de ces lieux enlevée,
Abandonne une ville aux flammes réservée;
Qu'elle parte en un mot. Nos femmes, nos enfans
Ne doivent point troubler ces terribles momens.
Mais César!

CETHEGUS.

Que veux-tu? Si par ton artifice
Tu ne peux réussir à t'en faire un complice,
Dans le rang des proscrits faut-il placer son nom?
Faut-il confondre enfin César & Ciceron?

CATILINA.

C'est-là ce qui m'occupe, & s'il faut qu'il périsse,
Je me sens étonné de ce grand sacrifice.
Il semble qu'en secret respectant son destin,
Je révère dans lui l'honneur du nom Romain.
Mais Sura viendra-t-il?

CETHEGUS.

Compte sur son audace:
Tu sais comme ébloui des grandeurs de sa race,
A partager ton regne il se croit destiné.

CATILINA.

Qu'à cet espoir trompeur il reste abandonné.
Tu vois avec quel art il faut que je ménage
L'orgueil présomptueux de cet esprit sauvage;
Ses chagrins inquiets, ses soupçons, son courroux.
Sais-tu que de César il ose être jaloux.
Enfin j'ai des amis moins aisés à conduire
Que Rome & Ciceron ne coûtent à détruire.

O d'un chef de parti dur & pénible emploi !

CETHEGUS.

Le soupçonneux Sura s'avance ici vers toi.

CATILINA.

Va, prépare en secret le départ d'Aurélie.
Que des seuls conjurés sa maison soit remplie.
De ces lieux cependant qu'on écarte ses pas :
Craignons de son amour les funestes éclats.

SCENE II.

CATILINA, CETHEGUS, LENTULUS-SURA.

SURA.

AInsi malgré mes soins & malgré ma prière,
Vous prenez dans César une assurance entière ;
Vous lui donnez Prénestе, il devient notre appui ;
Pensez-vous me forcer à dépendre de lui ?

CATILINA.

Le sang des Scipions n'est point fait pour dépendre,
Ce n'est qu'au premier rang que vous devez prétendre ;
Je traite avec César, mais sans m'y confier,
Son crédit peut nous nuire, il peut nous appuyer ;
Croyez qu'en mon parti s'il faut que je l'engage,
Je me sers de son nom, mais pour votre avantage.

SURA.

Ce nom eſt-il plus grand que le vôtre & le mien ?
Pourquoi nous abbaiſſer à briguer ce ſoutien ?
On le fait trop valoir, & Rome eſt trop frappée
D'un mérite naiſſant qu'on oppoſe à Pompée.
Pourquoi le rechercher alors que je vous ſers ?
Ne peut-on ſans Céſar ſubjuguer l'univers ?

CATILINA.

Nous le pouvons ſans doute, & ſur votre vaillance
J'ai fondé dès long-tems ma plus forte eſpérance.
Mais Céſar eſt aimé du peuple & du Sénat,
Politique, guerrier, Pontife, magiſtrat,
Terrible dans la guerre & grand dans la tribune,
Par cent chemins divers il court à la fortune,
Il nous eſt néceſſaire.

SURA.

Il nous ſera fatal,
Aujourd'hui votre ami, demain notre rival,
Bientôt notre tyran; tel eſt ſon caractère.
Je le crois du parti le plus grand adverſaire.
Peut-être qu'à vous ſeul il daignera céder,
Mais croyez qu'à tout autre il voudra commander.
Je ne ſouffrirai point, puiſqu'il faut vous le dire,
De ſon fier aſcendant le dangereux empire;
Je vous ai prodigué mon ſervice & ma foi,
Et je renonce à vous s'il l'emporte ſur moi.

CATILINA.

J'y conſens, faites plus, arrachez-moi la vie,
Je m'en déclare indigne, & je la ſacrifie,
Si je permets jamais, de nos grandeurs jaloux,
Qu'un autre oſe penſer à s'élever ſur nous.
Mais ſouffrez qu'à Céſar votre intérêt me lie,
Je le flatte aujourd'hui, demain je l'humilie.

SURA.

Enfin donc ſans Céſar vous n'entreprenez rien ;
Nous attendrons le fruit de ce grand entretien.

SCENE III.

CATILINA, CESAR.

CATILINA.

EH bien Céſar, eh bien ! toi de qui la fortune
Dès le tems de Sylla me fut toujours commune,
Toi, dont j'ai préſagé les éclatans deſtins,
Toi né pour être un jour le premier des Romains,
N'es-tu donc aujourd'hui que le premier eſclave
Du fameux Plébeien qui t'irrite & te brave ?
Tu le hais, je le ſais, & ton œil pénétrant
Voit pour s'en affranchir ce que Rome entreprend,
Et tu balancerais ? Et ton ardent courage
Craindrait de nous aider à ſortir d'eſclavage ?
Des deſtins de la terre il s'agit aujourd'hui,
Et Céſar ſouffrirait qu'on les changeât ſans lui ?
Quoi, n'es-tu plus jaloux du nom du grand Pompée,
Ta haine pour Caton s'eſt-elle diſſipée ?
N'es-tu pas indigné de ſervir les autels,
Quand Ciceron préſide au deſtin des mortels ?
Quand l'obſcur habitant des rives du Fibrène
Siége au-deſſus de toi ſur la pourpre Romaine ?
Souffriras-tu long-tems tous ces rois faſtueux,
Cet heureux Lucullus, brigand voluptueux,
Fatigué de ſa gloire, énervé de molleſſe.
Un Craſſus étonné de ſa propre richeſſe,
Dont l'opulence avide oſant nous inſulter,
Aſſervirait l'état s'il daignait l'acheter ?

Ah ! de quelque côté que tu jettes la vûe,
Vois Rome turbulente ou Rome corrompue,
Vois ces lâches vainqueurs, en proye aux factions;
Disputer, dévorer le sang des nations.
Le monde entier t'appelle, & tu restes paisible :
Veux-tu laisser languir ce courage invincible ?
De Rome qui te parle as-tu quelque pitié ?
César est-il fidèle à ma tendre amitié ?

CESAR.

Oui, si dans le Sénat on te fait injustice,
César te défendra, compte sur mon service,
Je ne peux te trahir, n'exige rien de plus.

CATILINA.

Et tu bornerais-là tes vœux irrésolus ?
C'est à parler pour moi que tu peux te réduire ?

CESAR.

J'ai pesé tes projets, je ne veux pas leur nuire,
Je peux leur applaudir, je n'y veux point entrer.

CATILINA.

J'entends, pour les heureux tu veux te déclarer.
Des premiers mouvemens spectateur immobile,
Tu veux ravir les fruits de la guerre civile,
Sur nos communs débris établir ta grandeur.

CESAR.

Non, je veux des dangers plus dignes de mon cœur.
Ma haine pour Caton, ma fière jalousie
Des lauriers dont Pompée est couvert en Asie,
Le crédit, les honneurs, l'éclat de Ciceron,
Ne m'ont déterminé qu'à surpasser leur nom.
Sur les rives du Rhin, de la Seine & du Tage,
La victoire m'appelle, & voilà mon partage.

CATILINA.

Commence donc par Rome, & ſonge que demain
J'y pourrais avec toi marcher en ſouverain.

CESAR.

Ton projet eſt bien grand, peut-être téméraire,
Il eſt digne de toi, mais pour ne te rien taire,
Plus il doit t'aggrandir, moins il eſt fait pour moi.

CATILINA.

Comment?

CESAR.

Je ne veux pas ſervir ici ſous toi.

CATILINA.

Ah! crois qu'avec Céſar on partage ſans peine.

CESAR.

On ne partage point la grandeur ſouveraine:
Va, ne te flattes pas que jamais à ſon char
L'heureux Catilina puiſſe enchaîner Céſar.
Tu m'as vû ton ami, je le ſuis, je veux l'être,
Mais jamais mon ami ne deviendra mon maître.
Pompée en ſerait digne, & s'il l'oſe tenter,
Ce bras levé ſur lui l'attend pour l'arrêter.
Sylla dont tu reçus la valeur en partage,
Dont j'eſtime l'audace, & dont je hais la rage,
Sylla nous a réduits à la captivité;
Mais s'il ravît l'empire il l'avait mérité.
Il ſoumît l'Héleſpont, il fit trembler l'Euphrate,
Il ſubjugua l'Aſie, il vainquît Mithridate.
Qu'as-tu fait? Quels états, quels fleuves, quelles mers,
Quels rois par toi vaincus ont adoré nos fers!
Tu peux avec le tems être un jour un grand homme,
Mais tu n'as pas acquis le droit d'aſſervir Rome,

Et mon nom, ma grandeur & mon autorité,
N'ont point encor l'éclat & la maturité,
Le poids qu'exigerait une telle entreprise.
Je vois que tôt ou tard Rome sera soumise,
J'ignore mon destin, mais si j'étais un jour
Forcé par les Romains de regner à mon tour,
Avant que d'obtenir une telle victoire,
J'étendrai si je puis leur empire & leur gloire.
Je serai digne d'eux, & je veux que leurs fers,
D'eux mêmes respectés, de lauriers soient couverts.

CATILINA.

Le moyen que je t'offre est plus aisé peut-être.
Qu'était donc ce Sylla qui s'est fait notre maître ?
Il avait une armée, & j'en forme aujourd'hui,
Il m'a fallu créer ce qui s'offrait à lui ;
Il profita des tems, & moi je les fais naître.
Je ne dis plus qu'un mot, il fut roi ; veux-tu l'être ?
Veux-tu de Ciceron subir ici la loi,
Vivre son courtisan, ou regner avec moi ?

CESAR.

Je ne veux l'un ni l'autre. Il n'est pas tems de feindre,
J'estime Ciceron sans l'aimer ni le craindre ;
Je t'aime, je l'avoue, & je ne te crains pas.
Divise le Sénat, abbaisse des ingrats :
Tu le peux, j'y consens : mais si ton ame aspire
Jusqu'à m'oser soumettre à ton nouvel empire,
Ce cœur sera fidèle à tes secrets desseins,
Et ce bras combattra l'ennemi des Romains.

Il sort.

SCENE IV.

CATILINA.

AH ! qu'il ferve, s'il ofe, au deffein qui m'anime:
Et s'il n'en eft l'appui qu'il en foit la victime!
Sylla voulait le perdre, il le connaiffait bien,
Son génie en fecret eft l'ennemi du mien.
Je ferai ce qu'enfin Sylla craignait de faire.

SCENE V.

CATILINA, CETHEGUS, LENTULUS.

LENTULUS.

CEfar s'eft-il montré favorable ou contraire?

CATILINA.

Sa ftérile amitié nous offre un faible appui,
Il faut & nous fervir & nous venger de lui.
Nous avons des foutiens plus fûrs & plus fidèles;
Les voici ces héros vengeurs de nos querelles.

SCENE VI.

CATILINA, LES CONJURÉS.

CATILINA.

Venez, noble Pison, vaillant Autronius,
Intrépide Vargonte, ardent Statilius,
Vous tous braves guerriers de tout rang, de tout âge,
Des plus grands des humains redoutable assemblage:
Venez vainqueurs des rois, vengeurs des citoyens,
Vous tous mes vrais amis, mes égaux, mes soutiens;
Encor quelques momens, un Dieu qui vous seconde
Va mettre entre vos mains la maîtresse du monde.
De trente nations malheureux conquérans,
La peine était pour vous, le fruit pour vos tyrans,
Vos mains n'ont subjugué Tigrane & Mithridate,
Votre sang n'a rougi les ondes de l'Euphrate
Que pour énorgueillir d'indignes sénateurs,
De leurs propres appuis lâches persécuteurs,
Grands par vos travaux seuls, & qui, pour récompense,
Vous permettaient de loin d'adorer leur puissance.
Le jour de la vengeance est arrivé pour vous,
Je ne propose point à votre fier courroux
Des travaux sans périls, & des meurtres sans gloire,
Vous pourriez dédaigner une telle victoire:
A vos cœurs généreux je promets des combats,
Que tous vos ennemis soient livrés au trépas.
Entrez dans leurs palais, frappez, mettez en cendre
Tout ce qui prétendra l'honneur de se défendre;
Mais sur-tout qu'un concert unanime & parfait
De nos vastes desseins assure en tout l'effet.

A l'heure où je vous parle on doit saisir Préneste ;
Des soldats de Sylla le redoutable reste,
Par des chemins divers & des sentiers obscurs,
Du fond de la Toscane avancent vers ces murs.
Ils arrivent, je sors, & je marche à leur tête,
Au-dehors, au-dedans Rome est votre conquête.
Je combats Pétreius, & je m'ouvre en ces lieux
Au pied du Capitole un chemin glorieux.
C'est-là que par les droits que vous donne la guerre,
Nous montons en triomphe au trône de la terre,
A ce trône souillé par d'indignes Romains,
Mais lavé dans leur sang & vengé par vos mains.
Curius & les siens doivent m'ouvrir les portes.

Il s'arrête un moment, puis il s'adresse à un Conjuré.

Vous des gladiateurs aurons-nous les cohortes ?
Leur joignez-vous sur-tout ces braves vétérans,
Qu'un odieux repos fatigua trop long-tems ?

LENTULUS.

Je dois les amèner si-tôt que la nuit sombre
Cachera sous son voile, & leur marche & leur nombre :
Je les armerai tous dans ce lieu retiré.

CATILINA.

Vous, du mont Célius êtes-vous assuré ?

STATILIUS.

Les gardes sont séduits, on peut tout entreprendre.

CATILINA.

Vous, au mont Aventin, que tout soit mis en cendre ;

Dès

Dès que de Mallius vous verrez les drapeaux,
De ce signal terrible allumez les flambeaux.
Aux maisons des proscrits que la mort soit portée;
La première victime à mes yeux présentée,
Vous l'avez tous juré, doit être Ciceron,
Sacrifiez César, faites périr Caton.
Eux morts, le Sénat tombe & nous sert en silence.
Déja notre fortune aveugle sa prudence,
Dans ses murs, sous son temple, à ses yeux, sous ses pas,
Nous disposons en paix l'appareil du trépas.
Sur-tout avant le tems ne prenez point les armes,
Que la mort des tyrans précéde les allarmes;
Que Rome & Ciceron tombent du même fer,
Que la foudre en grondant les frappe avec l'éclair,
Vous avez dans vos mains le destin de la terre.
Ce n'est point conspirer, c'est déclarer la guerre;
C'est reprendre vos droits, & c'est vous ressaisir
De l'univers dompté qu'on osait vous ravir.

A Céthegus & à Lentulus-Sura.

Vous, de ces grands desseins les auteurs magnanimes,
Venez dans le Sénat, venez voir vos victimes,
De ce Consul encor nous entendrons la voix,
Croyez qu'il va parler pour la dernière fois.
Et vous dignes Romains, jurez par cette épée,
Qui du sang des tyrans sera bientôt trempée,
Jurez tous de périr ou de vaincre avec moi.

MARTIAN.

Oui, nous le jurons tous, par ce fer & par toi.

UN AUTRE CONJURE'.

Périsse le Sénat.

MARTIAN.

Périſſe l'infidelle
Qui pourra différer de venger ta querelle.
Si quelqu'un ſe repent, qu'il tombe ſous nos coups.

CATILINA.

Allez, & cette nuit Rome entière eſt à vous.

Fin du ſecond Acte.

ACTE III.

SCENE PREMIERE.

CATILINA, CETHEGUS, AFFRANCHIS, MARTIAN, SEPTIME.

CATILINA.

Tout eſt-il prêt, enfin l'armée avance-t-elle ?

MARTIAN.

Oui, ſeigneur, Mallius à ſes ſermens fidéle
Vient entourer ces murs aux flammes deſtinés,
Au-dehors, au-dedans les ordres ſont donnés.
Les Conjurés en foule au carnage s'excitent,
Et des moindres délais leurs courages s'irritent.
Preſcrivez le moment où Rome doit périr.

CATILINA.

Si-tôt que du Sénat vous me verrez ſortir,
Commencez à l'inſtant nos ſanglans ſacrifices :
Que du ſang des proſcrits les fatales prémices
Conſacrent ſous vos coups ce redoutable jour.
Obſervez, Martian, vers cet obſcur détour,
Si d'un Conſul trompé les ardens émiſſaires
Oſeraient épier nos terribles myſtères.

CETHEGUS.

Peut-être avant le tems faudrait-il l'attaquer
Au milieu du Sénat qu'il vient de convoquer ?

Je vois qu'il prévient tout, & que Rome allarmée...

CATILINA.

Prévient-il Mallius ? prévient-il mon armée ?
Connait-il mes projets ? Sait-il dans son effroi
Que Mallius n'agit, n'est armé que pour moi ?
Suis-je fait pour fonder ma fortune & ma gloire
Sur un vain brigandage & non sur la victoire ?
Va, mes desseins sont grands autant que mesurés,
Les soldats de Sylla sont mes vrais conjurés.
Quand des mortels obscurs & de vils téméraires,
D'un complot mal tissu forment les nœuds vulgaires,
Un seul ressort qui manque à leurs piéges tendus
Détruit l'ouvrage entier, & l'on n'y revient plus.
Mais des mortels choisis, & tels que nous le sommes,
Ces desseins si profonds, ces crimes de grands hommes,
Cette élite indomptable, & ce superbe choix
Des descendans de Mars & des vainqueurs des rois;
Tous ces ressorts secrets, dont la force assurée
Trompe de Ciceron la prudence égarée;
Un feu dont l'étendue embrase au même instant
Les Alpes, l'Apennin, l'Aurore & le Couchant,
Que Rome doit nourrir, que rien ne peut éteindre:
Voilà notre destin, dis-moi s'il est à craindre.

CETHEGUS.

Sous le nom de César Préneste est-elle à nous ?

CATILINA.

C'est-là mon premier pas, c'est un des plus grands coups
Qu'au Sénat incertain je porte en assurance,
Tandis que Nonnius tombe sous ma puissance,
Tandis qu'il est perdu je fais semer le bruit
Que tout ce grand complot par lui-même est conduit.

La moitié du Sénat croit Nonnius complice,
Avant qu'on délibére, avant qu'on s'éclaircisse;
Avant que ce Sénat si lent dans ses débats
Ait démêlé le piége où j'ai conduit ses pas,
Mon armée est dans Rome, & la terre asservie.
Allez, que de ces lieux on enleve Aurélie,
Et que rien ne partage un si grand intérêt.

SCENE II.

AURELIE, CATILINA, CETHEGUS.

AURELIE *une lettre à la main.*

Lis ton sort & le mien, ton crime & ton arrêt,
Voilà ce qu'on m'écrit.

CATILINA.

Quelle main téméraire?
Eh bien, je reconnais le seing de votre père.

AURELIE.

Lis....

CATILINA *lit la lettre.*

» La mort trop long-tems a respecté mes jours,
» Une fille que j'aime en termine le cours.
» Je suis trop bien puni dans ma triste vieillesse
» De cet hymen affreux qu'a permis ma faiblesse;
» Je sai de votre époux les complots odieux:
» César qui nous trahit veut enlever Préneste;
» Vous avez partagé leur trahison funeste,
» Repentez-vous, ingrate, ou périssez comme eux.
Mais comment Nonnius aurait-il pû connaître
Des secrets qu'un Consul ignore encor peut-être?

CETHEGUS.

Ce billet peut vous perdre.

CATILINA *à Céthegus.*

Il pourra nous servir.

A Aurélie.

Il faut tout vous apprendre, il faut tout éclaircir :
Je vais armer le monde, & c'est pour ma défense ;
Vous, dans ce jour de sang marqué pour ma puissance,
Voulez-vous préférer un père à votre époux ?
Pour la dernière fois dois-je compter sur vous ?

AURELIE.

Tu m'avais ordonné le silence & la fuite,
Tu voulais à mes pleurs dérober ta conduite,
Eh bien, que prétends-tu ?

CATILINA.

Partez au même instant,
Envoyez au Consul ce billet important :
J'ai mes raisons, je veux qu'il apprenne à connaître
Que César est à craindre, & plus que moi peut-être ;
Je n'y suis point nommé. César est accusé :
C'est ce que j'attendais, tout le reste est aisé.
Que mon fils au berceau, mon fils né pour la guerre,
Soit porté dans vos bras aux vainqueurs de la terre.
Ne rentrez avec lui dans ces murs abhorrés,
Que quand j'en serai maître, & quand vous regnerez.
Partez, daignez me croire, & laissez-vous conduire,
Laissez-moi mes dangers, ils doivent me suffire,
Et ce n'est pas à vous de partager mes soins :
Vainqueur & couronné cette nuit je vous joins.

AURELIE.

Tu vas ce jour dans Rome ordonner le carnage ?

CATILINA.

Oui, de nos ennemis j'y vais punir la rage,
Tout eſt prêt, on m'attend.

AURELIE.

Commence donc par moi :
Commence par ce meurtre, il eſt digne de toi.
Barbare, j'aime mieux avant que tout périſſe,
Expirer par tes mains que vivre ta complice.

CATILINA.

Qu'au nom de nos liens votre eſprit raffermi....

CETHEGUS.

Ne deſeſpérez point un époux, un ami,
Tout vous eſt confié, la carrière eſt ouverte,
Et reculer d'un pas, c'eſt courir à ſa perte.

AURELIE.

Ma perte fut certaine au moment où mon cœur
Reçut de vos conſeils le poiſon ſéducteur :
Malgré moi ſur vos pas vous m'avez ſu conduire.
J'aimais, il fut aiſé, cruels, de me ſéduire ;
Et c'eſt un crime affreux dont on doit vous punir,
Qu'à tant d'atrocités l'amour ait pû ſervir.
Dans mon aveuglement que ma raiſon déplore,
Ce reſte de raiſon m'éclaire au moins encore :
Il fait rougir mon front de l'abus déteſté,
Que vous avez tous fait de ma crédulité.
L'amour me fit coupable, & je ne veux plus l'être ;
Je ne veux point ſervir les attentats d'un traître.
Je renonce à mes vœux, à ton crime, à ta foi,
Mes mains, mes propres mains s'armeront contre toi.
Frappe, & traîne dans Rome embraſée & fumante,
Pour ton premier exploit ton épouſe expirante,

Fais périr avec moi l'enfant infortuné
Que les dieux en courroux à mes vœux ont donné,
Et couvert de ſon ſang, libre dans ta furie,
Barbare, aſſouvis-toi du ſang de ta patrie.

CATILINA.

C'eſt donc-là ce grand cœur, & qui me fut ſoumis ?
Ainſi vous vous rangez parmi mes ennemis ?
Ainſi dans la plus juſte & la plus noble guerre
Qui jamais décida du deſtin de la terre,
Quand je brave un Conſul, & Pompée & Caton,
Mes plus grands ennemis ſeront dans ma maiſon ?
Les préjugés Romains de votre faible père
Arment contre moi-même une épouſe ſi chère ;
Et vous mêlez enfin la menace à l'effroi ?

AURELIE.

Je menace le crime.... & je tremble pour toi :
Dans mes emportemens vois encor ma tendreſſe,
Frémis d'en abuſer, c'eſt ma ſeule faibleſſe :
Crains....

CATILINA.

Cet indigne mot n'eſt pas fait pour mon cœur,
Ne me parlez jamais de paix ni de terreur.
C'eſt aſſez m'offenſer, écoutez, je vous aime ;
Mais ne préſumez pas que m'oubliant moi-même
J'immole à mon amour ces amis généreux,
Mon parti, mes deſſeins, & l'empire avec eux.
Vous n'avez pas oſé regarder la couronne,
Jugez de mon amour puiſque je vous pardonne ;
Mais ſachez....

AURELIE.

La couronne où tendent tes deſſeins,
Cet objet du mépris du reſte des Romains !

Va,

Va, je l'arracherais sur mon front affermie,
Comme un signe insultant d'horreur & d'infamie.
Quoi, tu m'aimes assez pour ne te pas venger,
Pour ne me punir pas de t'oser outrager,
Pour ne pas ajouter ta femme à tes victimes!
Et moi, je t'aime assez pour arrêter tes crimes.
Et je cours....

SCENE III.

CATILINA, CETHEGUS, LENTULUS-SURA, AURELIE.

LENTULUS-SURA.

C'En est fait, & nous sommes perdus:
Nos amis sont trahis, nos projets confondus.
Préneste entre nos mains n'a point été remise:
Nonnius vient dans Rome, il sait notre entreprise;
Un de nos confidens, dans Préneste arrêté,
A subi les tourmens, & n'a pas résisté.
Nous avons trop tardé, rien ne peut nous défendre,
Nonnius au Sénat vient accuser son gendre;
Il va chez Ciceron qui n'est que trop instruit.

AURELIE.

Eh bien, de tes forfaits tu vois quel est le fruit!
Voilà ces grands desseins où j'aurais dû souscrire,
Ces destins de Sylla, ce trône, cet empire!
Es-tu désabusé? tes yeux sont-ils ouverts?

CATILINA *après un moment de silence.*

Je ne m'attendais pas à ce nouveau revers;

Mais.... me trahiriez-vous ?

AURELIE.

Je le devrais peut-être :
Je devrais servir Rome en la vengeant d'un traître,
Nos dieux m'en avoueraient, je ferai plus, je veux
Te rendre à ton pays, & vous sauver tous deux.
Ce cœur n'a pas toujours la faiblesse en partage,
Je n'ai point tes fureurs, mais j'aurai ton courage.
L'amour en donne au moins. J'ai prévu le danger :
Ce danger est venu, je vais le partager ;
Je vais trouver mon père, il faudra que j'obtienne
Qu'il m'arrache la vie, ou qu'il sauve la tienne.
Il m'aime, il est facile, il craindra devant moi
D'armer le désespoir d'un gendre tel que toi ;
J'irai parler de paix à Ciceron lui-même ;
Ce Consul qui te craint, ce Sénat où l'on t'aime,
Où César te soutient, où ton nom est puissant,
Se tiendront trop heureux de te croire innocent.
On pardonne aisément à ceux qui sont à craindre,
Repens-toi seulement, mais repens-toi sans feindre,
Il n'est que ce parti quand on est découvert ;
Il blesse ta fierté, mais tout autre te perd ;
Et je te donne au moins, quoi qu'on puisse entreprendre,
Le tems de quitter Rome ou d'oser t'y défendre.
Plus de reproche ici sur tes complots pervers.
Coupable je t'aimais, malheureux je te sers,
Je mourrai pour sauver & tes jours & ta gloire :
Adieu. Catilina doit apprendre à me croire,
Je l'avais mérité.

CATILINA *l'arrêtant.*

Que faire, & quel danger ?
Ecoutez.... le sort change, il me force à changer...
Je me rends... je vous céde... il faut vous satisfaire...
Mais... songez qu'un époux est pour vous plus qu'un père,

Et que dans le péril dont nous sommes pressés,
Si je prends un parti, c'est vous qui m'y forcez.

AURELIE.

Je me charge de tout fût-ce encor de ta haine:
Je te sers, c'est assez. Fille, épouse & Romaine:
Voilà tous mes devoirs, je les suis, & le tien
Est d'égaler un cœur aussi pur que le mien.

SCENE IV.

CATILINA, CETHEGUS, LENTULUS-SURA, AFFRANCHIS.

SURA.

Est-ce Catilina que nous venons d'entendre?
N'es-tu de Nonnius que le timide gendre?
Esclave d'une femme, & d'un seul mot troublé,
Ce grand cœur s'est rendu si-tôt qu'elle a parlé!

CETHEGUS.

Non, tu ne peux changer, ton génie invincible
Animé par l'obstacle en sera plus terrible.
Sans ressource à Préneste, accusés au Sénat
Nous pourrions être encor les maîtres de l'état.
Nous le ferions trembler, même dans les supplices,
Nous avons trop d'amis, trop d'illustres complices,
Un parti trop puissant pour ne pas éclater!

SURA.

Mais avant le signal on peut nous arrêter?

C'eſt lorſque dans la nuit le Sénat ſe ſépare,
Que le parti s'aſſemble, & que tout ſe déclare,
Que faire ?

CETHEGUS *à Catilina.*

Tu te tais, & tu frémis d'effroi ?

CATILINA.

Oui, je frémis du coup que mon ſort veut de moi.

SURA.

J'attends peu d'Aurélie, & dans ce jour funeſte,
Vendre cher notre vie eſt tout ce qui nous reſte.

CATILINA.

Je compte les momens, & j'obſerve les lieux.
Aurélie en flattant ce vieillard odieux,
En le baignant de pleurs, en lui demandant grace,
Suſpendra pour un tems ſa courſe & ſa menace;
Ciceron que j'allarme eſt ailleurs arrêté;
C'en eſt aſſez, amis, tout eſt en ſûreté:
Qu'on tranſporte ſoudain les armes néceſſaires,
Armez tout, affranchis, eſclaves & Sicaires,
Débarraſſez l'amas de ces lieux ſouterrains,
Et qu'il en reſte encore aſſez pour mes deſſeins.
Vous, fidèle affranchi, brave & prudent Septime,
Et vous, cher Martian, qu'un même zèle anime,
Obſervez Aurélie, obſervez Nonnius;
Allez, & dans l'inſtant qu'ils ne ſe verront plus,
Abordez-le en ſecret de la part de ſa fille,
Feignez-lui ſon danger, celui de ſa famille,
Attirez-le en parlant vers ce détour obſcur,
Qui conduit au chemin de Tibur & d'Anxur;
Là, ſaiſiſſant tous deux le moment favorable,
Vous.... Ciel! que vois-je?

SCENE V.

CICERON, *les précédens.*

CICERON.

ARrête, audacieux coupable;
Où portes-tu tes pas ? Vous, Céthegus, parlez....
Sénateurs, affranchis, qui vous a rassemblés ?

CATILINA.

Bientôt dans le Sénat nous pourrons te l'apprendre.

CETHEGUS.

De ta poursuite vaine on saura s'y défendre.

SURA.

Nous verrons si toujours prompt à nous outrager,
Le fils de Tullius nous ose interroger ?

CICERON.

J'ose au moins demander qui sont ces téméraires.
Sont-ils ainsi que vous des Romains consulaires,
Que la loi de l'état me force à respecter,
Et que le Sénat seul ait le droit d'arrêter ?
Qu'on les charge de fers: allez, qu'on les entraîne.

CATILINA.

C'est donc toi qui détruit la liberté Romaine ?
Arrêter des Romains sur tes lâches soupçons !

CICERON.

Ils sont de ton conseil, & voilà mes raisons.

Vous-mêmes frémissez. Licteurs, qu'on m'obéisse ?

On emmène Septime & Martian.

CATILINA.

Implacable ennemi, poursuis ton injustice ;
Abuse de ta place, & profite du tems.
Il faudra rendre compte, & c'est où je t'attends.

CICERON.

Qu'on fasse à l'instant même interroger ces traîtres.
Va, je pourrai bientôt traiter ainsi leurs maîtres ;
J'ai mandé Nonnius, il sait tous tes desseins,
J'ai mis Rome en défense, & Préneste en mes mains.
Nous verrons qui des deux emporte la balance,
Ou de ton artifice, ou de ma vigilance.
Je ne te parle plus ici de repentir,
Je parle de supplice, & veux t'en avertir.
Avec les assassins sur qui tu te reposes,
Viens t'asseoir au Sénat, & suis-moi si tu l'oses ?

SCENE VI.

CATILINA, CETHEGUS, LENTULUS-SURA.

CETHEGUS.

Faut-il donc succomber sous les puissans efforts
D'un bras habile & prompt qui rompt tous nos ressorts,
Faut-il qu'à Ciceron le sort nous sacrifie ?

CATILINA.

Jusqu'au dernier moment ma fureur le défie ;

C'est un homme allarmé que son trouble conduit,
Qui cherche à tout apprendre, & qui n'est pas instruit.
Nos amis arrêtés vont accroître ses peines,
Ils sauront l'éblouir de clartés incertaines,
Dans ce billet fatal César est accusé,
Le Sénat en tumulte est déja divisé,
Mallius & l'armée aux portes va paraître;
Vous m'avez cru perdu, marchez, & je suis maître.

SURA.

Nonnius du Consul éclaircit les soupçons.

CATILINA.

Il ne le verra pas, c'est moi qui t'en réponds:
Marchez, dis-je, au Sénat, parlez en assurance,
Et laissez-moi le soin de remplir ma vengeance.
Allons.... où vais-je?

CETHEGUS.

Eh bien!

CATILINA.

Aurélie! ah! grands dieux?
Qu'allez-vous ordonner de ce cœur furieux?
Ecartez-là, sur-tout. Si je la vois paraître,
Tout prêt à vous servir, je tremblerai peut-être.

Fin du troisiéme Acte.

ACTE IV.

SCENE PREMIERE.

Le théâtre doit représenter le lieu préparé pour le Sénat. Cette salle laisse voir une partie de la gallerie qui conduit du palais d'Aurélie au temple de Tellus. Un double rang de siéges forme un cercle dans cette salle, le siége de Ciceron plus élevé est au milieu.

CETHEGUS, LENTULUS-SURA,
retirés vers le devant.

SURA.

Tous ces pères de Rome au Sénat appellés,
Incertains de leur sort & de soupçons troublés,
Ces monarques tremblans tardent bien à paraître.

CETHEGUS.

L'oracle des Romains ou qui du moins croit l'être,
Dans d'impuissans travaux sans relâche occupé,
Interroge Septime, & par ses soins trompé,
Il a retatdé tout par ses fausses allarmes.

SURA.

Plût au ciel que déja nous eussions pris les armes,
Je crains, je l'avouerai, cet esprit du Sénat,
Ces préjugés sacrés de l'amour de l'état,

Cet antique respect & cette idolâtrie,
Que réveille en tout tems l'amour de la patrie.

CETHEGUS.

La patrie est un nom sans force & sans effet.
On le prononce encor, mais il n'a plus d'objet,
Le fanatisme usé des siécles héroïques
Se conserve. il est vrai, dans des ames stoïques,
Le reste est sans vigueur, ou fait des vœux pour nous;
Ciceron respecté n'a fait que des jaloux,
Caton est sans crédit, César nous favorise,
Défendons-nous ici, Rome sera soumise.

SURA.

Mais si Catilina par sa femme séduit,
De tant de nobles soins nous ravissait le fruit!
Tout homme a sa faiblesse, & cette ame hardie
Reconnaît en secret l'ascendant d'Aurélie,
Il l'aime, il la respecte, il pourra lui céder.

CETHEGUS.

Sois sûr qu'à son amour il saura commander.

LENTULUS.

Mais tu l'as vû frémir, tu sais ce qu'il en coûte
Quand de tels intérêts....

CETHEGUS *en le tirant à part.*

Caton approche, écoute.

Lentulus & Céthegus s'asseyent à un bout de la salle.

SCENE II.

Caton entre au Sénat avec Lucullus, Crassus, Favonius, Clodius, Muréna, César, Catullus, Marcellus, &c.

CATON *en regardant les deux Conjurés.*

LUcullus, je me trompe ou ces deux confidens
S'occupent en secret de soins trop importans,
Le crime est sur leur front qu'irrite ma présence.
Déja la trahison marche avec arrogance,
Le Sénat qui la voit cherche à dissimuler,
Le démon de Sylla semble nous aveugler,
L'ame de ce tyran dans le Sénat respire.

CETHEGUS.

Je vous entends assez, Caton, qu'osez-vous dire?

CATON *en s'asseyant, tandis que les autres prennent place.*

Que les dieux du Sénat, les dieux de Scipion,
Qui contre toi peut-être ont inspiré Caton,
Permettent quelquefois les attentats des traîtres,
Qu'ils ont à des tyrans asservi nos ancêtres;
Mais qu'ils ne mettront pas en de pareilles mains
La maîtresse du monde & le sort des humains.
J'ose encore ajouter que son puissant génie
Qui n'a pû qu'une fois souffrir la tyrannie,
Pourra dans Céthegus & dans Catilina
Punir tous les forfaits qu'il permit à Sylla.

CESAR.

Caton, que faites-vous, & quel affreux langage?
Toujours votre vertu s'explique avec outrage,

Vous révoltez les cœurs au lieu de les gagner.

César s'assied.

CATON *à César.*

Sur les cœurs corrompus vous cherchez à regner,
Pour les séditieux César toujours facile,
Conserve en nos périls un courage tranquille.

CESAR.

Caton, il faut agir dans les jours de combat.
Je suis tranquille ici, ne vous en plaignez pas.

CATON.

Je plains Rome, César, & je la vois trahie.
O ciel! pourquoi faut-il qu'aux climats de l'Asie,
Pompée en ces périls soit encore arrêté?

CESAR.

Quand César est pour vous, Pompée est regretté?

CATON.

L'amour de la patrie anime ce grand homme.

CESAR.

Je lui dispute tout jusqu'à l'amour de Rome.

SCENE III.

CICERON *arrivant avec précipitation, tous les Sénateurs se levent.*

AH! dans quels vains débats perdez-vous ces instans,
Quand Rome à son secours appelle ses enfans,
Qu'elle vous tend les bras, & que ses sept collines
Se couvrent à vos yeux de meurtres, de ruines,
Qu'on a déja donné le signal des fureurs,
Qu'on a déja versé le sang des Sénateurs?

LUCULLUS.

O ciel!

CATON.

Que dites-vous?

CICERON *debout.*

J'avais d'un pas rapide
Guidé des chevaliers la cohorte intrépide,
Assuré des secours aux postes menacés,
Armé les citoyens avec ordre placés.
J'interrogeais chez moi ceux qu'en ce trouble extrême,
Aux yeux de Céthegus j'avais surpris moi-même.
Nonnius mon ami, ce vieillard généreux,
Cet homme incorruptible en ces tems malheureux,
Pour sauver Rome & vous arrive de Préneste.
Il venait m'éclairer dans ce trouble funeste,
M'apprendre jusqu'aux noms de tous les Conjurés,
Lorsque de notre sang deux monstres alterés,
A coups précipités frappent ce cœur fidèle,
Et font périr en lui tout le fruit de mon zèle.

Il tombe mort, on court, on vole, on les pourſuit,
Le tumulte, l'horreur les ombres de la nuit,
Le peuple qui ſe preſſe & qui ſe précipite,
Leurs complices enfin favoriſent leur fuite,
J'ai ſaiſi l'un des deux qui le fer à la main,
Egaré, furieux, ſe fraiait un chemin;
Je l'ai mis dans les fers, & j'ai ſu que ce traître
Avait Catilina pour complice & pour maître.

CICERON *s'aſſied avec le Sénat.*

SCENE IV.

CATILINA *debout entre Caton & Céſar, Céthégus eſt auprès de Céſar, le Sénat aſſis.*

OUi, Sénat j'ai tout fait, & vous voyez la main,
Qui de votre ennemi vient de percer le ſein;
Oui, c'eſt Catilina qui venge la patrie,
C'eſt moi qui d'un perfide ai terminé la vie.

CICERON.

Toi fourbe, toi barbare!

CATON.

Oſes-tu te vanter!

CESAR.

Nous pourrons le punir, mais il faut l'écouter.

CETHEGUS.

Parle, Catilina, parle & force au ſilence
De tous tes ennemis l'audace & l'éloquence.

CICERON.

Romains, où sommes-nous !

CATILINA.

Dans les tems du malheur
Dans la guerre civile, au milieu de l'horreur,
Parmi l'embrasement qui menace le monde,
Parmi des ennemis qu'il faut que je confonde.
Les neveux de Sylla séduits par ce grand nom,
Ont osé de Sylla montrer l'ambition.
J'ai vû la liberté dans les cœurs expirante,
Le Sénat divisé, Rome dans l'épouvante,
Le désordre en tous lieux, & sur-tout Ciceron
Semant ici la crainte ainsi que le soupçon.
Peut-être il plaint les maux dont Rome est affligée,
Il vous parle pour elle, & moi je l'ai vengée,
Par un coup effrayant je lui prouve aujourd'hui
Que Rome & le Sénat me sont plus chers qu'à lui.
Sachez que Nonnius était l'ame invisible,
L'esprit qui gouvernait ce grand corps si terrible,
Ce corps des conjurés, qui des monts Apennins
S'étend jusqu'où finit le pouvoir des Romains,
Les momens étaient chers & les périls extrêmes,
Je l'ai su, j'ai sauvé l'état, Rome & vous-mêmes.
Ainsi par un soldat fut puni Spurius,
Ainsi les Scipions ont immolé Gracchus.
Qui m'osera punir d'un si juste homicide ?
Qui de vous peut encor m'accuser ?

CICERON.

Moi, perfide !
Moi, qu'un Catilina se vante de sauver ;
Moi, qui connais ton crime & qui vais le prouver.
Que ces deux affranchis viennent se faire entendre ;
Sénat, voici la main qui mettait Rome en cendre.

Sur un père de Rome il a porté ses coups,
Et vous souffrez qu'il parle, & qu'il s'en vante à vous,
Vous souffrez qu'il vous trompe alors qu'il vous opprime,
Qu'il fasse insolemment des vertus de son crime.

CATILINA.

Et vous souffrez, Romains, que mon accusateur
Des meilleurs citoyens soit le persécuteur ?
Apprenez des secrets que le consul ignore,
Et profitez-en tous s'il en est tems encore,
Sachez qu'en son palais, & presque sous ces lieux,
Nonnius enfermait l'amas prodigieux
De machines, de traits, de lances & d'épées,
Que dans des flots de sang Rome doit voir trempées.
Si Rome existe encore, amis, si vous vivez,
C'est moi, c'est mon audace à qui vous le devez,
Pour prix de mon service approuvez mes allarmes,
Sénateurs ordonnez qu'on saisisse ces armes.

CICERON *aux Licteurs.*

Courez, chez Nonnius, allez & qu'à nos yeux
On amène sa fille en ces augustes lieux.
Tu trembles à ce nom ?

CATILINA.

Moi, trembler ! je méprise
Cette ressource indigne où ta haine s'épuise.
Sénat, le péril croît quand vous déliberez ;
Eh bien, sur ma conduite êtes-vous éclairés ?

CICERON.

Oui, je le suis, Romains, je le suis sur son crime :
Qui de vous peut penser qu'un vieillard magnanime

Ait formé de si loin ce redoutable amas,
Ce dépôt des forfaits & des assassinats ?
Dans ta propre maison ta rage industrieuse
Craignait de mes regards la lumière odieuse.
De Nonnius trompé tu choisis le palais,
Et ton noir artifice y cacha tes forfaits.
Peut-être as-tu séduit sa malheureuse fille ?
Ah cruel, ce n'est pas la première famille
Où tu portas le trouble & le crime & la mort !
Tu traites Rome ainsi. C'est donc-là notre sort,
Et tout couvert d'un sang qui demande vengeance,
Tu veux qu'on t'applaudisse, & qu'on te récompense ?
Artisan de la guerre, affreux conspirateur,
Meurtrier d'un vieillard, & calomniateur :
Voilà tout ton service, & tes droits & tes titres.
O vous, des nations jadis heureux arbitres,
Attendez-vous ici, sans force & sans secours,
Qu'un tyran forcené dispose de vos jours ?
Fermerez-vous les yeux au bord des précipices ?
Si vous ne vous vengez vous êtes ses complices.
Rome ou Catilina doit périr aujourd'hui,
Vous n'avez qu'un moment, jugez entr'elle & lui.

CESAR.

Un jugement trop prompt est souvent sans justice :
C'est la cause de Rome, il faut qu'on l'éclaircisse,
Aux droits de nos égaux est-ce à nous d'attenter ?
Toujours dans ses pareils il faut se respecter ;
Trop de sévérité tient de la tyrannie.

CATON.

Trop d'indulgence ici tient de la perfidie :
Quoi, Rome est d'un côté, de l'autre un assassin,
C'est Ciceron qui parle, & l'on est incertain !

CESAR.

CESAR.

Il nous faut une preuve, on n'a que des allarmes :
Si l'on trouve en effet ces parricides armes,
Et si de Nonnius le crime est averé,
Catilina nous sert, & doit être honoré.

A Catilina.

Tu me connais, en tout je te tiendrai parole.

CICERON.

O Rome ! ô ma patrie ! ô dieux du capitole !
Ainsi d'un scélérat un héros est l'appui !
Agissez-vous pour vous en nous parlant pour lui ?
César, vous m'entendez, & Rome, trop à plaindre,
N'aura donc desormais que ses enfans à craindre ?

CLODIUS.

Rome est en sûreté, César est citoyen.
Qui peut avoir ici d'autre avis que le sien ?

CICERON.

Clodius achevez, que votre main seconde
La main qui prépara la ruine du monde ;
C'en est trop, je ne vois dans ces murs menacés,
Que conjurés ardens & citoyens glacés.
Catilina l'emporte, & sa tranquille rage,
Sans crainte & sans danger, médite le carnage.
Au rang des Sénateurs il est encore admis,
Il proscrit le Sénat, & s'y fait des amis.
Il dévore des yeux le fruit de tous ses crimes.
Il vous voit, vous menace, & marque ses victimes.
Et lorsque je m'oppose à tant d'énormités,
César parle de droit & de formalités ;
Clodius à mes yeux de son parti se range,
Aucun ne veut souffrir que Ciceron le venge.

Nonnius par ce traître eſt mort aſſaſſiné,
N'avons-nous pas ſur lui le droit qu'il s'eſt donné ?
Le devoir le plus ſaint, la loi la plus chèrie
Eſt d'oublier la loi pour ſauver la patrie.
Mais vous n'en avez plus.

SCENE V.

LE SÉNAT, AURELIE.

AURELIE.

O Vous ſacrés vengeurs,
Demi-dieux ſur la terre & mes ſeuls protecteurs,
Conſul, auguſte appui qu'implore l'innocence,
Mon père par ma voix vous demande vengeance,
J'ai retiré ce fer enfoncé dans ſon flanc,

En voulant ſe jetter aux pieds de Ciceron qui la relève.

Mes pleurs mouillent vos pieds arroſés de ſon ſang.
Secourez-moi, vengez ce ſang qui fume encore
Sur l'infame aſſaſſin que ma douleur ignore.

CICERON *en montrant Catilina.*

Le voici.

AURELIE.

Dieux !

CICERON.

C'eſt lui, lui qui l'aſſaſſina;
Qui s'en oſe vanter.

AURELIE.

O ciel ! Catilina !
L'ai-je bien entendu ? Quoi, monſtre ſanguinaire !
Quoi ! c'eſt toi, c'eſt ta main qui maſſacra mon père.

Des Licteurs la ſoutiennent.

CATILINA *ſe tournant vers Céthegus, & ſe jettant éperdu entre ſes bras.*

Quel ſpectacle, grands dieux ! je ſuis trop bien puni.

CETHEGUS.

A ce fatal objet quel trouble t'a ſaiſi ?
Aurélie à nos pieds vient demander vengeance,
Mais ſi tu ſervis Rome attend ta récompenſe.

CATILINA *ſe tournant vers Aurélie.*

Aurélie, il eſt vrai qu'un horrible devoir . . . . .
M'a forcé . . . reſpectez mon cœur, mon deſeſpoir ;
Songez qu'un nœud plus ſaint & plus inviolable . . . . .

SCENE VI.

LE SÉNAT, AURELIE, LE CHEF DES LICTEURS.

LE CHEF DES LICTEURS.

SEigneur, on a saisi ce dépôt formidable.

CICERON.

Chez Nonnius.

LE CHEF.

Chez lui. Ceux qui sont arrêtés
N'accusent que lui seul de tant d'iniquités.

AURELIE.

O comble de la rage & de la calomnie!
On lui donne la mort: on veut flétrir sa vie!
Le cruel dont la main porta sur lui les coups....

CICERON.

Achevez.

AURELIE.

Justes dieux, où me réduisez-vous!

CICERON.

Parlez, la vérité dans son jour doit paraître:
Vous gardez le silence à l'aspect de ce traître,
Vous baissez devant lui vos yeux intimidés,
Il frémit devant vous, achevez, répondez.

AURELIE.

Ah! je vous ai trahis, c'est moi qui suis coupable.

CATILINA.

Non, vous ne l'êtes point.

AURELIE.

Va, monſtre impitoyable,
Va, ta pitié m'outrage, elle me fait horreur.
Dieux, j'ai trop tard connu ma déteſtable erreur.
Sénat, j'ai vû le crime & j'ai tû les complices;
Je demandais vengeance, il me faut des ſupplices;
Ce jour menace Rome, & vous & l'univers.
Ma faibleſſe a tout fait, & c'eſt moi qui vous perds.
Traître, qui m'as conduite à travers tant d'abîmes,
Tu forças ma tendreſſe à ſervir tous tes crimes.
Périſſe ainſi que moi, le jour, l'horrible jour
Où ta rage a trompé mon innocent amour,
Ce jour où malgré moi ſecondant ta furie;
Fidèle à mes ſermens, perfide à ma patrie,
Conduiſant Nonnius à cet affreux trépas,
Et pour mieux l'égorger, le preſſant dans mes bras,
J'ai préſenté ſa tête à ta main ſanguinaire.

Tandis qu'Aurélie parle au bout du théâtre, Ciceron eſt aſſis plongé dans la douleur.

Murs ſacrés, dieux vengeurs, Sénat, mânes d'un père,
Romains, voilà l'époux dont j'ai ſuivi la loi;
Voilà votre ennemi! perfide, imite-moi.

Elle ſe frappe.

CATILINA.

Où ſuis-je, malheureux!

CATON.

O jour épouventable!

CICERON.

Jour trop digne en effet d'un ſiécle ſi coupable.

AURELIE.

Je devais.... un billet remis entre vos mains...
Consul... de tous côtés je vois vos assassins....
Je me meurs....

On emmene Aurélie.

CICERON.

S'il se peut qu'on la secoure, Aufide,
Qu'on cherche cet écrit. En est-ce assez, perfide?
Sénateurs, vous tremblez, vous ne vous joignez pas:
Pour venger tant de sang & tant d'assassinats?
Il vous impose encor, vous laissez impunie
La mort de Nonnius & celle d'Aurélie?

CATILINA.

Va, toi-même as tout fait, c'est ton inimitié
Qui me rend dans ma rage un objet de pitié,
Toi, dont l'ambition de la mienne rivale,
Dont la fortune heureuse à mes destins fatale,
M'entraîna dans l'abîme où tu me vois plongé.
Tu causas mes fureurs, mes fureurs t'ont vengé,
J'ai haï ton génie, & Rome qui l'adore;
J'ai voulu ta ruine, & je la veux encore.
Je vengerai sur toi tout ce que j'ai perdu,
Ton sang payera ce sang à tes yeux répandu.
Meurs en craignant la mort, meurs de la mort d'un traître,
D'un esclave échappé que fait punir son maître,
Que tes membres sanglans dans ta tribune épars,
Des inconstans Romains repaissent les regards:
Voilà ce qu'en partant ma douleur & ma rage,
Dans ces lieux abhorrés te laissent pour présage;
C'est le sort qui t'attend, & qui va s'accomplir,
C'est l'espoir qui me reste, & je cours le remplir.

CICERON.

Qu'on saisisse ce traître.

CETHEGUS.

En as-tu la puissance ?

SURA.

Oses-tu prononcer quand le Sénat balance ?

CATILINA.

La guerre est déclarée, amis, suivez mes pas,
C'en est fait, le signal vous appelle aux combats ;
Vous, Sénat incertain qui venez de m'entendre,
Choisissez à loisir le parti qu'il faut prendre.

Il sort avec quelques Sénateurs de son parti.

CICERON.

Eh bien, choisissez donc, vainqueurs de l'univers,
De commander au monde, ou de porter des fers.
O grandeur des Romains ! ô majesté flétrie !
Sur le bord du tombeau réveille-toi patrie !
Lucullus, Muréna, César même, écoutez,
Rome demande un chef en ces calamités,
Gardons l'égalité pour des tems plus tranquilles,
Les Gaulois sont dans Rome, il vous faut des Camilles,
Il faut un dictateur, un vengeur, un appui,
Qu'on nomme le plus digne, & je marche sous lui.

SCENE VII.

LE SÉNAT, LE CHEF DES LICTEURS.

LE CHEF.

SEigneur, en ſecourant la mourante Aurélie,
Que nos ſoins vainement rappellaient à la vie,
J'ai trouvé ce billet par ſon père adreſſé.

CICERON *en liſant.*

Quoi, d'un danger plus grand l'état eſt menacé!
Céſar qui nous trahit veut enlever Prèneſte.
Vous Céſar, vous trempiez dans ce complot funeſte?
Liſez, mettez le comble à des malheurs ſi grands.
Céſar, étiez-vous fait pour ſervir des tyrans?

CESAR.

J'ai lû, je ſuis Romain, notre perte s'annonce,
Le danger croît, j'y vole, & voilà ma réponſe.

Il ſort.

CATON.

Sa réponſe eſt douteuſe, il eſt trop leur appui.

CICERON.

Marchons, ſervons l'état contre eux & contre lui.

A une partie des Sénateurs.

Vous, ſi les derniers cris d'Aurélie expirante,
Ceux du monde ébranlé, ceux de Rome ſanglante,
Ont réveillé dans vous l'eſprit de vos ayeux;
Courez au capitole, & défendez vos dieux,
Du fier Catilina ſoutenez les approches,
Je ne vous ferai point d'inutiles reproches

D'avoir

D'avoir pu balancer entre ce monſtre & moi.

A d'autres Sénateurs.

Vous, Sénateurs, blanchis dans l'amour de la loi,
Nommez un chef, enfin pour n'avoir point de maîtres,
Amis de la vertu, ſéparez-vous des traîtres.

Les Sénateurs ſe ſéparent de Céthegus & de Lentulus.

Point d'eſprit de parti, de ſentimens jaloux,
C'eſt par-là que jadis Sylla regna ſur nous.
Je vole en tous les lieux où vos dangers m'appellent,
Où de l'embraſement les flammes étincellent
Dieux, animez ma voix, mon courage & mon bras,
Et ſauvez les Romains, duſſent-ils être ingrats!

Fin du quatriéme acte.

ACTE V.

SCENE PREMIERE.

CATON, & *une partie des Sénateurs, débout en habit de guerre.*

CLODIUS *à Caton.*

Quoi, lorſque défendant cette enceinte ſacrée,
A peine aux factieux nous en fermons l'entrée,
Quand par tout le Sénat s'expoſant au danger,
Aux ordres d'un Samnite a daigné ſe ranger,
Cet altier Plébeien nous outrage & nous brave :
Il ſert un peuple libre, & le traite en eſclave !
Un pouvoir paſſager eſt à peine en ſes mains,
Il oſe en abuſer, & contre des Romains,
Contre ceux dont le ſang a coulé dans la guerre !
Les cachots ſont remplis des vainqueurs de la terre.
Et cet homme inconnu, ce fils heureux du ſort,
Condamne inſolemment ſes maîtres à la mort.
Catilina pour nous ſerait moins tyrannique,
On ne le verrait point flétrir la république.
Je partage avec vous les malheurs de l'état,
Mais je ne puis ſouffrir la honte du Sénat.

CATON.

La honte, Clodius, n'eſt que dans vos murmures.
Allez, de vos amis déplorez les injures ;
Mais ſachez que le ſang de nos particiens,
Ce ſang des Céthegus & des Corneliens,

Ce ſang ſi précieux, quand il devient coupable,
Devient le plus abject & le plus condamnable.
Regrettez, reſpectez ceux qui nous ont trahis,
On les mène à la mort, & c'eſt par mon avis.
Celui qui vous ſauva les condamne au ſupplice.
De quoi vous plaignez-vous ? eſt-ce de ſa juſtice ?
Eſt-ce elle qui produit cet indigne courroux ?
En craignez-vous la ſuite, & la méritez-vous ?
Quand vous devez la vie aux ſoins de ce grand homme,
Vous oſez l'accuſer d'avoir trop fait pour Rome !
Murmurez, mais tremblez, la mort eſt ſur vos pas.
Il n'eſt pas encor tems de devenir ingrats.
On a dans les périls de la reconnoiſſance,
Et c'eſt le tems du moins d'avoir de la prudence.
Catilina paraît juſqu'au pied du rempart,
On ne ſait point encor quel parti prend Céſar,
S'il veut ou conſerver ou perdre la patrie.
Ciceron agit ſeul, & ſeul ſe ſacrifie ;
Et vous conſidérez, entourés d'ennemis,
Si celui qui vous ſert vous a trop bien ſervis.

CLODIUS.

Caton plus implacable encor que magnanime,
Aime les châtimens plus qu'il ne hait le crime.
Reſpectez le Sénat, ne lui reprochez rien ;
Vous parlez en cenſeur, il nous faut un ſoutien,
Quand la guerre s'allume & quand Rome eſt én cendre,
Les édits d'un conſul pourront-ils nous défendre ?
N'a-t-il contre une armée & des conſpirateurs,
Que l'orgueil des faiſceaux & les mains des Licteurs ?
Vous parlez de dangers, penſez-vous nous inſtruire ;
Que ce peuple inſenſé s'obſtine à ſe détruire ?
Vous redoutez Céſar ; eh, qui n'eſt informé
Combien Catilina de Céſar fut aimé ?

Dans le péril pressant qui croît & nous obsède,
Vous montrez tous nos maux, montrez-vous le remède?

CATON.

Oui, j'ose conseiller, esprit fier & jaloux,
Que l'on veille à la fois sur César & sur vous.
Je conseillerais plus; mais voici votre père.

SCENE II.

CICERON, CATON, *une partie des Sénateurs.*

CATON *à Ciceron.*

Viens, tu vois des ingrats, mais Rome te défère
Les noms, les sacrés noms de père & de vengeur,
Et l'envie à tes pieds t'admire avec terreur.

CICERON.

Romains, j'aime la gloire, & ne veux point m'en taire,
Des travaux des humains c'est le digne salaire.
Sénat, en vous servant, il la faut acheter.
Qui n'ose la vouloir, n'ose la mériter.
Si j'applique à vos maux une main salutaire,
Ce que j'ai fait est peu, voyons ce qu'il faut faire.
Le sang coulait dans Rome, ennemis, citoyens,
Gladiateurs, soldats, chevaliers, plébeiens,
Etalaient à mes yeux la déplorable image
Et d'une ville en cendre, & d'un champ de carnage,
La flamme en s'élançant de cent toits dévorés,
Dans l'horreur du combat guidait les conjurés:

Céthegus & Sura s'avançaient à leur tête ;
Ma main les a saisis, leur juste mort est prête ;
Mais quand j'étouffe l'hydre, il renaît en cent lieux,
Il faut fendre par tout les flots des factieux.
Tantôt Catilina, tantôt Rome l'emporte.
Il marche au Quirinal, il s'avance à la porte,
Et là sur des amas de mourans & de morts,
Ayant fait à mes yeux d'incroyables efforts,
Il se fraye un passage, il vole à son armée ;
J'ai peine à rassurer Rome entière allarmée.
Antoine qui s'oppose au fier Catilina,
A tous ces vétérans aguerris sous Sylla,
Antoine que poursuit notre mauvais génie,
Par un coup imprévu voit sa force affaiblie,
Et son corps accablé désormais sans vigueur,
Sert mal en ce moment les soins de son grand cœur.
Pétreïus étonné vainemens le seconde.
Ainsi de tous côtés la maîtresse du monde,
Assiégée au-dehors, embrasée au-dedans,
Est cent fois en un jour à ses derniers momens.

CRASSUS.

Que fait César ?

CICERON.

Il a dans ce jour mémorable,
Déployé, je l'avoue, un courage indomptable,
Mais Rome exigeait plus d'un cœur tel que le sien,
Il n'est pas criminel, il n'est pas citoyen.
Je l'ai vû dissiper les plus hardis rebelles,
Mais bientôt ménageant des Romains infidèles,
Il s'efforçait de plaire aux esprits égarés,
Aux peuples, aux soldats, & même aux conjurés :
Dans le péril horrible où Rome était en proye,
Son front laissait briller une secrette joye ;
Sa voix d'un peuple entier sollicitant l'amour,
Semblait inviter Rome à le servir un jour.

D'un trop coupable ſang ſa main était avare.

CATON.

Je vois avec horreur tout ce qu'il nous prépare :
Je le redis encore, & veux le publier,
De Céſar en tout tems il faut ſe défier.

SCENE III.

LE SÉNAT, CESAR.

CESAR.

EH bien dans ce Sénat trop prêt à ſe détruire,
La vertu de Caton cherche encore à me nuire !
De quoi m'accuſe-t-il ?

CATON.

D'aimer Catilina ;
De l'avoir protégé lorſqu'on le ſoupçonna,
De ménager encor ceux qu'on pouvait abattre ;
De leur avoir parlé quand il fallait combattre.

CESAR.

Un tel ſang n'eſt pas fait pour teindre mes lauriers :
Je parle aux citoyens, je combats les guerriers.

CATON.

Mais tous ces conjurés, ce peuple de coupables,
Que ſont-ils à vos yeux ?

CESAR.

Des mortels mépriſables ;

A ma voix, à mes coups, ils n'ont pu résister.
Qui se soumet à moi n'a rien à redouter :
C'est maintenant qu'on donne un combat véritable;
Des soldats de Sylla l'élite redoutable,
Est sous un chef habile, & qui sait se venger.
Voici le vrai moment où Rome est en danger,
Pétreïus est blessé, Catilina s'avance,
Le soldat sous les murs est à peine en défense;
Les guerriers de Sylla font trembler les Romains.
Qu'ordonnez-vous, consul, & quels sont vos desseins?

CICERON.

Les voici : que le ciel m'entende & les couronne!
Vous avez mérité que Rome vous soupçonne;
Je veux laver l'affront dont vous êtes chargé,
Je veux qu'avec l'état votre honneur soit vengé.
Au salut des Romains je vous crois nécessaire :
Je vous connais, je sai ce que vous pouvez faire,
Je sai quels intérêts vous peuvent éblouir,
César veut commander, mais il ne peut trahir;
Vous êtes dangereux, vous êtes magnanime.
En me plaignant de vous je vous dois mon estime.
Partez, justifiez l'honneur que je vous fais;
Le monde entier sur vous a les yeux désormais.
Secondez Pétreïus, & délivrez l'empire,
Méritez que Caton vous aime & vous admire.
Dans l'art des Scipions vous n'avez qu'un rival,
Nous avons des guerriers, il faut un général.
Vous l'êtes, c'est sur vous que mon espoir se fonde :
César, entre vos mains je mets le sort du monde.

CESAR *en l'embrassant.*

Ciceron à César a dû se confier?
Je vais mourir, seigneur, ou vous justifier.

Il sort.

CATON.

De ſon ambition vous allumez les flammes.

CICERON.

Va, c'eſt ainſi qu'on traite avec les grandes ames ;
Je l'enchaîne à l'état en me fiant à lui,
Ma générosité le rendra notre appui.
Apprends à diſtinguer l'ambitieux du traître.
S'il n'eſt pas vertueux ma voix le force à l'être :
Un courage indompté dans le cœur des mortels,
Fait ou les grands héros ou les grands criminels.
Qui du crime à la terre a donné les exemples,
S'il eût aimé la gloire eût mérité des temples :
Catilina lui-même, à tant d'horreurs inſtruit,
Eût été Scipion ſi je l'avais conduit.
Je réponds de Céſar, il eſt l'appui de Rome.
J'y vois plus d'un Sylla, mais j'y vois un grand homme.

Se tournant vers le chef des Licteurs qui entre en armes.

Eh bien, les conjurés ?

LE CHEF DES LICTEURS.

Seigneur, ils ſont punis ;
Mais leur ſang a produit des nouveaux ennemis :
C'eſt le feu de l'Etna qui couvait ſous la cendre,
Un tremblement de plus va par tout le répandre,
Et ſi de Pétreïus le ſuccès eſt douteux,
Ces murs ſont embraſés, vous tombez avec eux.
Un nouvel Annibal nous aſſiége & nous preſſe,
D'autant plus redoutable en ſa cruelle adreſſe,
Que juſqu'au ſein de Rome, & parmi ſes enfans,
En creuſant vos tombeaux, il a des partiſans.
On parle en ſa faveur dans Rome qu'il ruine,
Il l'attaque au-dehors, au-dedans il domine,
Tout ſon génie y regne, & cent coupables voix
S'élevent contre vous & condamnent vos loix.

Les plaintes des ingrats & les clameurs des traîtres
Réclament contre vous les droits de nos ancêtres ;
Redemandent le sang répandu par vos mains,
On parle de punir le vengeur des Romains.

CLODIUS.

Vos égaux après tout, que vous deviez entendre,
Par vous seul condamnés, n'ayant pu se défendre,
Semblent autoriser ....

CICERON.

Clodius, arrêtés,
Renfermez votre envie & vos témérités :
Ma puissance absolue est de peu de durée,
Mais tant qu'elle subsiste elle sera sacrée :
Vous aurez tout le tems de me persécuter ;
Mais quand le péril dure il faut me respecter.
Je connais l'inconstance aux humains ordinaire,
J'attends, sans m'ébranler, les retours du vulgaire.
Scipion accusé sur des prétextes vains
Remercia les dieux, & quitta les Romains.
Je puis en quelque chose imiter ce grand homme.
Je rendrai grace au ciel, & resterai dans Rome.
A l'état, malgré vous, j'ai consacré mes jours ;
Et toujours envié, je servirai toujours.

CATON.

Permettez que dans Rome encor je me présente,
Que j'aille intimider une foule insolente,
Que je vole aux remparts, que du moins mon aspect
Contienne encor César qui m'est toujours suspect ;
Et si dans ce grand jour la fortune contraire ....

CICERON.

Caton, votre présence est ici nécessaire ;
Mes ordres sont donnés, César est au combat ;
Caton de la vertu doit l'exemple au Sénat,

Il en doit ſoutenir la grandeur expirante ;
Reſtez... je vois Céſar, & Rome eſt triomphante.

Il court au-devant de Céſar, & l'embraſſe.

Ah, c'eſt donc par vos mains que l'état ſoutenu...

CESAR.

Je l'ai ſervi peut-être, & vous m'aviez connu.
Pétréïus eſt couvert d'une immortelle gloire,
Le courage & l'adreſſe ont fixé la victoire,
Nous n'avons combattu ſous ce ſacré rempart,
Que pour ne rien laiſſer au pouvoir du haſard,
Que pour mieux enflammer des ames héroïques
A l'aſpect impoſant de leurs dieux domeſtiques.
Metellus, Muréna, les braves Scipions
Ont ſoutenu le poids de leurs auguſtes noms,
Ils ont aux yeux de Rome étalé le courage
Qui ſubjugua l'Aſie & détruiſit Carthage,
Tous ſont de la patrie & l'honneur & l'appui.
Permettez que Céſar ne parle point de lui.
Les ſoldats de Sylla, renverſés ſur la terre,
Semblent braver la mort, & défier la guerre.
De tant de nations ces triſtes conquérans
Menacent Rome encor de leurs yeux expirans.
Si de pareils guerriers la valeur nous ſeconde,
Nous mettrons ſous nos loix ce qui reſte du monde.
Mais il eſt, grace au ciel, encor de plus grands cœurs,
Des héros plus choiſis, & ce ſont leurs vainqueurs.
Catilina terrible au milieu du carnage,
Entouré d'ennemis immolés à ſa rage,
Sanglant, couvert de traits, & combattant toujours,
Dans nos rangs éclaircis a terminé ſes jours.
Sur des morts entaſſés l'effroi de Rome expire :
Romain je le condamne, & ſoldat je l'admire.
J'aimai Catilina ; mais vous voyez mon cœur,
Jugez ſi l'amitié l'emporte ſur l'honneur.

CICERON.

Tu n'as point démenti mes vœux & mon eſtime:
Va, conſerve à jamais cet eſprit magnanime;
Que Rome admire en toi ſon éternel ſoutien.
Grands dieux que ce héros ſoit toujours citoyen!
Dieux, ne corrompez pas cette ame généreuſe,
Et que tant de vertu ne ſoit pas dangereuſe!

Fin du cinquiéme & dernier Acte.

Gravelot inv. Chenu Sculp.

LE DUC DE FOIX.

LE DUC DE FOIX,

TRAGEDIE.

ACTEURS.

LE DUC DE FOIX.

AMELIE.

VAMIR, Frère du Duc de Foix.

LISOIS.

TAISE, Confidente d'Amélie.

Un Officier du Duc de Foix.

EMAR, Confident de Vamir.

La Scène est dans le Palais du Duc de Foix.

LE DUC DE FOIX,

TRAGEDIE.

ACTE PREMIER.

SCENE PREMIERE.

AMELIE, TAISE, LISOIS.

LISOIS.

SOUFFREZ qu'en arrivant dans ce séjour d'allarmes,
Je dérobe un moment au tumulte des armes.
Le grand cœur d'Amélie est du parti des rois,
Contre eux, vous le savez, je sers le Duc de Foix,
Ou plutôt je combats ce redoutable Maire,
Ce Pepin qui du trône heureux dépositaire,

Æn ſubjuguant l'état en ſoutient la ſplendeur,
Et de Thierri ſon maître oſe être protecteur.
Le Duc de Foix ici vous tient ſous ſa puiſſance,
J'ai de ſa paſſion prévu la violence,
Et ſur lui, ſur moi-même & ſur votre intérêt,
Je viens ouvrir mon cœur, & dicter mon arrêt.
Ecoutez-moi, Madame, & vous pourrez connaître
L'ame d'un vrai ſoldat, digne de vous peut-être.

AMELIE.

Je ſais quel eſt Liſois : ſa noble intégrité
Sur ſes lèvres toujours plaça la vérité,
Quoi que vous m'annonciez, je vous croirai ſans peine.

LISOIS.

Sachez que ſi dans Foix mon zèle me ramène,
Si de ce Prince altier j'ai ſuivi les drapeaux,
Si je cours pour lui ſeul à des périls nouveaux,
Je n'approuvai jamais la fatale alliance
Qui le ſoumet au Maure & l'enlève à la France.
Mais dans ces tems affreux de diſcorde & d'horreur,
Je n'ai d'autre parti que celui de mon cœur.
Non que pour ce héros mon ame prévenue
Prétende à ſes défauts fermer toujours ma vue,
Je ne m'aveugle pas, je vois avec douleur
De ſes emportemens l'indiſcrette chaleur,
Je vois que de ſes ſens l'impétueuſe yvreſſe
L'abandonne aux excès d'une ardente jeuneſſe,
Et ce torrent fougueux que j'arrête avec ſoin
Trop ſouvent me l'arrache & l'emporte trop loin.
Mais il a des vertus qui rachettent ſes vices :
Eh ! qui ſaurait, Madame, où placer ſes ſervices,
S'il ne nous falloit ſuivre & ne chérir jamais
Que des cœurs ſans faibleſſe, & des princes parfaits?
Tout le mien eſt à lui, mais enfin cette épée
Dans le ſang des Français à regret s'eſt trempée.

Je

Je voudrais à l'état rendre le Duc de Foix.

AMELIE.

Seigneur, qui le peut mieux que le sage Lisois ?
Si ce prince égaré chérit encor sa gloire,
C'est à vous de parler, & c'est vous qu'il doit croire.
Dans quel affreux parti s'est-il précipité !

LISOIS.

Je ne peux à mon choix fléchir sa volonté.
J'ai souvent de son cœur aigrissant les blessures
Revolté sa fierté par des vérités dures ;
Vous seule à votre roi le pourriez rappeller,
Et c'est de quoi sur-tout je cherche à vous parler.
Dans des tems plus heureux j'osai, belle Amélie,
Consacrer à vos loix le reste de ma vie ;
Je crus que vous pouviez, approuvant mon dessein,
Accepter sans mépris mon hommage & ma main,
Mais à d'autres destins je vous vois reservée.
Par les Maures cruels dans Leucate enlevée,
Lorsque le sort jaloux portait ailleurs mes pas,
Cet heureux Duc de Foix vous sauva de leurs bras.
La gloire en est à lui, qu'il en ait le salaire ;
Il a par trop de droits mérité de vous plaire ;
Il est prince, il est jeune, il est votre vengeur,
Ses bienfaits & son nom, tout parle en sa faveur,
La justice & l'amour vous pressent de vous rendre,
Je n'ai rien fait pour vous, je n'ai rien à prétendre.
Je me tais... cependant s'il faut vous mériter,
A tout autre qu'à lui j'irais vous disputer ;
Je céderais à peine aux enfans des rois même,
Mais ce prince est mon chef, il me chérit, je l'aime :
Lisois ni vertueux, ni superbe à demi,
Aurait bravé le prince, & céde à son ami.
Je fais plus ; de mes sens maîtrisant la faiblesse,
J'ose de mon rival appuyer la tendresse,

Vous montrer votre gloire & ce que vous devez
Au héros qui vous sert, & par qui vous vivez ;
Je verrai d'un œil sec, & d'un cœur sans envie
Cet hymen qui pouvait empoisonner ma vie,
Je réunis pour vous mon service & mes vœux,
Ce bras qui fut à lui, combattra pour tous deux,
Voilà mes sentimens : si je me sacrifie,
L'amitié me l'ordonne & sur-tout la patrie.
Songez que si l'hymen vous range sous sa loi,
Si le prince est à vous, il est à votre roi.

AMELIE.

Qu'avec étonnement, Seigneur, je vous contemple !
Que vous donnez au monde un rare & grand exemple,
Quoi ce cœur, je le crois sans feinte & sans détour,
Connait l'amitié seule & sait braver l'amour !
Il faut vous admirer quand on sait vous connaître,
Vous servez votre ami, vous servirez mon maître :
Un cœur si généreux doit penser comme moi,
Tous ceux de votre sang sont l'appui de leur roi.
Eh bien, de vos vertus je demande une grace.

LISOIS.

Vos ordres sont sacrés, que faut-il que je fasse ?

AMELIE.

Vos conseils généreux me pressent d'accepter
Ce rang dont un grand prince a daigné me flatter,
Je ne me cache point combien son choix m'honore,
J'en vois toute la gloire, & quand je songe encore
Qu'avant qu'il fut épris de ce funeste amour,
Il daigna me sauver & l'honneur & le jour,
Tout ennemi qu'il est de son roi légitime,
Tout allié du Maure, & protecteur du crime,
Accablée à ses yeux du poids de ses bienfaits,
Je crains de l'affliger, seigneur, & je me tais.

Mais malgré son service & ma reconnaissance
Il faut par des refus répondre à sa constance,
Sa passion m'afflige, il est dur à mon cœur,
Pour prix de ses bontés, de causer son malheur;
Non, seigneur, il lui faut épargner cet outrage.
Qui pourrait mieux que vous gouverner son courage?
Est-ce à ma faible voix d'annoncer son devoir?
Je suis loin de chercher ce dangereux pouvoir.
Quel appareil affreux! quel tems pour l'hymenée!
Des armes de mon roi la ville environnée
N'attend que des assauts, ne voit que des combats,
Le sang de tous côtés coule ici sous mes pas;
Armé contre mon maître, armé contre son frère?
Que de raisons!... seigneur, c'est en vous que j'espère.
Pardonnez... achevez vos desseins généreux,
Qu'il me rende à mon roi, c'est tout ce que je veux.
Ajoutez cet effort à l'effort que j'admire,
Vous devez sur son cœur avoir pris quelqu'empire,
Un esprit mâle & ferme, un ami respecté
Fait parler le devoir avec autorité,
Ses conseils sont des loix.

LISOIS.

Il en est peu, madame,
Contre les passions qui subjuguent son ame,
Et son emportement a droit de m'allarmer.
Le prince est soupçonneux, & j'osai vous aimer,
Quels que soient les ennuis dont votre cœur soupire,
Je vous ai déja dit ce que j'ai dû vous dire,
Laissez-moi ménager son esprit ombrageux,
Je crains d'effaroucher ses feux impétueux,
Je sais à quels excès irait sa jalousie,
Quel poison mes discours répandraient sur sa vie,
Je vous perdrais peut-être, & mes soins dangereux,
Madame, avec un mot feraient trois malheureux.

Vous, à vos intérêts rendez-vous moins contraire;
Pesez sans passion l'honneur qu'il vous veut faire:
Moi, libre entre vous deux, souffrez que dès ce jour,
Oubliant à jamais le langage d'amour,
Tout entier à la guerre, & maître de mon ame,
J'abandonne à leur sort & vos vœux & sa flamme;
Je crains de l'outrager, je crains de vous trahir,
Et ce n'est qu'aux combats que je dois le servir:
Laissez-moi d'un soldat garder le caractère,
Madame; & puisqu'enfin la France vous est chère,
Rendez-lui ce héros qui serait son appui,
Je vous laisse y penser, & je cours près de lui.

SCENE II.

AMELIE, TAISE.

AMELIE.

AH! s'il faut à ce prix le donner à la France,
Un si grand changement n'est pas en ma puissance,
Taïse, & cet hymen est un crime à mes yeux.

TAISE.

Quoi! le prince à ce point vous serait odieux?
Quoi! dans ces tristes tems de ligues & de haines
Qui confondent des droits les bornes incertaines,
Où le meilleur parti semble encor si douteux,
Où les enfans des rois sont divisés entr'eux,
Vous, qu'un astre plus doux semblait avoir formée
Pour l'unique douceur d'aimer & d'être aimée,
Pouvez-vous n'opposer qu'un sentiment d'horreur
Aux soupirs d'un héros qui fut votre vengeur.

Vous savez que ce prince au rang de ses ancêtres
Compte les premiers rois que la France eut pour maîtres,
D'un puissant appanage il est né souverain,
Il vous aime, il vous sert, il vous offre sa main,
Ce rang à qui tout céde & pour qui tout s'oublie,
Brigué par tant d'appas, objet de tant d'envie,
Ce rang qui touche au trône, & qu'on met à vos pieds,
Peut-il causer les pleurs dont vos yeux sont noyés ?

AMELIE.

Quoi, pour m'avoir sauvée, il faudra qu'il m'opprime !
De son fatal secours je serai la victime !
Je lui dois tout, sans doute, & c'est pour mon malheur.

TAISE.

C'est être trop injuste.

AMELIE.

Eh bien, connais mon cœur,
Mon devoir, mes douleurs, le destin qui me lie ;
Je mets entre tes mains le secret de ma vie,
De ta foi desormais c'est trop me défier,
Et je me livre à toi pour me justifier ;
Vois combien mon devoir à ses vœux est contraire,
Mon cœur n'est point à moi, ce cœur est à son frère.

TAISE.

Quoi ! Ce vaillant Vamir ?

AMELIE.

Nos sermens mutuels
Devançaient les sermens reservés aux autels,
J'attendais dans Leucate, en secret retirée,
Qu'il y vint dégager la foi qu'il m'a jurée,

Quand les Maures cruels innondant nos deserts;
Sous mes toits embrafés me chargèrent de fers;
Le Duc eſt l'allié de ce peuple indomptable;
Il me ſauva Taïſe, & c'eſt ce qui m'accable.
Mes jours à mon amant ſeront-ils reſervés,
Jours triſtes, jours affreux qu'un autre a conſervés.

TAISE.

Pourquoi donc avec lui vous obſtinant à feindre,
Nourrir en lui des feux qu'il vous faudrait éteindre?
Il eut pû reſpecter ces ſaints engagemens,
Vous euſſiez mis un frein à ſes emportemens.

AMELIE.

Je ne le puis, le ciel pour combler mes miſères,
Voulut l'un contre l'autre animer les deux frères.
Vamir toujouts fidèle à ſon maître, à nos loix,
A contre un revolté vengé l'honneur des rois.
De ſon rival altier tu vois la violence;
J'oppoſe à ſes fureurs un douloureux ſilence;
Il ignore du moins qu'en des tems plus heureux
Vamir a prévenu ſes deſſeins amoureux:
S'il en était inſtruit, ſa jalouſie affreuſe
Le rendrait plus à craindre & moi plus malheureuſe.
C'en eſt trop, il eſt tems de quitter ſes états,
Fuyons des ennemis, mon roi me tend les bras.
Ces priſonniers, Taïſe, à qui le ſang te lie,
De ces murs en ſecret méditent leur ſortie,
Ils pourront me conduire, ils pourront m'eſcorter;
Il n'eſt point de péril que je n'oſe affronter.
Je hazarderai tout pourvû qu'on me délivre
De la priſon illuſtre où je ne ſçaurais vivre.

TAISE.

Madame, il vient à vous.

AMELIE.

Je ne puis lui parler,
Il verrait trop mes pleurs toujours prêts à couler.
Que ne puis-je à jamais éviter sa poursuite !

SCENE III.

LE DUC DE FOIX, LISOIS, TAISE.

LE DUC *à Taïse.*

Est-ce elle qui m'échappe, est-ce elle qui m'évite ?
Taïse, demeurez ; vous connaissez trop bien
Les transports douloureux d'un cœur tel que le mien ;
Vous savez si je l'aime & si je l'ai servie,
Si j'attends d'un regard le destin de ma vie ;
Qu'elle n'étende pas l'excès de son pouvoir
Jusqu'à porter ma flamme au dernier desespoir.
Je hais ces vains respects, cette reconnaissance
Que sa froideur timide oppose à ma constance ;
Le plus léger délai m'est un cruel refus,
Un affront que mon cœur ne pardonnera plus.
C'est en vain qu'à la France, à son maître fidèle,
Elle étale à mes yeux le faste de son zèle
Il est tems que tout céde à mon amour, à moi,
Qu'elle trouve en moi seul sa patrie & son roi ;
Elle me doit la vie, & jusqu'à l'honneur même ;
Et moi je lui dois tout puisque c'est moi qui l'aime.
Unis par tant de droits, c'est trop nous séparer,
L'autel est prêt, j'y cours, allez l'y préparer.

SCENE IV.

LE DUC, LISOIS.

LISOIS.

SEigneur, ſongez-vous bien que de cette journée
Peut-être de l'état dépend la deſtinée ?

LE DUC.

Oui, vous me verrez vaincre ou mourir ſon époux.

LISOIS.

L'ennemi s'avançait, & n'eſt pas loin de nous.

LE DUC.

Je l'attends ſans le craindre, & je vais le combattre.
Crois-tu que ma faibleſſe ait pu jamais m'abattre !
Penſes-tu que l'amour, mon tyran, mon vainqueur,
De la gloire en mon ame ait étouffé l'ardeur ?
Si l'ingrate me hait, je veux qu'elle m'admire ;
Elle a ſur moi ſans doute un ſouverain empire,
Et n'en a point aſſez pour flétrir ma vertu ;
Ah ! trop ſévère ami que me reproches-tu ?
Non, ne me juge point avec tant d'injuſtice,
Eſt-il quelque Français que l'amour aviliſſe ?
Amans, aimés, heureux, ils vont tous aux combats ;
Et du ſein du bonheur ils volent au trépas.
Je mourrai digne au moins de l'ingrate que j'aime.

LISOIS.

Que mon prince plutôt ſoit digne de lui-même.
Le ſalut de l'état m'occupait en ce jour,
Je vous parle du vôtre, & vous parlez d'amour !

Seigneur,

Seigneur, des ennemis j'ai visité l'armée,
Déja de tous côtés la nouvelle est semée
Que Vamir votre frère est armé contre nous.
Je sais que dès long-tems il s'éloigna de vous;
Vamir ne m'est connu que par la renommée;
Mais si par le devoir, par la gloire animée,
Son ame écoute encor ces premiers sentimens
Qui l'attachaient à vous dans la fleur de vos ans,
Il peut vous ménager une paix nécessaire;
Et mes soins....

LE DUC.

Moi, devoir quelque chose à mon frère!
Près de mes ennemis mandier sa faveur?
Pour le haïr, sans doute, il en coûte à mon cœur,
Je n'ai point oublié notre amitié passée;
Mais puisque ma fortune est par lui traversée,
Puisque mes ennemis l'ont détaché de moi,
Qu'il reste au milieu d'eux, qu'il serve sous un roi.
Je ne veux rien de lui.

LISOIS.

Votre fière constance
D'un monarque irrité brave trop la vengeance.

LE DUC.

Quel monarque? un fantôme, un prince efféminé,
Indigne de sa race, esclave couronné,
Sur un trône avili soumis aux loix d'un maire?
De Pepin son tyran je crains peu la colère;
Je déteste un sujet qui croit m'intimider,
Et je méprise un roi qui n'ose commander.
Puisqu'il laisse usurper sa grandeur souveraine
Dans mes états au moins je soutiendrai la mienne.
Ce cœur est trop altier pour adorer les loix
De ce maire insolent, l'oppresseur de ses rois,

Et Clovis que je compte au rang de mes ancêtres,
N'apprit point à ses fils à ramper sous des maîtres.
Les Arabes, du moins, s'arment pour me venger,
Et tyran pour tyran j'aime mieux l'étranger.

LISOIS.

Vous haïssez un maire & votre haine est juste ;
Mais ils ont des Français sauvé l'empire auguste ;
Tandis que nous aidons l'Arabe à l'opprimer ;
Cette triste alliance a de quoi m'allarmer ;
Nous préparons peut être un avenir horrible,
L'exemple de l'Espagne est honteux & terrible ;
Ces brigans Africains sont des tyrans nouveaux
Qui font servir nos mains a creuser nos tombeaux.
Ne vaudrait-il pas mieux fléchir avec prudence ?

LE DUC.

Non, je ne peux jamais implorer qui m'offense.

LISOIS.

Mais vos vrais intérêts oubliés trop long-tems...

LE DUC.

Mes premiers intérêts sont mes ressentimens.

LISOIS.

Ah ! vous écoutez trop l'amour & la colère.

LE DUC.

Je le sais, je ne peux fléchir mon caractère.

LISOIS.

On le peut, on le doit, je ne vous flatte pas,
Mais en vous condamnant je suivrai tous vos pas.
Il faut à son ami montrer son injustice,
L'éclairer, l'arrêter au bord du précipice ;

Je l'ai dû, je l'ai fait malgré votre courroux,
Vous y voulez tomber, & j'y cours avec vous.

LE DUC.

Ami, que m'as-tu dit ?

LISOIS.

Ce que j'ai dû vous dire.
Ecoutez un peu plus l'amitié qui m'inspire.
Quel parti prendrez-vous ?

LE DUC.

Quand mes brûlans desirs
Auront soumis l'objet qui brave mes soupirs.
Quand l'ingrate Amélie à son devoir rendue
Aura remis la paix dans cette ame éperdue,
Alors j'écouterai tes conseils généreux,
Mais jusqu'à ce moment fais-je ce que je veux!
Tant d'agitations, de tumultes, d'orages,
Ont sur tous les objets répandu des nuages.
Puis-je prendre un parti, puis-je avoir un dessein ?
Allons près du tyran qui seul fait mon destin.
Que l'ingrate à son gré décide de ma vie,
Et nous déciderons du sort de la patrie.

Fin du premier Acte.

ACTE II.

SCENE PREMIERE.

LE DUC DE FOIX *seul.*

O Serait-elle encor refuser de me voir ?
Ne craindra-t-elle point d'aigrir mon deses-
poir ?
Ah ! c'est moi seul ici qui tremble de déplaire.
Ame superbe & faible ! esclave volontaire,
Cours aux pieds de l'ingrate abaisser ton orgueil ;
Vois tes jours dépendans d'un mot & d'un coup d'œil !
Lâche, consume-les dans l'éternel passage
Du dépit aux respects & des pleurs à la rage !
Pour la derniere fois, je prétends lui parler.
Allons....

SCENE II.

LE DUC, AMELIE, & TAISE *dans le fond.*

AMELIE.

J'Espére encore, & tout me fait trembler.
Vamir tenterait-il une telle entreprise ?
Que de dangers nouveaux ! ah ! que vois-je, Taïse !

LE DUC.

J'ignore quel objet attire ici vos pas ;
Mais vos yeux disent trop qu'ils ne me cherchent pas;
Quoi ! vous les détournez : Quoi ! vous voulez encore
Insulter aux tourmens d'un cœur qui vous adore,
Et de la tyrannie exerçant le pouvoir,
Nourrir votre fierté de mon vain desespoir ?
C'est à ma triste vie ajouter trop d'allarmes,
Trop flétrir des lauriers arrosés de mes larmes,
Et qui me tiendront lieu de malheur & d'affront,
S'ils ne sont par vos mains attachés sur mon front,
Si votre incertitude allarmant mes tendresses,
Peut encor démentir la foi de vos promesses.

AMELIE.

Je ne vous promis rien, vous n'avez point ma foi,
Et la reconnaissance est tout ce que je dois.

LE DUC.

Quoi ! lorsque de ma main je vous offrais l'hommage ?

AMELIE.

D'un ſi noble préſent j'ai vu tout l'avantage ;
Et ſans chercher ce rang qui ne m'était pas dû,
Par de juſtes reſpects je vous ai répondu,
Vos bienfaits, votre amour, & mon amitié même,
Tout vous flattait ſur moi d'un empire ſuprême,
Tout vous a fait penſer qu'un rang ſi glorieux
Préſenté par vos mains éblouirait mes yeux ;
Vous vous trompiez ; il faut rompre enfin le ſilence :
Je vais vous offenſer ; je me fais violence ;
Mais réduite à parler, je vous dirai, ſeigneur,
Que l'amour de mes rois eſt gravé dans mon cœur.
Votre ſang eſt auguſte, & le mien eſt ſans crime,
Il coula pour l'état que l'étranger opprime,
Cominge, mon ayeul, dans mon cœur a tranſmis
La haine qu'un Français doit à ſes ennemis,
Et ſa fille jamais n'acceptera pour maître
L'ami de nos tyrans, quelque grand qu'il puiſſe être.
Voilà les ſentimens que ſon ſang m'a tracés,
Et s'ils vous font rougir, c'eſt vous qui m'y forcez.

LE DUC.

Je ſuis, je l'avouerai, ſurpris de ce langage ;
Je ne m'attendais pas à ce nouvel outrage,
Et n'avais pas prévu que le ſort en courroux,
Pour m'accabler d'affronts, dût ſe ſervir de vous.
Vous avez fait, madame, une ſecrette étude
Du mépris, de l'inſulte & de l'ingratitude ;
Et votre cœur enfin lent à ſe déployer,
Hardi par ma faibleſſe a paru tout entier.
Je ne connaiſſais pas tout ce zèle héroïque,
Tant d'amour pour l'état, & tant de politique ;
Mais vous qui m'outragez, me connaiſſez-vous bien?
Vous reſte-t-il ici de parti que le mien ?
M'oſez-vous reprocher une heureuſe alliance
Qui fait ma ſûreté, qui ſoutient ma puiſſance,

Sans qui vous gémiriez dans la captivité,
A qui vous avez dû l'honneur, la liberté ?
Eſt-ce donc-là le prix de vous avoir ſervie ?

AMELIE.

Oui, vous m'avez ſauvée ; oui, je vous dois la vie ;
Mais de mes triſtes jours ne puis-je diſpoſer ?
Me les conſerviez-vous pour les tyranniſer ?

LE DUC.

Je deviendrai tyran, mais moins que vous, cruelle ;
Mes yeux liſent trop bien dans votre ame rebelle ;
Tous vos prétextes faux m'apprennent vos raiſons,
Je vois mon deshonneur, je vois vos trahiſons,
Quel que ſoit l'inſolent que ce cœur me préfère,
Redoutez mon amour, tremblez de ma colère :
C'eſt lui ſeul déſormais que mon bras va chercher,
De ſon cœur tout ſanglant j'irai vous arracher ;
Et ſi dans les horreurs du ſort qui nous accable,
De quelque joye encor ma fureur eſt capable,
Je la mettrai, perfide, à vous deſeſpérer.

AMELIE.

Non, ſeigneur, la raiſon ſaura vous éclairer ;
Non, votre ame eſt trop noble, elle eſt trop élevée
Pour opprimer ma vie, après l'avoir ſauvée ;
Mais ſi votre grand cœur s'aviliſſait jamais
Juſqu'à perſécuter l'objet de vos bienfaits,
Sachez que ces bienfaits, vos vertus, votre gloire,
Plus que vos cruautés vivront dans ma mémoire.
Je vous plains, vous pardonne, & veux vous reſpecter ;
Je vous ferai rougir de me perſécuter ;
Et je conſerverai, malgré votre menace,
Une ame ſans courroux, ſans crainte & ſans audace.

LE DUC.

Arrêtez ; pardonnez aux transports égarés,
Aux fureurs d'un amant que vous deſeſpérés ;

Je vois trop qu'avec vous Lisois d'intelligence,
D'une cour qui me hait embrasse la défense,
Que vous voulez tous deux m'unir à votre roi,
Et de mon sort enfin disposer malgré moi;
Vos discours sont les siens. Ah ! parmi tant d'allarmes,
Pourquoi recourez-vous à ces nouvelles armes ?
Pour gouverner mon cœur, l'asservir, le changer,
Aviez-vous donc besoin d'un secours étranger ?
Aimez : il suffira d'un mot de votre bouche.

AMELIE.

Je ne vous cache point que du soin qui me touche
A votre ami, seigneur, mon cœur s'était remis;
Je vois qu'il a plus fait qu'il ne m'avait promis.
Ayez pitié des pleurs que mes yeux lui confient,
Vous les faites couler; que vos mains les essuyent :
Devenez assez grand pour apprendre à dompter
Des feux, que mon devoir me force à rejetter.
Laissez-moi toute entière à la reconnoissance.

LE DUC.

Ainsi le seul Lisois a votre confiance :
Mon outrage est connu, je sai vos sentimens.

AMELIE.

Vous les pourrez, seigneur, connaître avec le tems;
Mais vous n'aurez jamais le droit de les contraindre,
Ni de les condamner, ni même de vous plaindre.
Du généreux Lisois j'ai recherché l'appui :
Imitez sa grande ame, & pensez comme lui.

SCENE III.

LE DUC *seul.*

EH bien ! c'en eſt donc fait, l'ingrate, la parjure,
A mes yeux ſans rougir étale mon injure ;
De tant de trahiſons l'abîme eſt découvert.
Je n'avais qu'un ami : c'eſt lui ſeul qui me perd !
Amitié, vain fantôme, ombre que j'ai chérie,
Toi, qui me conſolais des malheurs de ma vie,
Bien que j'ai trop aimé, que j'ai trop méconnu,
Tréſor cherché ſans ceſſe, & jamais obtenu,
Tu m'as trompé, cruelle, autant que l'amour même;
Et maintenant pour prix de mon erreur extrême,
Détrompé des faux biens trop faits pour me charmer,
Mon deſtin me condamne à ne plus rien aimer.
Le voilà cet ingrat, qui fier de ſon parjure
Vient encor de ſes mains déchirer ma bleſſure.

SCENE IV.

LE DUC, LISOIS.

LISOIS.

A Vos ordres, ſeigneur, vous me voyez rendu.
D'où vient ſur votre front ce chagrin répandu ?
Votre ame aux paſſions long-tems abandonnée
A-t-elle en liberté peſé ſa deſtinée ?

LE DUC.

Oui.

LISOIS.

Quel est le projet où vous vous arrêtés ?

LE DUC.

D'ouvrir enfin les yeux aux infidélités,
De sentir mon malheur, & d'apprendre à connaître
La perfide amitié d'un rival & d'un traître.

LISOIS.

Comment ?

LE DUC.

C'en est assez.

LISOIS.

C'en est trop entre nous.
Ce traître, quel est-il ?

LE DUC.

Me le demandez-vous ?
De l'affront inoui qui vient de me confondre,
Quel autre était instruit, quel autre en doit répondre ?
Je sai trop qu'Amélie ici vous a parlé,
En vous nommant à moi l'infidéle a tremblé ;
Vous affectez sur elle un odieux silence,
Interprète muet de votre intelligence.
Je ne sai qui des deux je dois plus détester.

LISOIS.

Vous sentez-vous capable au moins de m'écouter ?

LE DUC.

Je le veux.

LISOIS.

Pensez-vous que j'aime encor la gloire ?
M'estimez-vous encore, & pouvez-vous me croire ?

LE DUC.

Oui, jusqu'à ce moment je vous crus vertueux;
Je vous crus mon ami.

LISOIS.

Ces titres précieux
Ont été jusqu'ici la régle de ma vie;
Mais vous, méritez-vous que je me justifie?
Apprenez qu'Amélie avait touché mon cœur,
Avant que de sa vie heureux libérateur,
Vous eussiez par vos soins, par cet amour sincère,
Sur-tout par vos bienfaits, tant de droits de lui plaire.
Moi, plus soldat que tendre, & dédaignant toujours
Ce grand art de séduire inventé dans les cours,
Ce langage flatteur & souvent si perfide,
Peu fait pour mon esprit peut-être trop rigide,
Je lui parlai d'hymen; & ce nœud respecté,
Resserré par l'estime & par l'égalité,
Pouvait lui préparer des destins plus propices,
Qu'un rang plus élevé, mais sur des précipices.
Hier avec la nuit, je vins dans vos remparts,
Tout votre cœur parut à mes premiers regards.
Aujourd'hui j'ai revû cet objet de vos larmes;
D'un œil indifférent j'ai regardé ses charmes,
Et je me suis vaincu sans rendre de combats;
J'ai fait valoir vos feux que je n'approuve pas.
J'ai de tous vos bienfaits rappellé la mémoire,
L'éclat de votre rang, celui de votre gloire,
Sans cacher vos défauts, vantant votre vertu;
Et pour vous contre moi j'ai fait ce que j'ai dû.
Je m'immole à vous seul, & je me rends justice,
Et si ce n'est assez d'un pareil sacrifice,
S'il est quelque rival qui vous ose outrager,
Tout mon sang est à vous; & je cours vous venger.

LE DUC.

Que tout ce que j'entends t'éleve & m'humilie!
Ah! tu devais sans doute adorer Amélie;

Mais qui peut commander à ſon cœur enflammé !
Non, tu n'as pas vaincu ; tu n'avais point aimé.

LISOIS.

J'aimais, & notre amour ſuit notre caractère.

LE DUC.

Je ne peux t'imiter : mon ardeur m'eſt trop chère.
Je t'admire avec honte ; il le faut avouer,
Mon cœur ....

LISOIS.

Aimez-moi, prince, au lieu de me louer,
Et ſi vous me devez quelque reconnoiſſance,
Faites votre bonheur, il eſt ma récompenſe.
Vous voyez quelle ardente & fière inimitié
Votre frère nourrit contre votre allié ;
La ſuite, croyez-moi, peut en être funeſte ;
Vous êtes ſous un joug que ce peuple déteſte ;
Je prévois que bientôt on verra réunis
Les débris diſperſés de l'empire des lys.
Chaque jour nous produit un nouvel adverſaire ;
Hier le Béarnais, aujourd'hui votre frère.
Le pur ſang de Clovis eſt toujours adoré,
Tôt ou tard il faudra que de ce tronc ſacré
Les rameaux diviſés & courbés par l'orage
Plus unis & plus beaux ſoient notre unique ombrage.
Vous, placé près du trône, à ce trône attaché,
Si les malheurs des tems vous en ont arraché,
A des nœuds étrangers s'il fallut vous réſoudre,
L'intérêt qui les forme a droit de les diſſoudre.
On pourrait balancer avec dextérité
Des maires du palais la fière autorité ;
Et bientôt par vos mains leur puiſſance affaiblie....

LE DUC.

Je le ſouhaite au moins, mais crois-tu qu'Amélie

Dans son cœur amoli partagerait mes feux
Si le même parti nous unissait tous deux !
Penses-tu qu'à m'aimer je pourrais la réduire ?

LISOIS.

Dans le fond de son cœur je n'ai point voulu lire ;
Mais qu'importent pour vous ses vœux & ses desseins?
Faut-il que l'amour seul fasse ici nos destins ?
Lorsque le grand Clovis aux champs de la Tourraine
Détruisit les vainqueurs de la grandeur Romaine,
Quand son bras arrêta dans nos champs inondés
Des Ariens sanglans les torrens débordés,
Tant d'honneurs étaient-ils l'effet de sa tendresse ?
Sauva-t-il son pays pour plaire à sa maîtresse ?
Mon bras contre un rival est prêt à vous servir ;
Je voudrais faire plus, je voudrais vous guérir.
On connaît peu l'amour, on craint trop son amorce,
C'est sur nos passions qu'il a fondé sa force ;
C'est nous qui sous son nom troublons notre repos,
Il est tyran du faible, esclave du héros.
Puisque je l'ai vaincu, puisque je le dédaigne,
Sur le sang de nos rois souffrirez-vous qu'il regne ?
Vos autres ennemis par vous sont abattus ;
Et vous devez en tout l'exemple des vertus.

LE DUC.

Le sort en est jetté, je ferai tout pour elle,
Il faut bien à la fin désarmer la cruelle.
Ses loix seront mes loix ; son roi sera le mien ;
Je n'aurai de parti, de maître que le sien ;
Possesseur d'un trésor où s'attache ma vie,
Avec mes ennemis je me réconcilie.
Je lirai dans ses yeux mon sort & mon devoir ;
Mon cœur est enyvré de cet heureux espoir.
Je n'ai point de rival, j'avais tort de me plaindre ;
Si tu n'es point aimé, quel mortel ai-je à craindre ?

Qui pourrait dans ma cour avoir poussé l'orgueil
Jusqu'à laisser vers elle échapper un coup d'œil ?
Enfin, plus de prétexte à ses refus injustes ;
Raison, gloire, intérêts, & tous ces droits augustes
Des princes de mon sang, & de mes souverains,
Sont des liens sacrés resserrés par ses mains.
Du roi, puisqu'il le faut, soutenons la couronne,
La vertu le conseille, & la beauté l'ordonne.
Je veux entre tes mains, dans ce fortuné jour,
Sceller tous les sermens que je fais à l'amour ;
Quant à mes intérêts, que toi seul en décide.

LISOIS.

Souffrez donc près du roi que mon zèle me guide,
Peut-être il eût fallu que ce grand changement
Ne fût dû qu'au héros, & non pas à l'amant ;
Mais si d'un si grand cœur une femme dispose,
L'effet en est trop beau pour en blâmer la cause,
Et mon cœur, tout rempli de cet heureux retour,
Bénit votre faiblesse, & rend grace à l'amour.

SCENE V.

LE DUC, LISOIS, UN OFFICIER.

L'OFFICIER.

SEigneur, auprès des murs les ennemis paraissent;
On prépare l'assaut, le tems, les périls pressent :
Nous attendons votre ordre.

LE DUC.

Eh bien ! cruels destins,
Vous l'emportez sur moi, vous trompez mes desseins;

Plus d'accord, plus de paix, je vole à la victoire,
Méritons Amélie en me couvrant de gloire.
Je ne suis pas en peine, ami, de résister
Aux téméraires mains qui m'osent insulter.
De tous les ennemis qu'il faut combattre encore,
Je n'en redoute qu'un, c'est celui que j'adore.

Fin du second Acte.

ACTE III.

SCENE PREMIERE.

LE DUC DE FOIX, LISOIS.

LE DUC.

La victoire est à nous, vos soins l'ont assurée,
Vous avez su guider ma jeunesse égarée.
Lisois m'est nécessaire aux conseils, aux combats,
Et c'est à sa grande ame à diriger mon bras.

LISOIS.

Prince, ce feu guerrier qu'en vous on voit paraître.
Sera maître de tout, quand vous en serez maître :
Vous l'avez pu régler, & vous avez vaincu.
Ayez dans tous les tems cette heureuse vertu :
L'effet en est illustre autant qu'il est utile :
Le faible est inquiet, le grand homme est tranquille.

LE DUC.

Eh ! l'amour est-il fait pour la tranquillité ?
Mais ce chef inconnu sur nos remparts monté,
Qui tint seul si long-tems la victoire en balance,
Qui m'a rendu jaloux de sa haute vaillance,
Que devient-il ?

LISOIS.

Seigneur, environné de morts,
Il a seul repoussé nos plus puissans efforts.

Mais

Mais ce qui me confond & qui doit vous surprendre,
Pouvant nous échapper il est venu se rendre ;
Sans vouloir se nommer, & sans se découvrir,
Il accusait le ciel ; & cherchait à mourir.
Un seul de ses suivans auprès de lui partage
La douleur qui l'accable & le sort qui l'outrage.

LE DUC.

Quel est donc, cher ami, ce chef audacieux
Qui cherchant le trépas se cachait à nos yeux ?
Son casque était fermé. Quel charme inconcevable,
Quand je l'ai combattu le rendait respectable ?
Un je ne sai quel trouble en moi s'est élevé :
Soit que ce triste amour dont je suis captivé
Sur mes sens égarés répandant sa tendresse,
Jusqu'au sein des combats m'ait prêté sa faiblesse,
Qu'il ait voulu marquer toutes mes actions
Par la molle douceur de ses impressions ;
Soit plutôt que la voix de ma triste patrie
Parle encore en secret au cœur qui l'a trahie ;
Ou que le trait fatal enfoncé dans ce cœur
Corrompe en tous les tems ma gloire & mon bonheur.

LISOIS.

Quant aux traits dont votre ame a senti la puissance,
Tous les conseils sont vains, agréez mon silence.
Mais ce sang des Français que nos mains font couler,
Mais l'état, la patrie, il faut vous en parler.
Vos nobles sentimens peuvent encor paraître :
Il est beau de donner la paix à votre maître.
Son égal aujourd'hui, demain dans l'abandon,
Vous vous verriez réduit à demander pardon.
Sûr enfin d'Amélie & de votre fortune,
Fondez votre grandeur sur la cause commune ;
Ce guerrier, quel qu'il soit, remis entre vos mains,
Pourra servir lui-même à vos justes desseins :

De cet heureux moment saisissons l'avantage.

LE DUC.

Ami, de ma parole Amélie est le gage,
Je la tiendrai : je vais de ce même moment
Préparer les esprits à ce grand changement.
A tes conseils heureux tous mes sens s'abandonnent.
La gloire, l'hymenée & la paix me couronnent ;
Et libre des chagrins où mon cœur fut noyé,
Je dois tout à l'amour & tout à l'amitié.

SCENE II.

LISOIS, VAMIR, EMAR *dans le fond du théâtre*.

LISOIS.

Je me trompe, ou je vois ce captif qu'on amène,
Un des siens l'accompagne ; il se soutient à peine,
Il paraît accablé d'un desespoir affreux.

VAMIR.

Où suis-je ? Où vais-je ? O ciel !

LISOIS.

Chevalier généreux,
Vous êtes dans des murs où l'on chérit la gloire,
Où l'on n'abuse point d'une faible victoire,
Où l'on sait respecter de braves ennemis :
C'est en de nobles mains que le sort vous a mis.
Ne puis-je vous connaître ? & faut-il qu'on ignore
De quel grand prisonnier le duc de Foix s'honore ?

VAMIR.

Je ſuis un malheureux, le jouet des deſtins,
Dont la moindre infortune eſt d'être entre vos mains.
Souffrez qu'au ſouverain de ce ſéjour funeſte
Je puiſſe au moins cacher un ſort que je déteſte,
Me faut-il des témoins encor de mes douleurs?
On apprendra trop tôt mon nom & mes malheurs.

LISOIS.

Je ne vous preſſe point, ſeigneur, je me retire,
Je reſpecte un chagrin dont votre cœur ſoupire.
Croyez que vous pourrez retrouver parmi nous
Un deſtin plus heureux & plus digne de vous.

SCENE III.

VAMIR, EMAR.

VAMIR.

Un deſtin plus heureux! mon cœur en déſeſpére:
J'ai trop vêcu.

EMAR.

Seigneur, dans un ſort ſi contraire
Rendez graces au ciel de ce qu'il a permis
Que vous ſoyez tombé ſous de tels ennemis,
Non ſous le joug affreux d'une main étrangère.

VAMIR.

Qu'il eſt dur bien ſouvent d'être aux mains de ſon frère.

EMAR.

Mais ensemble élevés dans des tems plus heureux,
La plus tendre amitié vous unissait tous deux.

VAMIR.

Il m'aimait autrefois ; c'est ainsi qu'on commence ;
Mais bientôt l'amitié s'envole avec l'enfance.
Il ne sait pas encor ce qu'il me fait souffrir,
Et mon cœur déchiré ne saurait le haïr.

EMAR.

Il ne soupçonne pas qu'il ait en sa puissance
Un frère infortuné qu'animait la vengeance.

VAMIR.

Non, la vengeance, ami, n'entra point dans mon cœur ;
Qu'un soin trop différent égara ma valeur !
Juste ciel ! est-il vrai ce que la renommée
Annonçait dans la France à mon ame allarmée ?
Est-il vrai qu'Amélie après tant de sermens
Ait violé la foi de ses engagemens ?
Et pour qui ? juste ciel ! ô comble de l'injure !
O nœuds du tendre amour ! ô loix de la nature !
Liens sacrés des cœurs, êtes-vous tous trahis ?
Tous les maux dans ces lieux sont sur moi réunis.
Frère injuste, cruel !

EMAR.

Vous disiez qu'il ignore
Que parmi tant de biens qu'il vous enlève encore,
Amélie en effet est le plus précieux,
Qu'il n'avait jamais su le secret de vos feux.

VAMIR.

Elle le ſait, l'ingrate ; elle ſait que ma vie
Par d'éternels ſermens à la ſienne eſt unie ;
Elle ſait qu'aux autels nous allions confirmer
Ce devoir que nos cœurs s'étaient fait de s'aimer,
Quand le Maure enlèva mon unique eſpérance.
Et je n'ai pu ſur eux achever ma vengeance !
Et mon frère a ravi le bien que j'ai perdu !
Il jouit des malheurs dont je ſuis confondu.
Quel eſt donc en ces lieux le deſſein qui m'entraîne ?
La conſolation trop funeſte & trop vaine
De faire avant ma mort à ſes traîtres appas
Un reproche inutile, & qu'on n'entendra pas !
Allons, je périrai, quoi que le ciel décide,
Fidèle au roi mon maître, & même à la perfide.
Peut-être en apprenant ma conſtance & mon ſort,
Dans les bras de mon frère elle plaindra ma mort.

EMAR.

Cachez vos ſentimens, c'eſt lui qu'on voit paraître.

VAMIR.

Des troubles de mon cœur puis-je me rendre maître.

SCENE VI.

LE DUC DE FOIX, VAMIR, EMAR.

LE DUC.

CE mystère m'irrite, & je prétends savoir
Quel guerrier les destins ont mis en mon pouvoir :
Il semble avec horreur qu'il détourne la vue.

VAMIR.

O lumière du jour ! pourquoi m'es-tu rendue ?
Te verrai-je infidèle ? en quels lieux ! à quel prix !

LE DUC.

Qu'entends-je? & quels accens ont frappé mes esprits?

VAMIR.

M'as-tu pu méconnaître ?

LE DUC.

Ah, Vamir ! ah, mon frère !

VAMIR.

Ce nom jadis si cher, ce nom me désespère.
Je ne le suis que trop, ce frère infortuné,
Ton ennemi vaincu, ton captif enchaîné.

LE DUC.

Tu n'es plus que mon frère, & mon cœur te pardonne.
Mais je te l'avouerai, ta cruauté m'étonne.

Si ton roi me pourſuit, Vamir, était-ce à toi
A briguer, à remplir cet odieux emploi ?
Que t'ai-je fait ?

VAMIR.

Tu fais le malheur de ma vie :
Je voudrais qu'aujourd'hui ta main me l'eût ravie.

LE DUC.

De nos troubles civils quels effets malheureux !

VAMIR.

Les troubles de mon cœur ſont encor plus affreux.

LE DUC.

J'euſſe aimé contre un autre à montrer mon courage.
Vamir, que je te plains !

VAMIR.

Je te plains davantage,
De haïr ton pays, de trahir ſans remords
Et le roi qui t'aimait, & le ſang dont tu ſors.

LE DUC.

Arrête, épargne-moi l'infâme nom de traître.
A cet indigne mot, je m'oublierais peut-être.
Non, mon frère, jamais je n'ai moins mérité
Le reproche odieux de l'infidélité.
Je ſuis prêt de donner à nos triſtes provinces,
A la France ſanglante, au reſte de nos princes,
L'exemple auguſte & ſaint de la réunion,
Après l'avoir donné de la diviſion.

VAMIR.

Toi, tu pourrais....

LE DUC.

Ce jour qui ſemble ſi funeſte
Des feux de la diſcorde éteindra ce qui reſte.

VAMIR.

Ce jour eſt trop horrible.

LE DUC.

Il va combler mes vœux.

VAMIR.

Comment ?

LE DUC.

Tout eſt changé, ton frère eſt trop heureux.

VAMIR.

Je le crois : on diſait que d'un amour extrême,
Violent, effrené, car c'eſt ainſi qu'on aime,
Ton cœur depuis trois mois s'occupait tout entier.

LE DUC.

J'aime : oui, la renommée a pu le publier ;
Oui, j'aime avec fureur. Une telle alliance
Semblait pour mon bonheur attendre ta préſence.
Oui, mes reſſentimens, mes droits, mes alliés,
Gloire, amis, ennemis, je mets tout à ſes pieds.

A ſa ſuite.

Allez, & dites-lui que deux malheureux frères
Jettés par le deſtin dans des partis contraires,
Pour marcher deſormais ſous le même étendard,
De ſes yeux ſouverains n'attendent qu'un regard.

A Vamir.

Ne blâme point l'amour où ton frère eſt en proye :
Pour me juſtifier, il ſuffit qu'on la voye.

VAMIR.

VAMIR.

Cruel ! . . . elle vous aime ?

LE DUC.

Elle le doit du moins :
Il n'était qu'un obſtacle au ſuccès de mes ſoins,
Il n'en eſt plus ; je veux que rien ne nous ſépare.

VAMIR.

Quels effroyables coups le cruel me prépare !
Ecoute ; à ma douleur ne veux-tu qu'inſulter ?
Me connais-tu ? Sais-tu ce que j'oſais tenter ?
Dans ces funeſtes lieux ſais-tu ce qui m'amène ?

LE DUC.

Oublions ces ſujets de diſcorde & de haine.

SCENE V.

LE DUC DE FOIX, VAMIR, AMELIE.

AMELIE.

Ciel ! qu'eſt-ce que je vois ? Je me meurs !

LE DUC.

Ecoutez :
Mon bonheur eſt venu de nos calamités,
J'ai vaincu ; je vous aime, & je retrouve un frère ;
Sa préſence à mes yeux vous rend encor plus chère ;
Et vous, mon frère, & vous, ſoyez ici témoin,
Si l'excès de l'amour peut emporter plus loin.
Ce que votre reproche ou bien votre prière,
Le généreux Liſois, le roi, la France entière,

Demanderaient ensemble, & qu'ils n'obtiendraient pas,
Soumis & subjugué, je l'offre à ses appas.
De l'ennemi des rois vous avez craint l'hommage.
Vous aimez, vous servez une cour qui m'outrage;
Eh bien! il faut céder; vous disposez de moi,
Je n'ai plus d'alliés, je suis à votre roi.
L'amour, qui, malgré vous, nous a faits l'un pour l'autre,
Ne me laisse le choix de parti que le vôtre.
Vous, courez, mon cher frère; allez de ce moment
Annoncer à la cour un si grand changement.
Soyez libre, partez; & de mes sacrifices
Allez offrir au roi les heureuses prémices.
Puissai-je à ses genoux présenter aujourd'hui
Celle qui m'a dompté, qui me ramène à lui,
Qui d'un prince ennemi fait un sujet fidèle,
Changé par ses regards & vertueux par elle!

VAMIR *à part.*

Il fait ce que je veux, & c'est pour m'accabler.
Prononcez notre arrêt, madame; il faut parler.

LE DUC.

Eh! quoi, vous demeurez interdite & muette?
De mes soumissions êtes-vous satisfaite?
Est-ce assez qu'un vainqueur vous implore à genoux?
Faut-il encor ma vie, ingrate? elle est à vous.
Un mot peut me l'ôter: la fin m'en sera chère;
Je vivais pour vous seule, & mourrai pour vous plaire.

AMELIE.

Je demeure éperdue, & tout ce que je vois
Laisse à peine à mes sens l'usage de la voix.
Ah! seigneur, si votre ame en effet attendrie
Plaint le sort de la France, & chérit la patrie,

Un si noble dessein, des soins si vertueux
Ne seront point l'effet du pouvoir de mes yeux :
Ils auront dans vous-même une source plus pure.
Vous avez écouté la voix de la nature ;
L'amour a peu de part où doit regner l'honneur.

LE DUC.

Non, tout est votre ouvrage, & c'est-là mon malheur.
Sur tout autre intérêt ce triste amour l'emporte.
Accablez-moi de honte, accusez-moi ; n'importe.
Dussai-je vous déplaire & forcer votre cœur,
L'autel est prêt, venez.

VAMIR.

Vous osez !

AMELIE.

Non, seigneur,
Avant que je vous céde, & que l'hymen nous lie,
Aux yeux de votre frère arrachez-moi la vie.
Le sort met entre nous un obstacle éternel.
Je ne puis être à vous.

LE DUC.

Vamir ! ingrate ! ah, ciel !
C'en est donc fait ! mais non, mon cœur sait se contraindre.
Vous ne méritez pas que je daigne m'en plaindre,
Je vous rends trop justice : & ces séductions
Qui vont au fond des cœurs chercher nos passions,
L'espoir qu'on donne à peine afin qu'on le saisisse,
Ce poison préparé des mains de l'artifice,
Sont les effets d'un charme aussi trompeur que vain,
Que l'œil de la raison regarde avec dédain.
Je suis libre par vous ; cet art que je déteste,
Cet art qui m'enchaîna brise un joug si funeste :

Et je ne prétends pas, indignement épris,
Rougir devant mon frère, & souffrir des mépris.
Montrez-moi seulement ce rival qui se cache,
Je lui céde avec joye un poison qu'il m'arrache.
Je vous dédaigne assez tous deux pour vous unir,
Perfide; & c'est ainsi que je dois vous punir.

AMELIE.

Je devais seulement vous quitter & me taire;
Mais je suis accusée, & ma gloire m'est chère.
Votre frère est présent: & mon honneur blessé
Doit repousser les traits dont il est offensé.
Pour un autre que vous ma vie est destinée;
Je vous en fais l'aveu, je m'y vois condamnée.
Oui, j'aime, & je serais indigne devant vous
De celui que mon cœur s'est promis pour époux,
Indigne de l'aimer, si par ma complaisance
J'avais à votre amour laissé quelque espérance.
Vous avez regardé ma liberté, ma foi,
Comme un bien de conquête, & qui n'est plus à moi.
Je vous devais beaucoup; mais une telle offense
Ferme à la fin mon cœur à la reconnaissance.
Sachez que des bienfaits qui font rougir mon front
A mes yeux indignés ne sont plus qu'un affront.
J'ai plaint de votre amour la violence vaine;
Mais, après ma pitié, n'attirez point ma haine.
J'ai rejetté vos vœux que je n'ai point bravés.
J'ai voulu votre estime; & vous me la devez.

LE DUC.

Je vous dois ma colère, & sachez qu'elle égale
Tous les emportemens de mon amour fatale.
Quoi donc, vous attendiez, pour oser m'accabler,
Que Vamir fut présent & me vît immoler?
Vous vouliez ce témoin de l'affront que j'endure;
Allez, je le croirais l'auteur de mon injure,

Si . . . Mais il n'a point vu vos funestes appas ;
Mon frère trop heureux ne vous connaissait pas.
Nommez donc mon rival ; mais gardez-vous de croire
Que mon lâche dépit lui céde la victoire.
Je vous trompais ; mon cœur ne peut feindre long-
tems :
Je vous traîne à l'autel à ses yeux expirans,
Et ma main sur sa cendre à votre main donnée
Va tremper dans le sang les flambeaux d'hymenée.
Je sais trop qu'on a vu, lâchement abusés,
Pour des mortels obscurs des princes méprisés ;
Et mes yeux perceront dans la foule inconnue
Jusqu'à ce vil objet qui se cache à ma vue.

VAMIR.

Pourquoi d'un choix indigne osez-vous l'accuser ?

LE DUC.

Et pourquoi, vous, mon frère, osez-vous l'excuser?
Est-il vrai que de vous elle était ignorée ?
Ciel ! à ce piége affreux ma foi serait livrée !
Tremblez.

VAMIR.

Moi, que je tremble ! ah ! j'ai trop dévoré
L'inexprimable horreur où toi seul m'as livré.
J'ai forcé trop long-tems mes transports au silence :
Connais-moi donc, barbare, & remplis ta vengeance.
Connais un désespoir à tes fureurs égal.
Frappe, voilà mon cœur, & voilà ton rival.

LE DUC.

Toi, cruel ! toi, Vamir !

VAMIR.

Oui, depuis deux années
L'amour le plus secret a joint nos destinées.

C'eſt toi dont les fureurs ont voulu m'arracher
Le ſeul bien ſur la terre où j'ai pu m'attacher ;
Tu fais depuis trois mois les horreurs de ma vie.
Les maux que j'éprouvais paſſaient ta jalouſie.
Par tes égaremens juge de mes tranſports.
Nous puiſâmes tous deux, dans ce ſang dont je ſors,
L'excès des paſſions qui dévorent une ame ;
La nature à tous deux fit un cœur tout de flamme.
Mon frère eſt mon rival, & je l'ai combattu.
J'ai fait taire le ſang, peut-être la vertu.
Furieux, aveuglé, plus jaloux que toi-même,
J'ai couru, j'ai volé, pour t'ôter ce que j'aime.
Rien ne m'a retenu, ni tes ſuperbes tours,
Ni le peu de ſoldats que j'avais pour ſecours,
Ni le lieu, ni le tems, ni ſur-tout ton courage ;
Je n'ai vu que ma flamme & ton feu qui m'outrage.
L'amour fut dans mon cœur plus fort que l'amitié,
Sois cruel comme moi ; punis-moi ſans pitié :
Auſſi-bien tu ne peux t'aſſurer ta conquête,
Tu ne peux l'épouſer qu'aux dépens de ma tête.
A la face des cieux, je lui donne ma foi ;
Je te fais de nos vœux le témoin malgré toi.
Frappe, & qu'après ce coup ta cruauté jalouſe
Traîne aux pieds des autels ta ſœur & mon épouſe.
Frappe, dis-je : oſes-tu ?

LE DUC.

Traître, c'en eſt aſſez.
Qu'on l'ôte de mes yeux : ſoldats, obéiſſez.

AMELIE.

Non, demeurez. Cruel ! ah prince, eſt-il poſſible
Que la nature en vous trouve une ame inflexible ?
Seigneur !

VAMIR.

Vous, le prier ? plaignez-le plus que moi.
Plaignez-le ; il vous offenſe, il a trahi ſon roi.

Va, je suis dans ces lieux plus puissant que toi-même,
Je suis vengé de toi : l'on te hait, & l'on m'aime.

AMELIE.

Ah, cher prince ! ah, seigneur, voyez à vos genoux.

LE DUC.

Qu'on m'en réponde, allez. Madame, levez-vous.
Vos prières, vos pleurs en faveur d'un parjure
Sont un nouveau poison versé sur ma blessure :
Vous avez mis la mort dans ce cœur outragé.
Mais, perfide, croyez que je mourrai vengé.
Adieu, si vous voyez les effets de ma rage,
N'en accusez que vous; nos maux sont votre ouvrage.

AMELIE.

Je ne vous quitte pas ; écoutez-moi, seigneur.

LE DUC.

Eh bien ! achevez donc de déchirer mon cœur :
Parlez.

SCENE VI.

LE DUC, VAMIR, AMELIE, LISOIS.

LISOIS.

J'Allais partir : un peuple téméraire
Se soulève en tumulte au nom de votre frère.
Le désordre est par tout, vos soldats consternés
Désertent les drapeaux de leurs chefs étonnés ;
Et pour comble de maux, vers la ville allarmée
L'ennemi rassemblé fait marcher son armée.

LE DUC.

Allez, cruelle, allez ; vous ne jouirez pas
Du fruit de votre haine & de vos attentats :
Rentrez. Aux factieux je vais montrer leur maître ;
Dangeste, suivez-la... (*A Lisois.*) Vous, veillez sur ce traître.

SCENE VII.

VAMIR, LISOIS.

LISOIS.

Le feriez-vous ? seigneur ; auriez-vous démenti
Le sang de ces héros dont vous êtes sorti ?
Auriez-vous violé, par cette lâche injure,
Et les droits de la guerre & ceux de la nature ?
Un prince à cet excès pourrait-il s'oublier ?

VAMIR.

Non : mais suis-je réduit à me justifier ?
Lisois, ce peuple est juste ; il t'apprend à connaître
Que mon frère est rebelle, & qu'il trahit son maître.

LISOIS.

Ecoutez ; ce serait le comble de mes vœux
De pouvoir aujourd'hui vous réunir tous deux.
Je vois avec regret la France désolée,
A nos dissentions la nature immolée,
Sur nos communs débris l'Africain élevé,
Menaçant cet état par nous-même énervé.
Si vous avez un cœur digne de votre race,
Faites au bien public servir votre disgrace.

Eh bien, rapprochez-les, unissez-vous à moi
Pour calmer votre frère & fléchir votre roi,
Pour éteindre le feu de nos guerres civiles.

VAMIR.

Ne vous en flattez pas, vos soins sont inutiles.
Si la discorde seule avait armé mon bras,
Si la guerre & la haine avaient conduit mes pas,
Vous pourriez espérer de réunir deux frères,
L'un de l'autre écartés dans des partis contraires.
Un obstacle plus grand s'oppose à ce retour.

LISOIS.

Et quel est-il, seigneur?

VAMIR.

Ah! reconnais l'amour.
Reconnais la fureur qui de nous deux s'empare,
Qui m'a fait téméraire, & qui le rend barbare.

LISOIS.

Ciel! faut-il voir ainsi par des caprices vains
Anéantir le fruit des plus nobles desseins!
L'amour subjuguer tout! ses cruelles faiblesses
Du sang qui se révolte étouffer les tendresses!
Des frères se haïr, & naître en tous climats
Des passions des grands le malheur des états!
Prince, de vos amours laissons-là le mystère.
Je vous plains tous les deux, mais je sers votre frère.
Je vais le seconder; je vais me joindre à lui,
Contre un peuple insolent qui se fait votre appui.
Le plus pressant danger est celui qui m'appelle.
Je vois qu'il peut avoir une fin bien cruelle;
Je vois les passions plus puissantes que moi,
Et l'amour seul ici me fait frémir d'effroi.

Je lui dois mon ſecours, je vous laiſſe, & j'y vole.
Soyez mon priſonnier, mais ſur votre parole;
Elle me ſuffira.

VAMIR.

Je vous la donne.

LISOIS.

Et moi,
Je voudrais de ce pas porter la ſienne au roi;
Je voudrais cimenter, dans l'ardeur de lui plaire,
Du ſang de nos tyrans une union ſi chère.
Mais ces fiers ennemis ſont bien moins dangereux
Que ce fatal amour qui vous perdra tous deux.

Fin du troiſiéme Acte.

ACTE IV.

SCENE PREMIERE.

VAMIR, AMELIE, EMAR.

AMELIE.

Quelle ſuite, grand dieu, d'affreuſes deſtinées !
Quel tiſſu de douleurs l'une à l'autre enchaînées!
Un orage imprévu m'enlève à votre amour :
Un orage nous joint : & dans le même jour,
Quand je vous ſuis rendue, un autre nous ſépare !
Vamir, frère adoré d'un frère trop barbare,
Vous le voulez, Vamir ; je pars, & vous reſtez.

VAMIR.

Voyez par quels liens mes pas ſont arrêtés.
Au pouvoir d'un rival ma parole me livre :
Je peux mourir pour vous, & je ne peux vous ſuivre.

AMELIE.

Vous l'osâtes combattre, & vous n'oſez le fuir.

VAMIR.

L'honneur eſt mon tyran : je lui dois obéir.
Profitez du tumulte où la ville eſt livrée.
La retraite à vos pas déja ſemble aſſurée.
On vous attend : le ciel a calmé ſon courroux :
Eſpérez . . . .

AMELIE.

Et que puis-je eſpèrer loin de vous ?

VAMIR.

Ce n'eſt qu'un jour.

AMELIE.

Ce jour eſt un ſiécle funeſte.
Rendez vains mes ſoupçons, ciel, vengeur que j'atteſte !
Seigneur, de votre ſang le Maure eſt altéré.
Ce ſang à votre frère eſt-il donc ſi ſacré ?
Il aime en furieux ; mais il hait plus encore.
Il eſt votre rival & l'allié du Maure.
Je crains . . . .

VAMIR.

Il n'oſerait . . . . .

AMELIE.

Son cœur n'a point de frein.
Il vous a menacé : menace-t-il en vain ?

VAMIR.

Il tremblera bientôt : le roi vient, & nous venge ;
La moitié de ce peuple à ſes drapeaux ſe range.
Allez, ſi vous m'aimez, dérobez-vous aux coups
Des foudres allumés grondans autour de nous,
Au tumulte, au carnage, au déſordre effroyable,
Dans des murs pris d'aſſaut, malheur inévitable.
Mais redoutez encor mon rival furieux :
Craignez l'amour jaloux qui veille dans ſes yeux.
Cet amour mépriſé ſe tournerait en rage.
Fuyez ſa violence : évitez un outrage
Qu'il me faudrait laver de ſon ſang & du mien.
Seul eſpoir de ma vie & mon unique bien,

Mettez en ſûreté ce ſeul bien qui me reſte :
Ne vous expoſez pas à cet éclat funeſte.
Cédez à mes douleurs. Qu'il vous perde : partez.

AMELIE.

Et vous vous expoſez ſeul à ſes cruautés !

VAMIR.

Ne craignant rien pour vous, je craindrai peu mon frère.
Que dis-je ? mon appui lui devient néceſſaire.
Son captif aujourd'hui, demain ſon bienfaiteur,
Je pourrai de ſon roi lui rendre la faveur.
Protéger mon rival eſt la gloire où j'aſpire.
Arrachez-vous ſur-tout à ſon fatal empire.
Songez que ce matin vous quittiez ſes états.

AMELIE.

Ah ! je quittais des lieux que vous n'habitiez pas.
Dans quelque azile affreux que mon deſtin m'entraîne,
Vamir, j'y porterai mon amour & ma haine.
Je vous adorerai dans le fond des déſerts,
Au milieu des combats, dans l'exil, dans les fers,
Dans la mort que j'attends de votre ſeule abſence.

VAMIR.

C'en eſt trop : vos douleurs ébranlent ma conſtance.
Vous avez trop tardé. Ciel ! quel tumulte affreux !

SCENE II.

AMELIE, VAMIR, LE DUC DE FOIX, GARDES.

LE DUC.

JE l'entends ; c'eſt lui-même. Arrête, malheureux ;
Lâche qui me trahis, rival indigne, arrête.

VAMIR.

Il ne te trahit point ; mais il t'offre ſa tête.
Porte à tous les excès ta haine & ta fureur.
Va, ne perds point de tems : le ciel arme un vengeur.
Tremble ; ton roi s'approche : il vient, il va paraître ;
Tu n'as vaincu que moi : redoute encor ton maître.

LE DUC.

Il pourra te venger, mais non te ſecourir ;
Et ton ſang . . . .

AMELIE.

Non, cruel ; c'eſt à moi de mourir.
J'ai tout fait ; c'eſt par moi que ta garde eſt ſéduite.
J'ai gagné tes ſoldats. J'ai préparé ma fuite.
Punis ces attentats & ces crimes ſi grands,
De ſortir d'eſclavage & de fuir ſes tyrans :
Mais reſpecte ton frère, & ſa femme, & toi-même.
Il ne t'a point trahi : c'eſt un frère qui t'aime.
Il voulait te ſervir, quand tu veux l'opprimer.
Quel crime a-t-il commis, cruel, que de m'aimer ?
L'amour n'eſt-il en toi qu'un juge inexorable ?

LE DUC.

Plus vous le défendez, plus il devient coupable.
C'eſt vous qui le perdez, vous qui l'aſſaſſinez.
Vous, par qui tous nos jours étaient empoiſonnés ;
Vous, qui pour leur malheur armiez des mains ſi chères.
Puiſſe tomber ſur vous tout le ſang des deux frères !
Vous pleurez ; mais vos pleurs ne peuvent me tromper.
Je ſuis prêt à mourir, & prêt à le frapper.
Mon malheur eſt au comble, ainſi que ma faibleſſe.
Oui, je vous aime encor : le tems, le péril preſſe.
Vous pouvez à l'inſtant parer le coup mortel.
Voilà ma main, venez : ſa grace eſt à l'autel.

AMELIE.

Moi, ſeigneur ?

LE DUC.

C'eſt aſſez.

AMELIE.

Moi, que je le trahiſſe ?

LE DUC.

Arrêtez . . . . répondez . . . .

AMELIE.

Je ne puis.

LE DUC.

Qu'il périſſe

VAMIR.

Ne vous laiſſez pas vaincre en ces affreux combats.
Oſez m'aimer aſſez pour vouloir mon trépas.

Abandonnez mon ſort au coup qu'il me prépare.
Je mourrai triomphant des mains de ce barbare :
Et ſi vous ſuccombiez à ſon lâche courroux,
Je n'en mourrais pas moins, mais je mourrais pour vous.

LE DUC.

Qu'on l'entraîne à la tour ; allez, qu'on m'obéiſſe.

SCENE III.

LE DUC, AMELIE.

AMELIE.

Vous, cruel, vous feriez cet affreux ſacrifice ?
De ſon vertueux ſang vous pourriez vous couvrir ?
Quoi ! voulez-vous ?

LE DUC.

Je veux vous haïr & mourir,
Vous rendre malheureuſe encor plus que moi-même,
Répandre devant vous tout le ſang qui vous aime ;
Et vous laiſſer des jours plus cruels mille fois
Que le jour où l'amour nous a perdu tous trois.
Laiſſez-moi : votre vue augmente mon ſupplice.

SCENE

SCENE IV.

LE DUC, AMELIE, LISOIS.

AMELIE *à Lisois.*

AH! je n'attends plus rien que de votre justice:
Lisois, contre un cruel osez me secourir.

LE DUC.

Gardes-toi de l'entendre, ou tu vas me trahir.

AMELIE.

J'atteste ici le ciel.

LE DUC.

Eloignez de ma vue,
Amis, délivrez-moi de l'objet qui me tue.

AMELIE.

Va, tyran, c'en est trop: va, dans mon désespoir,
J'ai combattu l'horreur que je sens à te voir.
J'ai cru, malgré ta rage à ce point emportée,
Qu'une femme du moins en serait respectée.
L'amour adoucit tout, hors ton barbare cœur;
Tygre, je t'abandonne à toute ta fureur.
Dans ton féroce amour immole tes victimes;
Compte dès ce moment ma mort parmi tes crimes;
Mais compte encor la tienne. Un vengeur va venir.
Par ton juste supplice il va tous nous unir.
Tombe avec tes remparts, tombe & péris sans gloire;
Meurs, & que l'avenir prodigue à ta mémoire,

A tes feux, à ton nom juſtement abhorrés,
La haine & le mépris que tu m'as inſpirés.

SCENE V.

LE DUC DE FOIX, LISOIS.

LE DUC.

Oui, cruelle ennemie, & plus que moi farouche
Oui, j'accepte l'arrêt prononcé par ta bouche
Que la main de la haine, & que les mêmes coups
Dans l'horreur du tombeau nous réuniſſent tous.

LISOIS.

Il ne ſe connaît plus : il ſuccombe à ſa rage.

LE DUC.

Eh bien ! ſouffriras-tu ma honte & mon outrage ?
Le tems preſſe : veux-tu qu'un rival odieux
Enlève la perfide & l'épouſe à mes yeux ?
Tu crains de me répondre. Attends-tu que le traître
Ait ſoulevé le peuple, & me livre à ſon maître ?

LISOIS.

Je vois trop en effet que le parti du roi
Des peuples fatigués fait chanceler la foi.
De la ſédition la flamme réprimée
Vit encor dans les cœurs en ſecret rallumée.

LE DUC.

C'eſt Vamir qui l'allume ; il nous a trahi tous.

LISOIS.

Je ſuis loin d'excuſer ſes crimes envers vous.
La ſuite en eſt funeſte, & me remplit d'allarmes.
Dans la plaine déja les Français ſont en armes;
Et vous étes perdu, ſi le peuple excité
Croit dans la trahiſon trouver ſa ſureté.
Vos dangers ſont accrus.

LE DUC.

Eh bien! que faut-il faire?

LISOIS.

Les prévenir, dompter l'amour & la colère.
Ayons encor, mon prince, en cette extrémité,
Pour prendre un parti ſûr aſſez de fermeté.
Nous pouvons conjurer ou braver la tempête.
Quoi que vous décidiez, ma main eſt toute prête.
Vous vouliez ce matin par un heureux traité
Appaiſer avec gloire un monarque irrité.
Ne vous rebutez pas; ordonnez, & j'eſpére
Seigneur, en votre nom cette paix ſalutaire.
Mais s'il vous faut combattre & courir au trépas,
Vous ſavez qu'un ami ne vous ſurvivra pas.

LE DUC.

Ami, dans le tombeau laiſſes-moi ſeul deſcendre.
Vis, pour ſervir ma cauſe & pour venger ma cendre,
Mon deſtin s'accomplit, & je cours l'achever.
Qui ne veut que la mort eſt ſûr de la trouver;
Mais je la veux terrible, & lorſque je ſuccombe,
Je veux voir mon rival entraîné dans ma tombe.

LISOIS.

Comment? de quelle horreur vos ſens ſont poſſédés,

LE DUC.

Il eſt dans cette tour où vous ſeul commandez ;
Et vous m'avez promis que contre un téméraire...

LISOIS.

De qui me parlez-vous, ſeigneur ? de votre frère !

LE DUC.

Non : je parle d'un traître, & d'un lâche ennemi,
D'un rival qui m'abhorre & qui m'a tout ravi.
Le Maure attend de moi la tête du parjure.

LISOIS.

Vous leur avez promis de trahir la nature ?

LE DUC.

Dès long-tems du perfide ils ont proſcrit le ſang.

LISOIS.

Et pour leur obéir vous lui percez le flanc ?

LE DUC.

Non, je n'obéis point à leur haine etrangère ;
J'obéis à ma rage, & veux la ſatisfaire,
Que m'importent l'état & mes vains alliés ?

LISOIS.

Ainſi donc à l'amour vous le ſacrifiez,
Et vous me chargez, moi, du ſoin de ſon ſupplice ?

LE DUC.

Je n'attends pas de vous cette prompte juſtice.
Je ſuis bien malheureux, bien digne de pitié ;
Trahi dans mon amour, trahi dans l'amitié.

Allez ; je puis encor dans le ſort qui me preſſe
Trouver de vrais amis qui tiendront leur promeſſe.
D'autres me ſerviront & n'allégueront pas
Cette triſte vertu, l'excuſe des ingrats.

LISOIS *après un long ſilence.*

Non ; j'ai pris mon parti : ſoit crime, ſoit juſtice,
Vous ne vous plaindrez plus qu'un ami vous trahiſſe.
Vamir eſt criminel : vous êtes malheureux.
Je vous aime ; il ſuffit : je me rends à vos vœux.
Je vois qu'il eſt des tems pour les partis extrêmes,
Que les plus ſaints devoirs peuvent ſe taire eux-mêmes.
Je ne ſouffrirai pas que d'un autre que moi
Dans de pareils momens vous éprouviez la foi ;
Et vous reconnaîtrez avec ſuccès mon zèle,
Si Liſois vous aimait, & s'il vous fut fidèle.

LE DUC.

Je te retrouve enfin dans mon adverſité :
L'univers m'abandonne, & toi ſeul m'es reſté.
Tu ne ſouffriras pas que mon rival tranquille
Inſulte impunément à ma rage inutile.
Qu'un ennemi vaincu, maître de mes états,
Dans les bras d'une ingrate inſulte à mon trépas.

LISOIS.

Non, mais en vous rendant ce malheureux ſervice,
Prince, je vous demande un autre ſacrifice.

LE DUC.

Parle.

LISOIS.

Je ne veux pas que le Maure en ces lieux
Protecteur inſolent commande ſous mes yeux ;

Je ne veux pas ſervir un tyran qui nous brave.
Ne puis-je vous venger, ſans être ſon eſclave?
Si vous voulez tomber, pourquoi prendre un appui?
Pour mourir avec vous, ai-je beſoin de lui?
Du ſort de ce grand jour laiſſez-moi la conduite:
Ce que je fais pour vous peut-être le mérite.
Les Maures avec moi pourraient mal s'accorder,
Juſqu'au dernier moment, je veux ſeul commander.

LE DUC.

Oui, pourvû qu'Amélie au deſeſpoir réduite
Pleure en larmes de ſang l'amant qui l'a ſéduite;
Pourvu que de l'horreur de ſes gémiſſemens
Ma douleur ſe repaiſſe à mes derniers momens;
Tout le reſte eſt égal, & je te l'abandonne.
Prépare le combat: agis, diſpoſe, ordonne.
Ce n'eſt plus la victoire où ma fureur prétend:
Je ne cherche pas même un trépas éclatant.
Aux cœurs deſeſperés qu'importe un peu de gloire?
Périſſe ainſi que moi ma funeſte mémoire!
Périſſe avec mon nom le ſouvenir fatal
D'une indigne maîtreſſe & d'un lâche rival.

LISOIS.

Je l'avoue avec vous: une nuit éternelle
Doit couvrir, s'il ſe peut, une fin ſi cruelle.
C'était avant ce coup qu'il nous fallait mourir.
Mais je tiendrai parole, & je vais vous ſervir.

Fin du quatriéme Acte.

ACTE V.

SCENE PREMIERE.

LE DUC DE FOIX, UN OFFICIER DES GARDES.

LE DUC.

O Ciel ! me faudra-t-il de momens en momens
Voir & des trahiſons & des ſoulevemens ?
Eh bien, de ces mutins l'audace eſt terraſſée ?

L'OFFICIER.

Seigneur, ils vous ont vû : leur foule eſt diſperſée.

LE DUC.

L'ingrat de tous côtés m'opprimait aujourd'hui,
Mon malheur eſt parfait, tous les cœurs ſont à lui.
Que fait Liſois ?

L'OFFICIER.

Seigneur, ſa prompte vigilance
A partout des remparts aſſuré la défenſe.

LE DUC.

Ce ſoldat qu'en ſecret vous m'avez amené
Va-t-il exécuter l'ordre que j'ai donné ?

L'OFFICIER.

Oui, Seigneur, & déja vers la tour il s'avance.

LE DUC.

Ce bras vulgaire & sûr va remplir ma vengeance ;
Sur l'incertain Lisois mon cœur a trop compté :
Il a vû ma fureur avec tranquillité.
On ne soulage point des douleurs qu'on méprise :
Il faut qu'en d'autres mains ma vengeance soit mise.
Vous, que sur nos remparts on porte nos drapeaux.
Allez, qu'on se prépare à des périls nouveaux.
Vous sortez d'un combat, un autre vous appelle.
Ayez la même audace avec le même zèle,
Imitez votre maître, & s'il vous faut périr,
Vous recevrez de moi l'exemple de mourir.

Il reste seul.

Eh bien, c'en est donc fait : une femme perfide
Me conduit au tombeau chargé d'un parricide.
Qui ? moi, je tremblerais des coups qu'on va porter !
J'ai chéri la vengeance & ne puis la goûter.
Je frissonne : une voix gémissante & sévère
Crie au fond de mon cœur, arrête, il est ton frère.
Ah ! prince infortuné, dans ta haine affermi,
Songe à des droits plus saints : Vamir fut ton ami.
O jours de notre enfance ! ô tendresses passées !
Il fut le confident de toutes mes pensées.
Avec quelle innocence & quels épanchemens
Nos cœurs se sont appris leurs premiers sentimens !
Que de fois partageant mes naissantes allarmes,
D'une main fraternelle essuya-t-il mes larmes !
Et c'est moi qui l'immole, & cette même main
D'un frère que j'aimais déchirerait le sein ?
O passion funeste ! ô douleur qui m'égare !
Non je n'étais point né pour devenir barbare.
Je sens combien le crime est un fardeau cruel ;
Mais que dis-je ? Vamir est le seul criminel.

Je

Je reconnais mon ſang, mais c'eſt à ſa furie:
Il m'enlève l'objet dont dépendait ma vie.
Ah! de mon deſeſpoir injuſte & vain tranſport!
Il l'aime, eſt-ce un forfait qui mérite la mort?
Hélas! malgré le tems, & la guerre & l'abſence,
Leur tranquille union croiſſait dans le ſilence.
Ils nourriſſaient en paix leur innocente ardeur,
Avant qu'un fol amour empoiſonnât mon cœur.
Mais lui-même il m'attaque, il brave ma colère.
Il me trompe, il me hait, n'importe: il eſt mon frère,
C'eſt à lui ſeul de vivre, on l'aime, il eſt heureux:
C'eſt à moi de mourir; mais mourons généreux;
La pitié m'ébranlait: la nature décide.
Il en eſt tems encor...

SCENE II.

LE DUC DE FOIX, L'OFFICIER.

LE DUC.

Préviens un parricide,
Ami, vole à la tour. Que tout ſoit ſuſpendu:
Que mon frère....

L'OFFICIER.

Seigneur...

LE DUC.

De quoi t'allarmes-tu?
Cours, obéïs.

L'OFFICIER.

J'ai vû, non loin de cette porte,

Un corps souillé de sang qu'en secret on emporte :
C'est Lisois qui l'ordonne, & je crains que le sort...

LE DUC.

Qu'entens-je... malheureux ! ah ciel, mon frère est mort :
Il est mort, & je vis, & la terre entr'ouverte,
Et la foudre en éclats n'ont point vengé sa perte ?
Ennemi de l'état, factieux, inhumain,
Frère dénaturé, ravisseur, assassin,
O ciel, autour de moi que j'ai creusé d'abîmes !
Que l'amour m'a changé ! qu'il me coûte de crimes !
Le voile est déchiré : je m'étais mal connu.
Au comble des forfaits je suis donc parvenu ?
Ah ! Vamir ! ah mon frère ! ah jour de ma ruine,
Je sens que je t'aimais, & mon bras t'assassine !
Quoi ! mon frère !

L'OFFICIER.

Amélie avec empressement,
Veut, Seigneur, en secret vous parler un moment.

LE DUC.

Chers amis, empêchez que la cruelle avance.
Je ne puis soutenir ni souffrir sa présence ;
Mais non, d'un parricide elle doit se venger,
Dans mon coupable sang sa main doit se plonger.
Qu'elle entre : ah ! je succombe & je ne vis qu'à peine.

SCENE III.

LE DUC, AMÉLIE, TAISE.

AMELIE.

Vous l'emportez, Seigneur ; & puiſque votre haine
(Comment puis-je autrement appeller en ce jour
Ces affreux ſentimens que vous nommez amour)
Puiſqu'à ravir ma foi votre haine obſtinée
Veut, ou le ſang d'un frère, ou ce triſte hymenée ;
Mon choix eſt fait, Seigneur, & je me donne à vous.
A force de forfaits vous êtes mon époux.
Briſez les fers honteux dont vous chargez un frère.
De vos murs ſous ſes pas abaiſſez la barrière.
Que je ne tremble plus pour des jours ſi chéris :
Je trahis mon amant, je le perds à ce prix :
Je vous épargne un crime, & ſuis votre conquête.
Commandez, diſpoſez, ma main eſt toute prête.
Sachez que cette main que vous tyranniſez
Punira la faibleſſe où vous me réduiſez.
Sachez qu'au temple même où vous m'allez conduire..
Mais vous voulez ma foi : ma foi doit vous ſuffire.
Allons... eh quoi ! d'où vient ce ſilence affecté !
Quoi ! votre frère encor n'eſt point en liberté !

LE DUC.

Mon frère ?

AMELIE.

Dieu puiſſant, diſſipez mes allarmes,
Ciel ! de vos yeux cruels je vois tomber des larmes.

LE DUC.

Vous demandez ſa vie !

AMELIE.

Ah ! qu'eſt-ce que j'entends ?
Vous qui m'aviez promis...

LE DUC.

Madame, il n'eſt plus tems.

AMELIE.

Il n'eſt plus tems ? Vamir !

LE DUC.

Il eſt trop vrai, cruelle.
Oui ; l'amour a conduit cette main criminelle :
Liſois, pour mon malheur, a trop ſçu m'obéïr.
Ah ! revenez à vous, vivez pour me punir.
Frappez : que votre main contre moi ranimée
Perce un cœur inhumain qui vous a trop aimée,
Un cœur dénaturé qui n'attend que vos coups,
Oüi, j'ai tué mon frere, & l'ai tué pour vous.
Vengez ſur un coupable, indigne de vous plaire,
Tous les crimes affreux que vous m'avez fait faire.

AMELIE.

Se jettant entre les bras de Taïſe.

Vamir eſt mort, barbare ?

LE DUC.

Oui, mais c'eſt de ta main
Que ſon ſang veut ici le ſang de l'aſſaſſin.

AMELIE, *ſoutenue par Taïſe & preſque évanouïe.*

Il eſt mort !

LE DUC.

Ton reproche...

AMELIE.

Epargne ma misère.
Laisse-moi, je n'ai plus de reproche à te faire.
Va, porte ailleurs ton crime & ton vain repentir,
Laisse-moi l'adorer, l'embrasser & mourir.

LE DUC.

Ton horreur est trop juste. Eh bien, chère Amélie,
Par pitié, par vengeance arrache-moi la vie.
Je ne mérite pas de mourir de tes coups.
Que ta main les conduise....

SCENE IV.

LE DUC, AMÉLIE, LISOIS.

LISOIS. *On le désarme.*

AH! ciel, que faites-vous?

LE DUC.

Laissez-moi me punir, & me rendre justice.

AMELIE *à Lisois.*

Vous, d'un assassinat vous êtes le complice?

LE DUC.

Ministre de mon crime, as-tu pû m'obéir?

LISOIS.

Je vous avais promis, seigneur, de vous servir.

LE DUC.

Malheureux que je suis ! ta sevère rudesse
A cent fois de mes sens combattu la faiblesse.
Ne devais-tu te rendre à mes tristes souhaits,
Que quand ma passion t'ordonnait des forfaits ?
Tu ne m'as obéï que pour perdre mon frère.

LISOIS.

Lorsque j'ai refusé ce sanglant ministère,
Votre aveugle courroux n'allait-il pas soudain
Du soin de vous venger charger une autre main ?

LE DUC.

L'amour, le seul amour de mes sens toujours maître,
En m'ôtant ma raison, m'eût excusé peut-être ;
Mais toi, dont la sagesse & les refléxions
Ont calmé dans ton sein toutes les passions,
Toi, dont j'avais tant craint l'esprit ferme & rigide,
Avec tranquillité permettre un parricide ?

LISOIS.

Eh bien, puisque la honte avec le repentir,
Par qui la vertu parle à qui peut la trahir.
D'un si juste remords ont pénétré votre ame ;
Puisque malgré l'excès de votre aveugle flamme,
Au prix de votre sang vous voudriez sauver
Le sang dont vos fureurs ont voulu vous priver.
Je peux donc m'expliquer : je peux donc vous apprendre,
Que de vous-même enfin Lisois sait vous défendre.
Connaissez-moi, madame, & calmez vos douleurs.

Au Duc. *A Amélie.*

Vous, gardez vos remords ; & vous, séchez vos pleurs.

Que ce jour à tous trois ſoit un jour ſalutaire,
Venez, paraiſſez, prince, embraſſez votre frère.

Le théâtre s'ouvre, Vamir paraît.

SCENE DERNIERE.

LE DUC, AMÉLIE, VAMIR, LISOIS.

AMELIE.

Qui? vous!

LE DUC.

Mon frère?

AMELIE.

Ah ciel!

LE DUC.

Qui l'aurait pû penſer?

VAMIR *s'avançant du fond du théâtre.*

J'oſe encor te revoir, te plaindre & t'embraſſer.

LE DUC.

Mon crime en eſt plus grand, puiſque ton cœur l'oublie.

AMELIE.

Liſois; digne héros qui me donnez la vie!...

LE DUC.

Il la donne à tous trois.

LISOIS.

Un indigne assassin
Sur Vamir à mes yeux avait levé la main.
J'ai frappé le barbare, & prévenant encore
Les aveugles fureurs du feu qui vous dévore,
J'ai feint d'avoir versé ce sang si précieux,
Sûr que le repentir vous ouvrirait les yeux.

LE DUC.

Après ce grand exemple & ce service insigne,
Le prix que je t'en dois, c'est de m'en rendre digne.
Le fardeau de mon crime est trop pesant pour moi:
Mes yeux couverts d'un voile & baissés devant toi
Craignent de rencontrer & les regards d'un frère,
Et la beauté fatale à tous les deux trop chère.

VAMIR.

Tous deux auprès du roi nous voulions te servir.
Quel est donc ton dessein? parle.

LE DUC.

De me punir;
De nous rendre à tous trois une égale justice;
D'expier devant vous par le plus grand supplice,
Le plus grand des forfaits où la fatalité,
L'amour & le courroux m'avaient précipité.
J'adorais Amélie, & ma flamme cruelle
Dans mon cœur desolé s'irrite encor pour elle.
Lisois sait à quel point j'adorais ses appas,
Quand ma jalouse rage ordonnait ton trépas.
Dévoré malgré moi du feu qui me possède,
Je l'adore encor plus, & mon amour la céde.
Je m'arrache le cœur en vous rendant heureux.
Aimez-vous; mais au moins pardonnez-moi tous deux.

VAMIR.

Ah ! ton frère à tes pieds digne de ta clémence
Egale tes bienfaits par sa reconnaissance.

AMELIE.

Oui, Seigneur, avec lui j'embrasse vos genoux.
La plus tendre amitié va me rejoindre à vous.
Vous me payez trop bien de mes douleurs souffertes.

LE DUC.

Ah! c'est trop me montrer mes malheurs & mes pertes'
Mais vous m'apprenez tous à suivre la vertu.
Ce n'est point à demi que mon cœur est rendu.

A Vamir.

Je suis en tout ton frère & mon ame attendrie
Imite votre exemple & chérit sa patrie.
Allons apprendre au roi pour qui vous combattez,
Mon crime, mes remords & vos félicités.
Oui : je veux égaler votre foi, votre zèle,
Au sang, à la patrie, à l'amitié fidèle ;
Et vous faire oublier, après tant de tourmens,
A force de vertus, tous mes égaremens.

Fin du cinquiéme & dernier Acte.

C. Eisen . inv. f. a aveline . Scu

SAMSON.

L'ORPHELIN
DE
LA CHINE,
TRAGEDIE.

Représentée pour la première fois à Paris, le 20 Août 1755.

A MONSEIGNEUR
LE MARECHAL
DUC DE RICHELIEU,
PAIR DE FRANCE,

Premier Gentilhomme de la Chambre du Roi, Commandant en Languedoc, l'un des Quarante de l'Académie.

JE voudrais, Monſeigneur, vous préſenter de beau marbre comme les Génois, & je n'ai que des figures chinoiſes à vous offrir. Ce petit ouvrage ne paraît pas fait pour vous. Il n'y a aucun héros dans cette piéce qui ait réuni tous les ſuffrages par les agrémens de ſon eſprit, ni qui ait ſoutenu une république prête à ſuccomber, ni qui ait imaginé de renverſer une colonne angaiſe avec quatre canons. Je ſens mieux que perſonne le peu que je vous offre; mais tout ſe pardonne à un attachement de quarante années. On dira peut-être, qu'au pied des Alpes, & vis-à-vis des neiges éternelles, où je me ſuis retiré, & où je devais n'être que philoſophe, j'ai ſuccombé à la vanité d'imprimer que ce qu'il y a eu de plus brillant ſur les bords de la Seine ne m'a jamais oublié ; cependant je n'ai conſulté que mon cœur ; il me conduit ſeul ; il a toujours inſpiré mes actions & mes paroles ; il ſe trompe quelquefois, vous le ſavez ; mais ce n'eſt pas après des épreuves ſi longues. Permettez donc que ſi cette faible tragédie peut durer quelque tems après moi, on ſache que l'auteur ne vous a pas été indifférent ; permettez qu'on apprenne que ſi votre oncle fonda les beaux arts en France, vous les avez ſoutenus dans leur décadence.

L'idée de cette tragédie me vint il y a quelque tems, à la lecture de l'*Orphelin de Tchao*, tragédie chinoiſe traduite par le père *Brémare*, qu'on trouve dans le recueil que le père *du Halde* a donné au public. Cette piéce chinoiſe fut compoſée au quatorziéme ſiécle, ſous la dynaſtie même de *Gengis-Kan*. C'eſt une nouvelle preuve que les vainqueurs Tartares ne changèrent point les mœurs de la nation vaincue ; ils protégèrent tous les arts établis à la Chine ; ils adoptèrent toutes ſes loix.

Voilà un grand exemple de la ſupériorité naturelle que donnent la raiſon & le génie ſur la force aveugle & barbare : & les Tartares ont deux fois donné cet exemple. Car lorſqu'ils ont conquis encore ce grand empire au commencement du ſiécle paſſé, ils ſe ſont ſoumis une ſeconde fois à la ſageſſe des vaincus : & les deux peuples n'ont formé qu'une nation gouvernée par les plus anciennes loix du monde : évenement frappant, qui a été le premier but de mon ouvrage.

La tragédie chinoiſe qui porte le nom de l'*Orphelin*, eſt tirée d'un recueil immenſe des piéces de théâtre de cette nation. Elle cultivait depuis plus de trois mille ans cet art, inventé un peu plus tard par les Grecs, de faire des portraits vivans des actions des hommes, & d'établir de ces écoles de morale, où l'on enſeigne la vertu en action & en dialogues. Le poëme dramatique ne fut donc long-tems en honneur que dans ce vaſte pays de la Chine, ſéparé & ignoré du reſte du monde, & dans la ſeule ville d'Athènes. Rome ne le cultiva qu'au bout de quatre cens années. Si vous le cherchez chez les Perſes, chez les Indiens, qui paſſent pour des peuples inventeurs, vous ne l'y trouvez pas ; il n'y eſt jamais parvenu. L'Aſie ſe contentait des fables de *Pilpay* & de *Lokman*, qui renferment toute la morale, & qui inſtruiſent en allégories toutes les nations & tous les ſiécles.

Il ſemble qu'après avoir fait parler les animaux, il n'y eût qu'un pas à faire pour faire parler les hommes, pour les introduire sur la scène, pour former l'art Dramatique : cependant ces peuples ingénieux ne s'en avisèrent jamais. On doit inférer de-là, que les Chinois, les Grecs & les Romains sont les seuls peuples anciens qui ayent connu le véritable esprit de la société. Rien, en effet, ne rend les hommes plus sociables, n'adoucit plus leurs mœurs, ne perfectionne plus leur raison, que de les rassembler, pour leur faire goûter ensemble les plaisirs purs de l'esprit. Aussi, nous voyons qu'à peine *Pierre le Grand* eut policé la Russie, & bâti Petersbourg, que les théâtres s'y sont établis. Plus l'Allemagne s'est perfectionnée, & plus nous l'avons vue adopter nos spectacles. Le peu de pays où ils n'étaient pas reçus dans le siécle passé n'étaient pas mis au rang des pays civilisés.

L'*Orphelin de Tchao* est un monument précieux, qui sert plus à faire connaître l'esprit de la Chine, que toutes les relations qu'on a faites, & qu'on fera jamais de ce vaste empire. Il est vrai que cette pièce est toute barbare, en comparaison des bons ouvrages de nos jours ; mais aussi c'est un chef-d'œuvre, si on la compare à nos pièces du quatorziéme siécle. Certainement nos *Troubadours*, notre *Bazoche*, la société des *Enfans sans souci*, & de la *Mére-sotte*, n'approchaient pas de l'auteur Chinois. Il faut encore remarquer que cette pièce est écrite dans la langue des Mandarins, qui n'a point changé, & qu'à peine entendons-nous la langue qu'on parlait du tems de *Louis XII.* & de *Charles VIII.*

On ne peut comparer l'*Orphelin de Tchao* qu'aux tragédies anglaises & espagnoles du dix-septiéme siécle, qui ne laissent pas encore de plaire au-delà des Pirénées & de la mer. L'action de la piéce chinoise dure vingt-cinq ans, comme dans les farces monstrueuses de *Shakespéar* & de *Lope de Véga*, qu'on a nommé tragédies ; c'est un entassement d'événemens incroyables. L'ennemi de la maison de *Tchao* veut d'abord en faire périr le chef, en lâchant sur lui un gros dogue, qu'il fait croire être doué de l'instinct de découvrir les criminels ; comme *Jacques Aimar* parmi nous devinait les voleurs par sa baguette. Ensuite il suppose un ordre de l'empereur, & envoye à son ennemi *Tchao* une corde, du poison, & un poignard ; *Tchao* chante, selon l'usage, & se coupe la gorge ; en vertu de l'obéïssance que tout homme sur la terre doit de droit divin à un empereur de la Chine. Le persécuteur fait mourir trois cens personnes de la maison de *Tchao*. La princesse veuve accouche de l'Orphelin. On dérobe cet enfant à la fureur de celui qui a exterminé toute la maison, & qui veut encore faire périr au berceau le seul qui reste. Cet exterminateur ordonne qu'on égorge dans les villages d'alentour tous les enfans, afin que l'Orphelin soit enveloppé dans la destruction générale.

On croit lire les mille & une nuit en action & en scènes : mais malgré l'incroyable, il y regne de l'intérêt ; & malgré la foule des événemens, tout est de la clarté la plus lumineuse : ce sont là deux grands mérites en tout tems & chez toutes les nations ; & ce mérite manque à beaucoup de nos piéces modernes. Il est vrai que la piéce chinoise n'a pas d'autres beautés : unité de tems & d'action, développement de sentimens, peinture des mœurs, éloquence, raison, passion, tout lui manque ; & cependant, comme je l'ai déja dit, l'ouvrage est supérieur à tout ce que nous faisions alors.

Comment les Chinois, qui au quatorziéme siécle, & si long-tems auparavant, savaient faire de meilleurs poëmes dramatiques que tous les Européans *, sont-ils restés toujours dans l'enfance grossière de l'art, tandis qu'à force de soins & de tems notre nation est parvenue à produire environ une douzaine de piéces, qui, si elles ne sont

* Le père *du Halde*, tous les auteurs des lettres édifiantes, tous les voyageurs, ont toujours écrit *Européans*, & ce n'est que depuis quelques années qu'on s'est avisé d'imprimer *Européens*.

pas parfaites, sont pourtant fort au-dessus de tout ce que le reste de la terre a jamais produit en ce genre. Les Chinois, comme les autres Asiatiques, sont demeurés aux premiers élémens de la poësie, de l'éloquence, de la physique, de l'astronomie, de la peinture, connus par eux si long-tems avant nous. Il leur a été donné de commencer en tout plutôt que les autres peuples, pour ne faire ensuite aucun progrès. Ils ont ressemblé aux anciens Egyptiens, qui ayant d'abord enseigné les Grecs, finirent par n'être pas capables d'être leurs disciples.

Ces Chinois chez qui nous avons voyagé à travers tant de périls, ces peuples de qui nous avons obtenu avec tant de peine la permission de leur apporter l'argent de l'Europe, & de venir les instruire, ne savent pas encore à quel point nous leur sommes supérieurs; ils ne sont pas assez avancés, pour oser seulement vouloir nous imiter. Nous avons puisé dans leur histoire des sujets de tragédie, & ils ignorent si nous avons une histoire.

Le célébre abbé *Métastasio* a pris pour sujet d'un de ses poëmes dramatiques le même sujet à peu près que moi; c'est-à dire, un Orphelin échappé au carnage de sa maison, & il a puisé cette aventure dans une Dynastie qui regnait neuf cens ans avant notre ère.

La tragédie chinoise de l'*Orphelin de Tchao* est tout un autre sujet. J'en ai choisi un tout différent encore des deux autres, & qui ne leur ressemble que par le nom. Je me suis arrêté à la grande époque de *Gengis-Kan*, & j'ai voulu peindre les mœurs des Tartares & des Chinois. Les aventures les plus intéressantes ne sont rien, quand elles ne peignent pas les mœurs ; & cette peinture, qui est un des grands secrets de l'art, n'est encore qu'un amusement frivole, quand elle n'inspire pas la vertu.

J'ose dire, que depuis la *Henriade* jusqu'à *Zaïre*, & jusqu'à cette piéce chinoise, bonne, ou mauvaise, tel a été toujours le principe qui m'a inspiré, & que dans l'histoire du siécle de *Louis XIV*. j'ai célebré mon roi & ma patrie sans flatter ni l'un ni l'autre. C'est dans un tel travail que j'ai consumé plus de quarante années. Mais voici ce que dit un auteur chinois, traduit en espagnol par le célèbre *Navarette*.

» Si tu composes quelque ouvrage, ne le » montre qu'à tes amis ; crains le public, & » tes confrères ; car on falsifiera, on empoi» sonnera ce que tu auras fait, & on t'im» putera ce que tu n'auras pas fait. La ca» lomnie, qui a cent trompettes, les fera » sonner pour te perdre, tandis que la vé» rité qui est muette restera auprès de toi. Le

» célèbre *Ming* fut accusé d'avoir mal pensé
» du *Tien* & du *Li*, & de l'empereur *Vang*.
» On trouva le vieillard moribond qui ache-
» vait le panégyrique de *Vang*, & un hymne
» au *Tien*, & au *Li*, &c.

ACTEURS.

GENGIS-KAN, empereur Tartare.

OCTAR, } guerriers Tartares.
OSMAN, }

ZAMTI, Mandarin Lettré.

IDAMÉ, femme de Zamti.

ASSELI, attachée à Idamé.

ETAN, attaché à Zamti.

La Scène est dans un palais des Mandarins qui tient au palais impérial, dans la ville de Cambalu, aujourd'hui Pé-kin.

L'ORPHELIN DE LA CHINE,

TRAGEDIE.

ACTE PREMIER.

SCENE PREMIERE.

IDAMÉ, ASSELI.

IDAME'.

SE peut-il qu'en ce tems de désolation,
En ce jour de carnage & de destruction,
Quand ce palais sanglant, ouvert à des Tartares,
Tombe avec l'univers sous ces peuples barbares,
Dans cet amas affreux de publiques horreurs,
Il soit encor pour moi de nouvelles douleurs?

ASSELI.

Eh, qui n'éprouve, hélas ! dans la perte commune,
Les tristes sentimens de sa propre infortune ?
Qui de nous vers le ciel n'élève pas ses cris
Pour les jours d'un époux, ou d'un père ou d'un fils ?
Dans cette vaste enceinte, au Tartare inconnue,
Où le roi dérobait à la publique vue
Ce peuple désarmé de paisibles mortels,
Interprètes des loix, ministres des autels,
Vieillards, femmes, enfans, troupeau faible & timide,
Dont n'a point approché cette guerre homicide,
Nous ignorons encore à quelle atrocité
Le vainqueur insolent porte sa cruauté.
Nous entendons gronder la foudre & les tempêtes.
Le dernier coup approche, & vient frapper nos têtes.

IDAMÉ.

O fortune ! ô pouvoir au-dessus de l'humain !
Chère & triste Asséli, sais-tu quelle est la main
Qui du Catai sanglant presse le vaste empire,
Et qui s'appesantit sur tout ce qui respire ?

ASSELI.

On nomme ce tyran du nom de roi des rois.
C'est ce fier Gengis-Kan, dont les affreux exploits
Font un vaste tombeau de la superbe Asie.
Octar son lieutenant, déja dans sa furie,
Porte au palais, dit-on, le fer & les flambeaux.
Le Catai passe enfin sous des maîtres nouveaux.
Cette ville, autrefois souveraine du monde,
Nage de tous côtés dans le sang qui l'inonde.
Voilà ce que cent voix, en sanglots superflus,
Ont appris dans ces lieux à mes sens éperdus.

IDAMÉ.

IDAMÉ.

Sais-tu que ce tyran de la terre interdite,
Sous qui de cet état la fin se précipite,
Ce destructeur des rois, de leur sang abreuvé,
Est un Scythe, un soldat, dans la poudre élevé,
Un guerrier vagabond de ces déserts sauvages,
Climats qu'un ciel épais ne couvre que d'orages?
C'est lui qui sur les siens briguant l'autorité,
Tantôt fort & puissant, tantôt persécuté,
Vint jadis à tes yeux, dans cette auguste ville,
Aux portes du palais demander un azile.
Son nom est Témugin; c'est t'en apprendre assez.

ASSELI.

Quoi! c'est lui dont les vœux vous furent adressés!
Quoi! c'est ce fugitif, dont l'amour & l'hommage
A vos parens surpris parurent un outrage!
Lui, qui traîne après lui tant de rois ses suivans,
Dont le nom seul impose au reste des vivans!

IDAMÉ.

C'est lui-même, Asséli: son superbe courage,
Sa future grandeur brillaient sur son visage.
Tout semblait, je l'avoue, esclave auprès de lui;
Et lorsque de la cour il mendiait l'appui,
Inconnu, fugitif, il ne parlait qu'en maître,
Il m'aimait; & mon cœur s'en applaudît peut-être;
Peut-être qu'en secret je tirais vanité
D'adoucir ce lion dans mes fers arrêté,
De plier à nos mœurs cette grandeur sauvage,
D'instruire à nos vertus son féroce courage,
Et de le rendre enfin, graces à ces liens,
Digne un jour d'être admis parmi nos citoyens.
Il eût servi l'état, qu'il détruit par la guerre:
Un refus a produit les malheurs de la terre.

De nos peuples jaloux tu connais la fierté,
De nos arts, de nos loix l'auguste antiquité,
Une religion de tout tems épurée,
De cent siécles de gloire une suite avérée,
Tout nous interdisait dans nos préventions
Une indigne alliance avec les nations.
Enfin un autre hymen, un plus saint nœud m'engage;
Le vertueux Zamti mérita mon suffrage.
Qui l'eût cru, dans ces tems de paix & de bonheur,
Qu'un Scythe méprisé serait notre vainqueur?
Voilà ce qui m'allarme, & qui me désespére;
J'ai refusé sa main; je suis épouse & mère:
Il ne pardonne pas; il se vit outrager,
Et l'univers sait trop s'il aime à se venger.
Etrange destinée, & revers incroyable!
Est-il possible, ô dieu! que ce peuple innombrable
Sous le glaive du Scythe expire sans combats,
Comme de vils troupeaux que l'on mène au trépas!

ASSELI.

Les Coréens, dit-on, rassemblaient une armée;
Mais nous ne savons rien que par la renommée,
Et tout nous abandonne aux mains des destructeurs.

IDAMÉ.

Que cette incertitude augmente mes douleurs!
J'ignore à quel excès parviennent nos misères;
Si l'empereur encore au palais de ses pères
A trouvé quelque azile, ou quelque défenseur;
Si la reine est tombée aux mains de l'oppresseur;
Si l'un & l'autre touche à son heure fatale.
Hélas! ce dernier fruit de leur foi conjugale,
Ce malheureux enfant à nos soins confié,
Excite encor ma crainte, ainsi que ma pitié.
Mon époux au palais porte un pied téméraire.
Une ombre de respect pour son saint ministère

Peut-être adoucira ces vainqueurs forcenés.
On dit que ces brigands aux meurtres acharnés,
Qui remplissent de sang la terre intimidée,
Ont d'un dieu cependant conservé quelque idée;
Tant la nature même en toute nation
Grava l'être suprême & la religion.
Mais je me flatte en vain qu'aucun respect les touche.
La crainte est dans mon cœur, & l'espoir dans ma bouche.
Je me meurs....

SCENE II.

IDAMÉ, ZAMTI, ASSELI.

IDAMÉ.

Est-ce vous, époux infortuné!
Notre sort sans retour est-il déterminé?
Hélas! qu'avez-vous vu?

ZAMTI.

Ce que je tremble à dire.
Le malheur est au comble; il n'est plus, cet empire,
Sous le glaive étranger j'ai vu tout abattu.
De quoi nous a servi d'adorer la vertu!
Nous étions vainement, dans une paix profonde,
Et les législateurs & l'exemple du monde.
Vainement par nos loix l'univers fut instruit;
La sagesse n'est rien, la force a tout détruit.
J'ai vu de ces brigands la horde hyperborée,
Par des fleuves de sang se frayant une entrée,
Sur les corps entassés de nos frères mourans,
Portant par tout le glaive & les feux dévorans.

Ils pénètrent en foule à la demeure auguste,
Où de tous les humains le plus grand, le plus juste,
D'un front majestueux attendait le trépas;
La reine évanouie était entre ses bras.
De leurs nombreux enfans ceux en qui le courage
Commençait vainement à croître avec leur âge,
Et qui pouvaient mourir les armes à la main,
Etaient déja tombés sous le fer inhumain.
Il restait près de lui ceux dont la tendre enfance
N'avait que la faiblesse & des pleurs pour défense.
On les voyait encore autour de lui pressés,
Tremblans à ses genoux qu'ils tenaient embrassés,
J'entre par des détours inconnus au vulgaire;
J'approche en frémissant de ce malheureux père;
Je vois ces vils humains, ces monstres des déserts,
A notre auguste maître osant donner des fers,
Traîner dans son palais d'une main sanguinaire,
Le père, les enfans, & leur mourante mère.

IDAME.

C'est donc là leur destin! Quel changement, ô cieux!

ZAMTI.

Ce prince infortuné tourne vers moi les yeux;
Il m'appelle, il me dit, dans la langue sacrée,
Du conquérant Tartare & du peuple ignorée;
Conserve au moins le jour au dernier de mes fils.
Jugez si mes sermens & mon cœur l'ont promis;
Jugez de mon devoir quelle est la voix pressante.
J'ai senti ranimer ma force languissante;
J'ai revolé vers vous. Les ravisseurs sanglans
Ont laissé le passage à mes pas chancelans;
Soit que dans les fureurs de leur horrible joie,
Au pillage acharnés, occupés de leur proye,
Leur superbe mépris ait détourné les yeux;
Soit que cet ornement d'un ministre des cieux,
Ce symbole sacré du grand dieu que j'adore,
A la férocité puisse imposer encore;

Soit qu'enfin ce grand Dieu, dans ses profonds desseins,
Pour sauver cet enfant, qu'il a mis dans mes mains,
Sur leurs yeux vigilans répandant un nuage,
Ait égaré leur vue, ou suspendu leur rage.

IDAME'.

Seigneur, il serait tems encor de le sauver :
Qu'il parte avec mon fils ; je les peux enlever.
Ne désespérons point, & préparons leur fuite.
De notre prompt départ qu'Etan ait la conduite :
Allons vers la Corée, au rivage des mers,
Aux lieux où l'océan ceint ce triste univers ;
La terre a des déserts & des antres sauvages,
Portons-y ces enfans, tandis que les ravages
N'inondent point encor ces aziles sacrés,
Eloignés des vainqueurs, & peut-être ignorés.
Allons, le tems est cher, & la plainte inutile.

ZAMTI.

Hélas ! le fils des rois n'a pas même un azile !
J'attends les Coréens ; ils viendront, mais trop tard.
Cependant la mort vole au pied de ce rempart.
Saisissons, s'il se peut, le moment favorable
De mettre en sûreté ce gage inviolable.

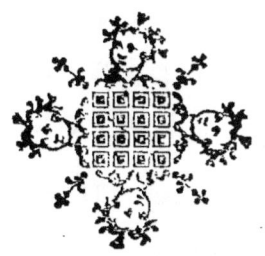

SCENE III.

ZAMTI, IDAMÉ, ASSELI, ÉTAN.

ZAMTI.

ETan, où courez-vous, interdit, consterné ?

IDAME'

Fuyons de ce séjour au Scythe abandonné.

ETAN.

Vous êtes observés, la fuite est impossible.
Autour de notre enceinte une garde terrible,
Aux peuples consternés offre de toutes parts
Un rempart hérissé de piques & de dards.
Les vainqueurs ont parlé. L'esclavage en silence
Obéit à leurs voix dans cette ville immense.
Chacun reste immobile & de crainte & d'horreur,
Depuis que sous le glaive est tombé l'Empereur.

ZAMTI.

Il n'est donc plus ?

IDAME'.

O cieux!

ETAN.

De ce nouveau carnage
Qui pourra retracer l'épouvantable image,
Son épouse, ses fils sanglans & déchirés ....
O famille de dieux sur la terre adorés !

Que vous dirai-je ? hélas ! leurs têtes exposées
Du vainqueur insolent excitent les risées ;
Tandis que leurs sujets tremblans de murmurer
Baissent des yeux mourans qui craignent de pleurer.
De nos honteux soldats les alfanges errantes
A genoux ont jetté leurs armes impuissantes.
Les vainqueurs fatigués dans nos murs asservis,
Lassés de leur victoire & de sang assouvis,
Publiant à la fin le terme du carnage,
Ont au lieu de la mort annoncé l'esclavage.
Mais d'un plus grand désastre on nous menace encor :
On prétend que ce roi des fiers enfans du Nord,
Gengis-Kan, que le ciel envoya pour détruire,
Dont les seuls Lieutenans oppriment cet empire,
Dans nos murs autrefois inconnu, dédaigné,
Vient toujours implacable, & toujours indigné,
Consommer sa colère, & venger son injure.
Sa Nation farouche est d'une autre nature
Que les tristes humains qu'enferment nos remparts.
Ils habitent des champs, des tentes & des chars ;
Ils se croiraient gênés dans cette ville immense.
De nos arts, de nos loix la beauté les offense.
Ces brigands vont changer en d'éternels déserts
Les murs que si long-tems admira l'univers.

IDAMÉ.

Le vainqueur vient sans doute armé de la vengeance.
Dans mon obscurité j'avais quelque espérance ;
Je n'en ai plus. Les cieux, à nous nuire attachés,
Ont éclairés la nuit où nous étions cachés.
Trop heureux les mortels inconnus à leur maître !

ZAMTI.

Les nôtres sont tombés : le juste ciel peut-être
Voudra pour l'Orphelin signaler son pouvoir.
Veillons sur lui, voilà notre premier devoir.

Que nous veut ce Tartare?

IDAMÉ.

O ciel! prends ma défenſe!

SCENE IV.

ZAMTI, IDAMÉ, ASSELI, OCTAR, GARDES.

OCTAR.

ESclaves, écoutez ; que votre obéiſſance
Soit l'unique réponſe aux ordres de ma voix.
Il reſte encore un fils du dernier de vos rois ;
C'eſt vous qui l'élevez : votre ſoin téméraire
Nourrit un ennemi dont il faut ſe défaire.
Je vous ordonne, au nom du vainqueur des humains,
De remettre aujourd'hui cet enfant dans mes mains.
Je vais l'attendre : allez, qu'on m'apporte ce gage.
Pour peu que vous tardiez, le ſang & le carnage
Vont de mon maître encor ſignaler le courroux,
Et la deſtruction commencera par vous.
La nuit vient, le jour fuit ; vous, avant qu'il finiſſe,
Si vous aimez la vie, allez, qu'on m'obéiſſe.

SCENE V.

ZAMTI, IDAMÉ.

IDAME'.

OU ſommes-nous réduits ? ô monſtres ! ô terreur !
Chaque inſtant fait éclore une nouvelle horreur,
Et produit des forfaits dont l'ame intimidée
Juſqu'à ce jour de ſang n'avait point eu d'idée.
Vous ne répondez rien ; vos ſoupirs élancés
Au ciel qui nous accable en vain ſont adreſſés.
Enfant de tant de rois, faut-il qu'on ſacrifie
Aux ordres d'un ſoldat ton innocente vie !

ZAMTI.

J'ai promis, j'ai juré de conſerver ſes jours.

IDAME'.

De quoi lui ſerviront vos malheureux ſecours ?
Qu'importent vos ſermens, vos ſtériles tendreſſes ?
Etes-vous en état de tenir vos promeſſes ?
N'eſpérons plus.

ZAMTI.

Ah ! ciel ! & quoi, vous voudriez
Voir du fils de mes rois les jours ſacrifiés ?

IDAME'.

Non, je n'y puis penſer ſans des torrens de larmes ;
Et ſi je n'étais mère, & ſi dans mes allarmes,
Le ciel me permettait d'abréger un deſtin
Néceſſaire à mon fils élevé dans mon ſein,

Je vous dirais, mourons ; & lorſque tout ſuccombe,
Sur les pas de nos rois, deſcendons dans la tombe.

ZAMTI.

Après l'atrocité de leur indigne ſort,
Qui pourrait redouter & refuſer la mort ?
Le coupable la craint, le malheureux l'appelle,
Le brave la défie, & marche au-devant d'elle,
Le ſage, qui l'attend, la reçoit ſans regrets.

IDAMÉ.

Quels ſont en me parlant vos ſentimens ſecrets ?
Vous baiſſez vos regards, vos cheveux ſe hériſſent,
Vous pâliſſez, vos yeux de larmes ſe rempliſſent ;
Mon cœur répond au vôtre, il ſent tous vos tourmens !
Mais, que réſolvez-vous ?

ZAMTI.

De garder mes ſermens.
Auprès de cet enfant, allez, daignez m'attendre.

IDAMÉ.

Mes prières, mes cris pourront-ils le défendre ?

SCENE VI.

ZAMTI, ÉTAN.

ETAN.

SEigneur, votre pitié ne peut le conserver.
Ne songez qu'à l'état que sa mort peut sauver :
Pour le salut du peuple, il faut bien qu'il périsse.

ZAMTI.

Oui.... je vois qu'il faut faire un triste sacrifice.
Ecoute : cet empire est-il cher à tes yeux ?
Reconnais-tu ce Dieu de la terre & des cieux,
Ce Dieu que sans mélange annonçaient nos ancêtres,
Méconnu par le Bonze, insulté par nos maîtres ?

ETAN.

Dans nos communs malheurs il est mon seul appui ;
Je pleure la patrie, & n'espére qu'en lui.

ZAMTI.

Jure ici par son nom, par sa toute-puissance,
Que tu conserveras dans l'éternel silence
Le secret qu'en ton sein je dois ensevelir.
Jure-moi que tes mains oseront accomplir
Ce que les intérêts, & les loix de l'empire,
Mon devoir & mon Dieu, vont par moi te prescrire.

ETAN.

Je le jure ; & je veux, dans ces murs désolés,
Voir nos malheurs communs sur moi seul assemblés,
Si trahissant vos vœux, & démentant mon zèle,
Ou ma bouche, ou ma main, vous était infidèle.

ZAMTI.

Allons, il ne m'eſt plus permis de reculer.

ETAN.

De vos yeux attendris je vois des pleurs couler.
Hélas! de tant de maux les atteintes cruelles
Laiſſent donc place encore à des larmes nouvelles:

ZAMTI.

On a porté l'arrêt, rien ne peut le changer.

ETAN.

On preſſe, & cet enfant qui vous eſt étranger...

ZAMTI.

Etranger! lui, mon roi!

ETAN.

Notre roi fut ſon père;
Je le ſai, j'en frémis: parlez, que dois-je faire?

ZAMTI.

On compte ici mes pas; j'ai peu de liberté.
Sers-toi de la faveur de ton obſcurité.
De ce dépôt ſacré tu ſais quel eſt l'azile;
Tu n'es point obſervé; l'accès t'en eſt facile.
Cachons pour quelque tems cet enfant précieux
Dans le ſein des tombeaux bâtis par nos ayeux.
Nous remettrons bientôt au chef de la Corée
Ce tendre rejetton d'une tige adorée.
Il peut ravir du moins à nos cruels vainqueurs
Ce malheureux enfant, l'objet de leurs terreurs.
Il peut ſauver mon roi. Je prends ſur moi le reſte.

ETAN.

Et que deviendrez-vous ſans ce gage funeſte?

Que pourrez-vous répondre au vainqueur irrité ?

ZAMTI.

J'ai de quoi satisfaire à sa férocité.

ETAN.

Vous, seigneur ?

ZAMTI.

O nature ! ô devoir tyrannique.

ETAN.

Eh bien !

ZAMTI.

Dans son berceau saisis mon fils unique,

ETAN.

Votre fils !

ZAMTI.

Songe au roi que tu dois conserver.
Prends mon fils .... que son sang.... je ne puis achever,

ETAN.

Ah ! que m'ordonnez-vous ?

ZAMTI.

Respecte ma tendresse,
Respecte mon malheur, & sur-tout ma faiblesse.
N'oppose aucun obstacle à cet ordre sacré ;
Et remplis ton devoir après l'avoir juré.

ETAN.

Vous m'avez arraché ce serment téméraire.
A quel devoir affreux me faut-il satisfaire ?
J'admire avec horreur ce dessein généreux ;
Mais si mon amitié . . . .

ZAMTI.

C'en est trop, je le veux.
Je suis père ; & ce cœur, qu'un tel arrêt déchire,
S'en est dit cent fois plus que tu ne peux m'en dire.
J'ai fait taire le sang ; fais taire l'amitié.
Pars.

ETAN.

Il faut obéir.

ZAMTI.

Laisse-moi par pitié.

SCENE VII.

ZAMTI *seul.*

J'Ai fait taire le sang, ah, trop malheureux père!
J'entends trop cette voix si fatale & si chère.
Ciel, impose silence aux cris de ma douleur!
Mon épouse, mon fils, me déchirent le cœur,
De ce cœur effrayé cache-moi la blessure!
L'homme est trop faible, hélas, pour dompter la nature!
Que peut-il par lui-même? Acheves, soutiens-moi,
Affermis la vertu prête à tomber sans toi.

Fin du premier Acte.

ACTE II.

SCENE PREMIERE.

ZAMTI *seul.*

ETan, auprès de moi tarde trop à se rendre.
Il faut que je lui parle, & je crains de l'entendre.
Je tremble malgré moi de son fatal retour.
O mon fils, mon cher fils! as-tu perdu le jour?
Aura-t-on consommé ce fatal sacrifice?
Je n'ai pu de ma main te conduire au supplice;
Je n'en eus pas la force. En ai-je assez au moins
Pour apprendre l'effet de mes funestes soins?
En ai-je encore assez pour cacher mes allarmes?

SCENE II.

ZAMTI, ETAN.

ZAMTI.

VIens, ami.... je t'entends.... je sai tout par tes larmes.

ETAN.

Votre malheureux fils....

ZAMTI.

Arrête; parle-moi
De l'espoir de l'empire, & du fils de mon roi:
Est-il en sûreté?

ETAN.

Les tombeaux de ſes pères
Cachent à nos tyrans ſa vie & ſes misères.
Il vous devra des jours pour ſouffrir commencés,
Préſent fatal peut-être.

ZAMTI.

Il vit : c'en eſt aſſez.
O vous, à qui je rends ces ſervices fidelles !
O mes rois, pardonnez mes larmes paternelles !

ETAN.

Oſez-vous en ces lieux gémir en liberté ?

ZAMTI.

Où porter ma douleur, & ma calamité ?
Et comment déſormais ſoutenir les approches,
Le déſeſpoir, les cris, les éternels reproches,
Les imprécations d'une mère en fureur ?
Encor ſi nous pouvions prolonger ſon erreur !

ETAN.

On a ravi ſon fils dans ſa fatale abſence :
A nos cruels vainqueurs on conduit ſon enfance ;
Et ſoudain j'ai volé pour donner mes ſecours
Au fatal Orphelin, dont on pourſuit les jours.

ZAMTI.

Ah ! du moins, cher Etan, ſi tu pouvais lui dire
Que nous avons livré l'héritier de l'empire ;
Que j'ai caché mon fils, qu'il eſt en ſureté.
Impoſons quelque tems à ſa crédulité.
Hélas ! la vérité ſi ſouvent eſt cruelle,
On l'aime & les humains ſont malheureux par elle !
Allons . . . ciel ! elle-même approche de ces lieux ;
La douleur & la mort ſont peintes dans ſes yeux.

SCENE

SCENE III.

ZAMTI, IDAMÉ.

IDAME'

QU'ai-je vu ? Qu'a-t-on fait ? Barbare, eſt-il poſſible ?
L'avez-vous commandé, ce ſacrifice horrible ?
Non, je ne puis le croire ; & le ciel irrité
N'a pas dans votre ſein mis tant de cruauté ;
Non, vous ne ſerez point plus dur & plus barbare
Que la loi du vainqueur, & le fer du Tartare.
Vous pleurez, malheureux !

ZAMTI.

Ah ! pleurez avec moi ;
Mais avec moi ſongez à ſauver votre roi.

IDAME'.

Que j'immole mon fils !

ZAMTI.

Telle eſt notre miſère :
Vous êtes citoyenne avant que d'être mère.

IDAME'.

Quoi, ſur toi la nature a ſi peu de pouvoir !

ZAMTI.

Elle n'en a que trop ; mais moins que mon devoir :
Et je dois plus au ſang de mon malheureux maître,
Qu'à cet enfant obſcur à qui j'ai donné l'être.

IDAMÉ.

Non, je ne connais point cette horrible vertu.
J'ai vu nos murs en cendre, & ce trône abattu;
J'ai pleuré de nos rois les disgraces affreuses;
Mais par quelles fureurs encor plus douloureuses,
Veux-tu, de ton épouse avançant le trépas,
Livrer le sang d'un fils qu'on ne demande pas?
Ces rois ensevelis, disparus dans la poudre,
Sont-ils pour toi des dieux dont tu craignes la foudre?
A ces dieux impuissans, dans la tombe endormis,
As-tu fait le serment d'assassiner ton fils?
Hélas! grands & petits, & sujets, & monarques,
Distingués un moment par de frivoles marques,
Egaux par la nature, égaux par le malheur,
Tout mortel est chargé de sa propre douleur:
Sa peine lui suffit, & dans ce grand naufrage,
Rassembler nos débris, voilà notre partage.
Où serais-je, grand Dieu! si ma crédulité
Eût tombé dans le piége à mes pas présenté;
Auprès du fils des rois si j'étais demeurée!
La victime aux bourreaux allait être livrée;
Je cessais d'être mère; & le même couteau
Sur le corps de mon fils me plongeait au tombeau.
Graces à mon amour, inquiette, troublée,
A ce fatal berceau l'instinct m'a rappellée;
J'ai vu porter mon fils à nos cruels vainqueurs;
Mes mains l'ont arraché des mains des ravisseurs.
Barbare, ils n'ont point eu ta fermeté cruelle!
J'en ai chargé soudain cette esclave fidelle,
Qui soutient de son lait ses misérables jours,
Ces jours qui périssaient sans moi, sans mon secours;
J'ai conservé le sang du fils & de la mère,
Et j'ose dire encor, de son malheureux père.

ZAMTI.

Quoi, mon fils est vivant!

IDAMÉ.

Oui, rends graces au ciel,
Malgré toi favorable à ton cœur paternel.
Repens-toi.

ZAMTI.

Dieux des cieux, pardonnez cette joye,
Qui se mêle un moment aux pleurs où je me noye !
O ma chère Idamé, ces momens seront courts !
Vainement de mon fils vous prolongiez les jours ;
Vainement vous cachiez cette fatale offrande.
Si nous ne donnons pas le sang qu'on nous demande ;
Nos tyrans soupçonneux seront bientôt vengés ;
Nos citoyens tremblans avec nous égorgés,
Vont payer de vos soins les efforts inutiles ;
De soldats entourés, nous n'avons plus d'aziles.
Et mon fils qu'au trépas vous croyez arracher,
A l'œil qui le poursuit ne peut plus se cacher.
Il faut subir son sort.

IDAMÉ.

Ah ! cher époux, demeure ;
Ecoute-moi, du moins.

ZAMTI.

Hélas ! ... il faut qu'il meure.

IDAMÉ.

Qu'il meure ! arrête, tremble, & crains mon désespoir,
Crains sa mère.

ZAMTI.

Je crains de trahir mon devoir.
Abandonnez-le vôtre ; abandonnez ma vie
Aux détestables mains d'un conquérant impie.

C'eſt mon ſang qu'à Gengis il vous faut demander.
Allez, il n'aura pas de peine à l'accorder.
Dans le ſang d'un époux trempez vos mains perfides.
Allez, ce jour n'eſt fait que pour des parricides.
Rendez vains mes ſermens, ſacrifiez nos loix,
Immolez votre époux & le ſang de vos rois.

IDAMÉ.

De mes rois! va, te dis-je, ils n'ont rien à prétendre.
Je ne dois point mon ſang en tribut à leur cendre.
Va; le nom de ſujet n'eſt pas plus ſaint pour nous,
Que ces noms ſi ſacrés & de père & d'époux.
La nature & l'hymen, voilà les loix premières,
Les devoirs, les liens des nations entières:
Ces loix viennent des dieux; le reſte eſt des humains.
Ne me fais point haïr le ſang des ſouverains:
Oui, ſauvons l'Orphelin d'un vainqueur homicide:
Mais ne le ſauvons pas au prix d'un parricide.
Que les jours de mon fils n'achetent point ſes jours.
Loin de l'abandonner, je vole à ſon ſecours.
Je prens pitié de lui; prens pitié de toi-même,
De ton fils innocent, de ſa mère qui t'aime.
Je ne menace plus: je tombe à tes genoux.
O père infortuné, cher & cruel époux,
Pour qui j'ai mépriſé, tu t'en ſouviens peut-être,
Ce mortel qu'aujourd'hui le ſort a fait ton maître;
Accorde-moi mon fils, accorde-moi ce ſang
Que le plus pur amour a formé dans mon flanc:
Et ne réſiſte point au cri terrible & tendre
Qu'à tes ſens deſolés l'amour a fait entendre!

ZAMTI.

Ah! c'eſt trop abuſer du charme & du pouvoir
Dont la nature & vous combattent mon devoir.
Trop faible épouſe, hélas! ſi vous pouviez connaître..

IDAMÉ.

Je suis faible, pardonne ; une mère doit l'être.
Je n'aurai point de toi ce reproche à souffrir,
Quand il faudra te suivre, & qu'il faudra mourir.
Cher époux, si tu peux au vainqueur sanguinaire
A la place du fils sacrifier la mère,
Je suis prête : Idamé ne se plaindra de rien :
Et mon cœur est encore aussi grand que le tien.

ZAMTI.

Oui, j'en crois ta vertu.

SCENE IV.

ZAMTI, IDAMÉ, OCTAR, GARDES.

OCTAR.

Quoi vous osez reprendre
Ce dépôt que ma voix vous ordonna de rendre ?
Soldats, suivez leurs pas, & me répondez d'eux :
Saisissez cet enfant qu'ils cachent à mes yeux.
Allez : votre empereur en ces lieux va paraître.
Apportez la victime aux pieds de votre maître.
Soldats, veillez sur eux.

ZAMTI.

Je suis prêt d'obéïr,
Vous aurez cet enfant.

IDAMÉ.

Je ne le puis souffrir.

Non, vous ne l'obtiendrez, cruels, qu'avec ma vie.

OCTAR.

Qu'on fasse retirer cette femme hardie.
Voici votre empereur : ayez soin d'empêcher
Que tous ces vils captifs osent en approcher.

SCENE V.

GENGIS, OCTAR, OSMAN,
Troupe de guerriers.

GENGIS.

On a poussé trop loin le droit de ma conquête.
Que le glaive se cache, & que la mort s'arrête.
Je veux que les vaincus respirent desormais.
J'envoyai la terreur, & j'apporte la paix.
La mort du fils des rois suffit à ma vengeance :
Etouffons dans son sang la fatale semence
Des complots éternels, & des rébellions
Qu'un fantôme de prince inspire aux nations.
Sa famille est éteinte, il vit ; il doit la suivre.
Je n'en veux qu'à des rois, mes sujets doivent vivre.
Cessez de mutiler tous ces grands monumens,
Ces prodiges des arts consacrés par les tems,
Respectez-les : ils sont le prix de mon courage.
Qu'on cesse de livrer aux flammes, au pillage,
Ces archives des loix, ce vaste amas d'écrits,
Tous ces fruits du génie, objets de vos mépris.
Si l'erreur les dicta, cette erreur m'est utile ;
Elle occupe ce peuple, & le rend plus docile.
Octar, je vous destine à porter mes drapeaux

Aux lieux où le soleil renaît du sein des eaux.

A un de ses suivans.

Vous dans l'Inde soumise, humble dans sa défaite,
Soyez de mes décrets le fidèle interprête ;
Tandis qu'en Occident je fais voler mes fils
Des murs de Samarcande aux bords du Tanaïs.
Sortez : demeure Octar.

SCENE VI.

GENGIS, OCTAR.

GENGIS.

Eh bien ! pouvais-tu croire,
Que le sort m'élevât à ce comble de gloire ?
Je foule aux pieds ce trône ; & je regne en des lieux,
Où mon front avili n'osa lever les yeux.
Voici donc ce palais, cette superbe ville,
Où, caché dans la foule, & cherchant un azile,
J'essuyai les mépris, qu'à l'abri du danger
L'orgueilleux citoyen prodigue à l'étranger.
On dédaignait un Scythe ; & la honte & l'outrage
De mes vœux mal conçus devinrent le partage.
Une femme ici même a refusé la main
Sous qui depuis cinq ans tremble le genre humain.

OCTAR.

Quoi, dans ce haut degré de gloire & de puissance,
Quand le monde à vos pieds se prosterne en silence,
D'un tel ressouvenir vous seriez occupé !

GENGIS.

Mon esprit, je l'avoue, en fut toujourt frappé.

Des affronts attachés à mon humble fortune;
C'eſt le ſeul dont je garde une idée importune.
Je n'eus que ce moment de faibleſſe & d'erreur:
Je crus trouver ici le repos de mon cœur.
Il n'eſt point dans l'éclat dont le ſort m'environne:
La gloire le promet, l'amour, dit-on, le donne.
J'en conſerve un dépit trop indigne de moi:
Mais au moins je voudrais qu'elle connût ſon roi.
Que ſon œil entrevît, du ſein de la baſſeſſe,
De qui ſon imprudence outragea la tendreſſe;
Qu'à l'aſpect des grandeurs qu'elle eût pû partager,
Son deſeſpoir ſecret ſervît à me venger.

OCTAR.

Mon oreille, ſeigneur, était accoutumée
Aux cris de la victoire & de la renommée,
Au bruit des murs fumans renverſés ſous vos pas;
Et non à ces diſcours que je ne conçois pas.

GENGIS.

Non, depuis qu'en ces lieux mon ame fut vaincue;
Depuis que ma fierté fut ainſi confondue,
Mon cœur s'eſt deſormais défendu ſans retour
Tous ces vils ſentiment qu'ici l'on nomme amour;
Idamé, je l'avoue, en cette ame égarée,
Fit une impreſſion que j'avais ignorée.
Dans nos antres du nord, dans nos ſtériles champs,
Il n'eſt point de beauté qui ſubjugue nos ſens.
De nos travaux groſſiers les compagnes ſauvages
Partageaient l'âpreté de nos mâles courages.
Un poiſon tout nouveau me ſurprit en ces lieux:
La tranquille Idamé le portait dans ſes yeux:
Ses paroles, ſes traits reſpiraient l'art de plaire:
Je rends grace au refus qui nourrît ma colère;
Son mépris diſſipa ce charme ſuborneur,
Ce charme inconcevable & ſouverain du cœur.

Mon

Mon bonheur m'eût perdu ; mon ame toute entière
Se doit aux grands objets de ma vaste carrière.
J'ai subjugué le monde, & j'aurais soupiré !
Ce trait injurieux, dont je fus déchiré,
Ne rentrera jamais dans mon ame offensée.
Je bannis sans regret cette lâche pensée.
Une femme sur moi n'aura point ce pouvoir ;
Je la veux oublier : je ne veux point la voir,
Qu'elle pleure à loisir sa fierté trop rebelle ;
Octar, je vous défends que l'on s'informe d'elle.

OCTAR.

Vous avez en ces lieux des soins plus importans.

GENGIS.

Oui, je me souviens trop de tant d'égaremens.

SCENE VII.

GENGIS, OCTAR, OSMAN.

OSMAN.

La victime, seigneur, allait être égorgée ;
Une garde autour d'elle était déja rangée.
Mais un événement, que je n'attendais pas,
Demande un nouvel ordre, & suspend son trépas :
Une femme éperdue, & de larmes baignée,
Arrive, tend les bras à la garde indignée ;
Et nous surprenant tous par ses cris forcenés,
Arrêtez, c'est mon fils que vous assassinez.
C'est mon fils, on vous trompe au choix de la victime.
Le désespoir affreux, qui parle & qui l'anime,

Ses yeux, son front, sa voix, ses sanglots, ses clameurs,
Sa fureur intrépide au milieu de ses pleurs,
Tout semblait annoncer, par ce grand caractère,
Le cri de la nature, & le cœur d'une mère.
Cependant son époux devant nous appellé,
Non moins éperdu qu'elle, & non moins accablé,
Mais sombre & recueilli dans sa douleur funeste,
De nos rois, a-t-il dit, voilà ce qui nous reste;
Frappez; voilà le sang que vous me demandez.
De larmes en parlant ses yeux sont inondés.
Cette femme à ces mots d'un froid mortel saisie,
Long-tems sans mouvement, sans couleur & sans vie,
Ouvrant enfin les yeux d'horreur appesantis,
Dès qu'elle a pu parler a réclamé son fils.
Le mensonge n'a point des douleurs si sincères;
On ne versa jamais de larmes plus amères.
On doute, on examine, & je reviens confus
Demander à vos pieds vos ordres absolus.

GENGIS.

Je saurai démêler un pareil artifice,
Et qui m'a pu tromper est sûr de son supplice.
Ce peuple de vaincus prétend-il m'aveugler?
Et veut-on que le sang recommence à couler?

OCTAR.

Cette femme ne peut tromper votre prudence.
Du fils de l'empereur elle a conduit l'enfance.
Aux enfans de son maître on s'attache aisément.
Le danger, le malheur ajoute au sentiment.
Le fanatisme alors égale la nature;
Et sa douleur si vraie ajoute à l'imposture.
Bientôt de son secret perçant l'obscurité,
Vos yeux dans cette nuit répandront la clarté.

GENGIS.

Quelle eſt donc cette femme ?

OCTAR.

On dit qu'elle eſt unie
A l'un de ces lettrés que reſpectait l'Aſie,
Qui trop énorgueillis du faſte de leurs loix,
Sur leur vain tribunal oſaient braver cent rois.
Leur foule eſt innombrable ; ils ſont tous dans les chaînes ;
Ils connaîtront enfin des loix plus ſouveraines.
Zamti, c'eſt-là le nom de cet eſclave altier,
Qui veillait ſur l'enfant qu'on doit ſacrifier.

GENGIS.

Allez intérroger ce couple condamnable ;
Tirez la vérité de leur bouche coupable ;
Que nos guerriers ſur-tout, à leur poſte fixés,
Veillent dans tous les lieux où je les ai placés ;
Qu'aucun d'eux ne s'écarte : on parle de ſurpriſe ;
Les Coréens, dit-on, tentent quelque entrepriſe :
Vers les rives du fleuve on a vu des ſoldats.
Nous ſaurons quels mortels s'avancent au trépas,
Et ſi l'on veut forcer les enfans de la guerre
A porter le carnage aux bornes de la terre.

Fin du ſecond Acte.

ACTE III.

SCENE PREMIERE.

GENGIS, OSMAN, troupe de guerriers.

GENGIS.

A-T-on de ces captifs éclairci l'imposture ?
A-t-on connu leur crime, & vengé mon injure ?
Le reste de leurs rois, à leur garde commis,
Entre les mains d'Octar est-il enfin remis ?

OSMAN.

Il cherche à pénétrer dans ce sombre mystère.
A l'aspect des tourmens ce Mandarin sévère
Persiste en sa réponse avec tranquillité.
Il semble sur son front porter la vérité.
Son épouse en tremblant nous répond par des larmes.
Sa plainte, sa douleur augmente encor ses charmes,
De pitié, malgré nous, nos cœurs étaient surpris,
Et nous nous étonnions de nous voir attendris.
Jamais rien de si beau ne frappa notre vue.
Seigneur, le croiriez-vous ? Cette femme éperdue
A vos sacrés genoux demande à se jetter.
Que le vainqueur des rois daigne enfin m'écouter.
Il pourra d'un enfant protéger l'innocence.
Malgré ses cruautés j'espère en sa clémence ;
Puisqu'il est tout-puissant il sera généreux ;
Pourrait-il rebuter les pleurs des malheureux ?

C'est ainsi qu'elle parle ; & j'ai dû lui promettre
Qu'à vos pieds en ces lieux vous daignerez l'admettre.

GENGIS.

De ce mystère enfin je dois être eclairci.

A sa suite.

Oui, qu'elle vienne ; allez, & qu'on l'amene ici.
Qu'elle ne pense pas que par de vaines plaintes,
Des soupirs affectés, & quelques larmes feintes,
Aux yeux d'un conquérant on puisse en imposer.
Les femmes de ces lieux ne peuvent m'abuser.
Je n'ai que trop connu leurs larmes infidelles,
Et mon cœur dès long-tems s'est affermi contre elles.
Elle cherche un honneur dont dépendra son sort,
Et vouloir me tromper, c'est demander la mort.

OSMAN.

Voilà cette captive à vos pieds amenée.

GENGIS.

Que vois-je ! est-il possible ? ô ciel ! ô destinée !
Ne me trompai-je point ; est-ce un songe, une erreur ?
C'est Idamé ; c'est elle, & mes sens. . . .

SCENE II.

GENGIS, IDAMÉ, OCTAR, OSMAN, GARDES.

IDAME'

Ah! ſeigneur,
Tranchez les triſtes jours d'une femme éperdue.
Vous devez vous venger, je m'y ſuis attendue;
Mais, ſeigneur, épargnez un enfant innocent.

GENGIS.

Raſſurez-vous; ſortez de cet effroi preſſant...
Ma ſurpriſe, madame, eſt égale à la vôtre...
Le deſtin qui fait tout, nous trompa l'un & l'autre.
Les tems ſont bien changés: mais ſi l'ordre des cieux,
D'un habitant du Nord mépriſable à vos yeux,
A fait un conquérant, ſous qui tremble l'Aſie,
Ne craignez rien pour vous; votre Empereur oublie
Les affronts qu'en ces lieux eſſuya Témugin.
J'immole à ma victoire, à mon trône, au deſtin,
Le dernier rejetton d'une race ennemie.
Le repos de l'état me demande ſa vie.
Il faut qu'entre mes mains ce dépôt ſoit livré.
Votre cœur ſur un fils doit être raſſuré.
Je le prends ſous ma garde.

IDAME'.

A peine je reſpire.

GENGIS.

Mais de la vérité, madame, il faut m'inſtruire.

Quel indigne artifice ose-t-on m'oppoſer ?
De vous, de votre époux, qui prétend m'impoſer ;

IDAMÉ.

Ah ! des infortunés épargnez la misère !

GENGIS.

Vous ſavez ſi je dois haïr ce téméraire.

IDAMÉ.

Vous, ſeigneur !

GENGIS.

J'en dis trop, & plus que je ne veux

IDAMÉ.

Ah, rendez-moi, ſeigneur, un enfant malheureux.
Vous me l'avez promis, ſa grace eſt prononcée.

GENGIS.

Sa grace eſt dans vos mains : ma gloire eſt offenſée,
Mes ordres mépriſés, mon pouvoir avili ;
En un mot vous ſavez juſqu'où je ſuis trahi ;
C'eſt peu de m'enlever le ſang que je demande,
De me déſobéir alors que je commande,
Vous êtes dès long-tems inſtruite à m'outrager ;
Ce n'eſt pas d'aujourd'hui que je dois me venger.
Votre époux ! ... ce ſeul nom le rend aſſez coupable.
Quel eſt donc ce mortel pour vous ſi reſpectable,
Qui ſous ſes loix, madame, a pu vous captiver ?
Quel eſt cet inſolent qui penſe me braver ?
Qu'il vienne.

IDAMÉ.

Mon époux vertueux & fidelle ;
Objet infortuné de ma douleur mortelle,

Servit son Dieu, son roi, rendit mes jours heureux.

GENGIS.

Qui?... lui?... mais depuis quand formâtes-vous ces nœuds?

IDAMÉ.

Depuis que loin de nous le sort qui vous seconde
Eut entraîné vos pas pour le malheur du monde.

GENGIS.

J'entends, depuis le jour que je fus outragé;
Depuis que de vous deux je dus être vengé;
Depuis que vos climats ont mérité ma haine.

SCENE III.

GENGIS, OCTAR, OSMAN *d'un côté*, IDAMÉ, ZAMTI *de l'autre*, GARDES.

GENGIS.

PArle; as-tu satisfait à ma loi souveraine?
As-tu mis dans mes mains le fils de l'Empereur.

ZAMTI.

J'ai rempli mon devoir, c'en est fait; oui, seigneur.

GENGIS.

Tu sais si je punis la fraude & l'insolence;
Tu sais que rien n'échappe aux coups de ma vengeance,
Que si le fils des rois par toi m'est enlevé,
Malgré ton imposture il sera retrouvé,

Que son trépas certain va suivre ton supplice.

A ses gardes.

Mais je veux bien le croire. Allez, & qu'on saisisse
L'enfant que cet esclave a remis en vos mains.
Frappez.

ZAMTI.

Malheureux père !

IDAMÉ.

Arrêtez, inhumains.
Ah, seigneur, est-ce ainsi que la pitié vous presse ?
Est-ce ainsi qu'un vainqueur sait tenir sa promesse ?

GENGIS.

Est-ce ainsi qu'on m'abuse, & qu'on croit me jouer ;
C'en est trop ; écoutez, il faut tout m'avouer.
Sur cet enfant, madame, expliquez-vous sur l'heure.
Instruisez-moi de tout, répondez, ou qu'il meure.

IDAMÉ.

Eh bien, mon fils l'emporte ; & si dans mon malheur
L'aveu que la nature arrache à ma douleur
Est encore à vos yeux une offense nouvelle ;
S'il faut toujours du sang à votre ame cruelle,
Frappez ce triste cœur qui céde à son effroi,
Et sauvez un mortel plus généreux que moi.
Seigneur, il est trop vrai que notre auguste maître,
Qui sans vos seuls exploits n'eut point cessé de l'être,
A remis en mes mains, aux mains de mon époux,
Ce dépôt respectable à tout autre qu'à vous.
Seigneur, assez d'horreurs suivaient votre victoire,
Assez de cruautés ternissaient tant de gloire.
Dans des fleuves de sang tant d'innocens plongés,
L'Empereur & sa femme, & cinq fils égorgés,

Le fer de tous côtés dévaſtant cet empire,
Tous ces champs de carnage auraient dû vous ſuffire.
Un barbare en ces lieux eſt venu demander
Ce dépôt précieux que j'aurais dû garder,
Ce fils de tant de rois, notre unique eſpérance.
A cet ordre terrible, à cette violence,
Mon époux, infléxible en ſa fidélité,
N'a vu que ſon devoir, & n'a point héſité.
Il a livré ſon fils. La nature outragée
Vainement déchirait ſon ame partagée;
Il impoſait ſilence à ſes cris douloureux.
Vous deviez ignorer ce ſacrifice affreux.
J'ai dû plus reſpecter ſa fermeté ſévère.
Je devais l'imiter; mais enfin je ſuis mère.
Mon ame eſt au-deſſous d'un ſi cruel effort.
Je n'ai pu de mon fils conſentir à la mort.
Hélas! au déſeſpoir que j'ai trop fait paraître,
Une mère aiſément pouvait ſe reconnaître.
Voyez de cet enfant le père confondu,
Qui ne vous a trahi qu'à force de vertu.
L'un n'attend ſon ſalut que de ſon innocence,
Et l'autre eſt reſpectable alors qu'il vous offenſe.
Ne puniſſez que moi, qui trahis à la fois
Et l'époux que j'admire, & le ſang de mes rois.
Digne époux, digne objet de toute ma tendreſſe!
La pitié maternelle eſt ma ſeule faibleſſe;
Mon ſort ſuivra le tien, je meurs ſi tu péris.
Pardonne-moi du moins d'avoir ſauvé ton fils.

ZAMTI.

Je t'ai tout pardonné; je n'ai plus à me plaindre;
Pour le ſang de mon roi je n'ai plus rien à craindre,
Ses jours ſont aſſurés.

GENGIS.

Traître, ils ne le ſont pas;
Va réparer ton crime, ou ſubir ton trépas.

ZAMTI.

Le crime eſt d'obéir à des ordres injuſtes.
La ſouveraine voix de mes maîtres auguſtes
Du ſein de leurs tombeaux parle plus haut que toi.
Tu fus notre vainqueur, & tu n'es pas mon roi.
Si j'étais ton ſujet, je te ſerais fidèle.
Arrache-moi la vie, & reſpecte mon zèle.
Je t'ai livré mon fils, j'ai pu te l'immoler;
Penſes-tu que pour moi je puiſſe encor trembler?

GENGIS.

Qu'on l'ôte de mes yeux.

IDAMÉ.

Ah! daignez....

GENGIS.

Qu'on l'entraîne.

IDAMÉ.

Non, n'accablez que moi des traits de votre haine.
Cruel! qui m'aurait dit que j'aurais par vos coups
Perdu mon Empereur, mon fils & mon époux?
Quoi! votre ame jamais ne peut être amollie!

GENGIS.

Allez, ſuivez l'époux à qui le ſort vous lie.
Eſt-ce à vous de prétendre encore à me toucher?
Et quel droit avez-vous de me rien reprocher?

IDAMÉ.

Ah! je l'avais prévu; je n'ai plus d'eſpérance.

GENGIS.

Allez, dis-je, Idamé, ſi jamais la clémence

Dans mon cœur malgré moi pouvait encore entrer.
Vous sentez quels affronts il faudrait réparer.

SCENE IV.

GENGIS, OCTAR.

GENGIS.

D'Où vient que je gémis ? d'où vient que je balance ?
Quel Dieu parlait en elle & prenait sa défense ?
Est-il dans ses vertus, est-il dans la beauté
Un pouvoir au-dessus de mon autorité ?
Ah ! demeurez, Octar, je me crains, je m'ignore :
Il me faut un ami ; je n'en eus point encore ;
Mon cœur en a besoin.

OCTAR.

Puisqu'il faut vous parler,
S'il est des ennemis qu'on vous doive immoler,
Si vous voulez couper d'une race odieuse,
Dans ses derniers rameaux, la tige dangereuse,
Précipitez sa perte ; il faut que la rigueur,
Trop nécessaire appui du trône d'un vainqueur,
Frappe sans intervalle un coup sûr & rapide.
C'est un torrent qui passe en son cours homicide.
Le tems ramène l'ordre & la tranquillité ;
Le peuple se façonne à la docilité :
De ses premiers malheurs l'image est affaiblie ;
Bientôt il les pardonne, & même il les oublie.
Mais lorsque goutte à goutte on fait couler le sang,
Qu'on ferme avec lenteur & qu'on r'ouvre le flanc,
Que les jours renaissans ramènent le carnage,
Le désespoir tient lieu de force & de courage,

Et fait d'un peuple faible un peuple d'ennemis,
D'autant plus dangereux qu'ils étaient plus soumis.

GENGIS.

Quoi ! c'est cette Idamé ! quoi ! c'est-là cette esclave !
Quoi ! l'hymen l'a soumise au mortel qui me brave !

OCTAR.

Je conçois que pour elle il n'est point de pitié ;
Vous ne lui devez plus que votre inimitié.
Cet amour, dites-vous, qui vous toucha pour elle,
Fut d'un feu passager la légère étincelle.
Ses imprudens refus, la colère & le tems,
En ont éteint dans vous les restes languissans.
Elle n'est à vos yeux qu'une femme coupable,
D'un criminel obscur épouse méprisable.

GENGIS.

Il en sera puni ; je le dois, je le veux :
Ce n'est pas avec lui que je suis généreux.
Moi, laisser respirer un vaincu que j'abhorre !
Un esclave ! un rival !

OCTAR.

Pourquoi vit-il encore ?
Vous êtes tout-puissant, & n'êtes point vengé !

GENGIS.

Juste ciel ! à ce point mon cœur serait changé !
C'est ici que ce cœur connaîtrait les allarmes,
Vaincu par la beauté, désarmé par les larmes,
Dévorant mon dépit, & mes soupirs honteux !
Moi, rival d'un esclave, & d'un esclave heureux !
Je souffre qu'il respire, & cependant on l'aime ;
Je respecte Idamé jusqu'en son époux même ;

Je crains de la bleſſer en enfonçant mes coups
Dans le cœur déteſté de cet indigne époux.
Eſt-il bien vrai que j'aime ? Eſt-ce moi qui ſoupire ?
Qu'eſt-ce donc que l'amour ? A-t-il donc tant d'empire ?

OCTAR.

Je n'appris qu'à combattre, à marcher ſous vos loix.
Mes chars & mes courſiers, mes fléches, mon carquois,
Voilà mes paſſions, & ma ſeule ſcience.
Des caprices du cœur j'ai peu d'intelligence.
Je connais ſeulement la victoire & nos mœurs;
Les captives toujours ont ſuivi leurs vainqueurs.
Cette délicateſſe importune, étrangère,
Dément votre fortune & votre caractère.
Et qu'importe pour vous qu'une eſclave de plus
Attende en gémiſſant vos ordres abſolus ?

GENGIS.

Qui connaît mieux que moi juſqu'où va ma puiſſance!
Je puis, je le ſai trop, uſer de violence.
Mais quel bonheur honteux, cruel, empoiſonné;
D'aſſujettir un cœur qui ne s'eſt point donné,
De ne voir en des yeux, dont on ſent les atteintes,
Qu'un nuage de pleurs & d'éternelles craintes,
Et de ne poſſéder dans ſa funeſte ardeur
Qu'une eſclave tremblante à qui l'on fait horreur !
Les monſtres des forêts qu'habitent nos Tartares,
Ont des jours plus ſereins, des amours moins barbares.
Enfin, il faut tout dire; Idamé prit ſur moi
Un ſecret aſcendant, qui m'impoſait la loi.
Je tremble que mon cœur aujourd'hui s'en ſouvienne.
J'en étais indigné; ſon ame eut ſur la mienne,
Et ſur mon caractère, & ſur ma volonté,
Un empire plus ſûr & plus illimité,
Que je n'en ai reçu des mains de la victoire
Sur cent rois détrônés, accablés de ma gloire.

Voilà ce qui tantôt excitait mon dépit.
Je la veux pour jamais chasser de mon esprit ;
Je me rends tout entier à ma grandeur suprême,
Je l'oublie, elle arrive, elle triomphe, & j'aime.

SCENE V.

GENGIS, OCTAR, OSMAN.

GENGIS.

EH bien, que résoud-t-elle ? & que m'apprenez-vous ?

OSMAN.

Elle est prête à périr auprès de son époux,
Plutôt que découvrir l'asile impénétrable
Où leurs soins ont caché cet enfant misérable ;
Ils jurent d'affronter le plus cruel trépas.
Son époux la retient tremblante entre ses bras.
Il soutient sa constance, il l'exhorte au supplice.
Ils demandent tous deux que la mort les unisse.
Tout un peuple autour d'eux pleure & frémit d'effroi.

GENGIS.

Idamé, dites-vous, attend la mort de moi ?
Ah ! rassurez son ame, & faites-lui connaître
Que ses jours sont sacrés, qu'ils sont chers à son maître.
C'en est assez : volez.

SCENE VI.

GENGIS, OCTAR.

OCTAR.

Quels ordres donnez-vous
Sur cet enfant des rois qu'on dérobe à nos coups ?

GENGIS.

Aucun.

OCTAR.

Vous commandiez que notre vigilance
Aux mains d'Idamé même enlevât son enfance.

GENGIS.

Qu'on attende.

OCTAR.

On pourrait....

GENGIS.

Il ne peut m'échapper.

OCTAR.

Peut-être elle vous trompe.

GENGIS.

Elle ne peut tromper.

OCTAR.

Voulez-vous de ces rois conserver ce qui reste ?

GENGIS.

GENGIS.

Je veux qu'Idamé vive, ordonne tout le reste,
Va la trouver ; mais non, cher Octar, hâte-toi
De forcer son époux à fléchir sous ma loi.
C'est peu de cet enfant, c'est peu de son supplice ;
Il faut bien qu'il me fasse un plus grand sacrifice.

OCTAR.

Lui?

GENGIS.

Sans doute, oui, lui-même.

OCTAR.

Et quel est votre espoir?

GENGIS.

De dompter Idamé, de l'aimer, de la voir,
D'être aimé de l'ingrate, ou de me venger d'elle,
De la punir ; tu vois ma faiblesse nouvelle.
Emporté, malgré moi, par de contraires vœux,
Je frémis, & j'ignore encor ce que je veux.

Fin du troisiéme Acte.

ACTE IV.

SCENE PREMIERE.

GENGIS, Troupe de guerriers Tartares.

Ainsi la liberté, le repos & la paix,
Ce but de mes travaux me fuira pour jamais ?
Je ne puis être à moi ! d'aujourd'hui je commence
A sentir tout le poids de ma triste puissance.
Je cherchais Idamé : je ne vois près de moi
Que ces chefs importuns qui fatiguent leur roi.

A sa suite.

Allez ; au pied des murs hâtez-vous de vous rendre ;
L'insolent Coréen ne pourra nous surprendre.
Ils ont proclamé roi cet enfant malheureux :
Et sa tête à la main je marcherai contr'eux.
Pour la dernière fois que Zamti m'obéisse ;
J'ai trop de cet enfant différé le supplice.

Il reste seul.

Allez. Ces soins cruels à mon sort attachés
Gènent trop mes esprits d'un autre soin touchés.
Ce peuple à contenir, ces vainqueurs à conduire,
Des périls à prévoir, des complots à détruire,
Que tout pése à mon cœur en secret tourmenté !
Ah ! je fus plus heureux dans mon obscurité.

SCENE II.

GENGIS, OCTAR.

GENGIS.

EH bien, avez vous vû ce Mandarin farouche?

OCTAR.

Nul péril ne l'émeut, nul respect ne le touche.
Seigneur; en votre nom j'ai rougi de parler
A ce vil ennemi qu'il fallait immoler.
D'un œil d'indifférence il a vû le supplice;
Il répéte les noms de devoir, de justice;
Il brave la victoire: on dirait que sa voix
Du haut d'un tribunal nous dicte ici des loix.
Confondez avec lui son épouse rebelle.
Ne vous abaissez point à soupirer pour elle;
Et détournez les yeux de ce couple proscrit,
Qui vous ose braver quand la terre obéit.

GENGIS.

Non, je ne reviens point encor de ma surprise.
Quels sont donc ces humains que mon bonheur maîtrise?
Quels sont ces sentimens qu'au fond de nos climats
Nous ignorions encore, & ne soupçonnions pas?
A son roi, qui n'est plus, immolant la nature,
L'un voit périr son fils sans crainte & sans murmure,
L'autre pour son époux est prête à s'immoler;
Rien ne peut les fléchir, rien ne les fait trembler.
Que dis-je? si j'arrête une vue attentive
Sur cette nation désolée & captive,

Malgré moi je l'admire en lui donnant des fers.
Je vois que ses travaux ont instruit l'univers ;
Je vois un peuple antique, industrieux, immense ;
Ses rois sur la sagesse ont fondé leur puissance ;
De leurs voisins soumis heureux Législateurs,
Gouvernant sans conquête, & regnant par les mœurs.
Le ciel ne nous donna que la force en partage.
Nos arts sont les combats, détruire est notre ouvrage.
Ah ! de quoi m'ont servi tant de succès divers ?
Quel fruit me revient-il des pleurs de l'univers ?
Nous rougissons de sang le char de la victoire ;
Peut-être qu'en effet il est une autre gloire.
Mon cœur est en secret jaloux de leurs vertus,
Et vainqueur je voudrais égaler les vaincus.

OCTAR.

Pouvez-vous de ce peuple admirer la faiblesse ?
Quel mérite ont des arts enfans de la mollesse,
Qui n'ont pû les sauver des fers & de la mort ?
Le faible est destiné pour servir le plus fort.
Tout céde sur la terre aux travaux, au courage ;
Mais c'est vous qui cédez, qui souffrez un outrage ;
Vous qui tendez les mains, malgré votre courroux,
A je ne sais quels fers inconnus parmi nous ;
Vous qui vous exposez à la plainte importune
De ceux dont la valeur a fait votre fortune.
Ces braves compagnons de vos travaux passés
Verront-ils tant d'honneurs par l'amour effacés ?
Leur grand cœur s'en indigne, & leurs fronts en rougissent.
Leurs clameurs jusqu'à vous par ma voix retentissent.
Je vous parle en leur nom, comme au nom de l'état.
Excusez un Tartare, excusez un soldat
Blanchi sous le harnois & dans votre service,
Qui ne peut supporter un amoureux caprice,
Et qui montre la gloire à vos yeux éblouis.

GENGIS.

Que l'on cherche Idamé.

OCTAR

Vous voulez...

GENGIS.

Obéis.

De ton zèle hardi reprime la rudesse ;
Je veux que mes sujets respectent ma faiblesse.

SCENE III.

GENGIS seul.

A Mon sort à la fin je ne puis résister :
Le ciel me la destine, il n'en faut point douter.
Qu'ai-je fait, après tout, dans ma grandeur suprême ?
J'ai fait des malheureux, & je le suis moi-même.
Et de tous ces mortels attachés à mon rang,
Avides de combats, prodigues de leur sang,
Un seul a-t-il jamais, arrêtant ma pensée,
Dissipé les chagrins de mon ame oppressée ?
Tant d'états subjugués ont-ils rempli mon cœur ?
Ce cœur lassé de tout demandait une erreur
Qui pût de mes ennuis chasser la nuit profonde,
Et qui me consolât sur le trône du monde.
Par ses tristes conseils Octar m'a révolté.
Je ne vois près de moi qu'un tas ensanglanté
De monstres affamés & d'assassins sauvages,
Disciplinés au meurtre & formés aux ravages.
Ils sont nés pour la guerre, & non pas pour la Cour ;
Je les prends en horreur, en connaissant l'amour.

Qu'ils combattent ſous moi, qu'ils meurent à ma ſuite,
Mais qu'ils n'oſent jamais juger de ma conduite.
Idamé ne vient point... c'eſt elle, je la voi.

SCENE IV.

GENGIS, IDAMÉ.

IDAME'.

Quoi! vous voulez jouir encor de mon effroi?
Ah! Seigneur, épargnez une femme, une mère.
Ne rougiſſez-vous pas d'accabler ma misère?

GENGIS.

Ceſſez à vos frayeurs de vous abandonner.
Votre époux peut ſe rendre; on peut lui pardonner.
J'ai déja ſuſpendu l'effet de ma vengeance,
Et mon cœur pour vous ſeul a connu la clémence.
Peut-être ce n'eſt pas ſans un ordre des cieux,
Que mes proſpérités m'ont conduit à vos yeux.
Peut-être le deſtin voulut vous faire naître
Pour fléchir un vainqueur, pour captiver un maître,
Pour adoucir en moi cet âpre dureté
Des climats où mon ſort en naiſſant m'a jetté.
Vous m'entendez; je regne, & vous pourriez reprendre
Un pouvoir que ſur moi vous deviez peu prétendre.
Le divorce en un mot par mes loix eſt permis;
Et le vainqueur du monde à vous ſeule eſt ſoumis.
S'il vous fut odieux, le trône a quelques charmes;
Et le bandeau des rois peut eſſuyer des larmes.
L'intérêt de l'état & de vos citoyens
Vous preſſe autant que moi de former ces liens.

Ce langage ſans doute a de quoi vous ſurprendre.
Sur les débris fumans des trônes mis en cendre,
Le deſtructeur des rois dans la poudre oubliés,
Semblait n'être plus fait pour ſe voir à vos pieds.
Mais ſachez qu'en ces lieux votre foi fut trompée,
Par un rival indigne elle fut uſurpée,
Vous la devez, madame, au vainqueur des humains.
Témugin vient à vous vingt ſceptres dans les mains.
Vous baiſſez vos regards, & je ne puis comprendre,
Dans vos yeux interdits, ce que je dois attendre.
Oubliez mon pouvoir, oubliez ma fierté;
Peſez vos intérêts, parlez en liberté.

IDAMÉ.

A tant de changemens tour à tour condamnée,
Je ne le cèle point, vous m'avez étonnée.
Je vais, ſi je le peux, reprendre mes eſprits;
Et quand je répondrai, vous ſerez plus ſurpris.
Il vous ſouvient du tems & de la vie obſcure,
Où le ciel enfermait votre grandeur future.
L'effroi des nations n'était que Témugin;
L'univers n'était pas, ſeigneur, en votre main:
Elle était pure alors, & me fut préſentée.
Apprenez qu'en ce tems je l'aurais acceptée.

GENGIS.

Ciel! que m'avez-vous dit! ô ciel! vous m'aimeriez?
Vous!

IDAMÉ.

J'ai dit que ces vœux que vous me préſentiez,
N'auraient point révolté mon ame aſſujettie,
Si les ſages mortels, à qui j'ai dû la vie,
N'avaient fait à mon cœur un contraire devoir.
De nos parens ſur nous vous ſavez le pouvoir:
Du Dieu que nous ſervons ils ſont la vive image;
Nous leur obéiſſons en tout tems, à tout âge.

Cet empire détruit, qui dût être immortel,
Seigneur, était fondé sur le droit paternel,
Sur la foi de l'hymen, sur l'honneur, la justice,
Le respect des sermens ; & s'il faut qu'il périsse,
Si le sort l'abandonne à vos heureux forfaits,
L'esprit qui l'anima ne périra jamais.
Vos destins sont changés, mais le mien ne peut l'être.

GENGIS.

Quoi ! vous m'auriez aimé !

IDAMÉ.

C'est à vous de connaître,
Que ce serait encore une raison de plus,
Pour n'attendre de moi qu'un éternel refus.
Mon hymen est un nœud formé par le ciel même ?
Mon époux m'est sacré ; je dirai plus, je l'aime.
Je le préfère à vous, au trône, à vos grandeurs.
Pardonnez mon aveu, mais respectez nos mœurs.
Ne pensez pas non plus que je mette ma gloire
A remporter sur vous cette illustre victoire ;
A braver un vainqueur, à tirer vanité
De ces justes refus qui ne m'ont point coûté.
Je remplis mon devoir, & je me rends justice ;
Je ne fais point valoir un pareil sacrifice.
Portez ailleurs les dons que vous me proposez,
Détachez-vous d'un cœur qui les a méprisés ;
Et puisqu'il faut toujours qu'Idamé vous implore ;
Permettez qu'à jamais mon époux les ignore.
De ce faible triomphe il serait moins flatté,
Qu'indigné de l'outrage à ma fidélité.

GENGIS.

Il sait mes sentimens ; madame, il faut les suivre ;
Il s'y conformera, s'il aime encore à vivre.

IDAMÉ.

Il en eſt incapable ; & ſi dans les tourmens
La douleur égarait ſes nobles ſentimens,
Si ſon ame vaincue avait quelque molleſſe,
Mon devoir & ma foi ſoutiendraient ſa faibleſſe.
De ſon cœur chancelant je deviendrais l'appui,
En atteſtant des nœuds deshonorés par lui.

GENGIS.

Ce que je viens d'entendre, ô dieux ! eſt-il croyable ?
Quoi ! lorſqu'envers vous-même il s'eſt rendu coupable,
Lorſque ſa cruauté, par un barbare effort,
Vous arrachant un fils, l'a conduit à la mort !

IDAMÉ.

Il eut une vertu, ſeigneur, que je révère ;
Il penſait en héros, je n'agiſſais qu'en mère.
Et ſi j'étais injuſte aſſez pour le haïr,
Je me reſpecte aſſez pour ne le point trahir.

GENGIS.

Tout m'étonne dans vous ; mais auſſi tout m'outrage.
J'adore avec dépit cet excès de courage.
Je vous aime encor plus quand vous me réſiſtez,
Vous ſubjuguez mon cœur, & vous le révoltez.
Redoutez-moi ; ſachez que malgré ma faibleſſe,
Ma fureur peut aller plus loin que ma tendreſſe.

IDAMÉ.

Je ſais qu'ici tout tremble, ou périt ſous vos coups.
Les loix vivent encore, & l'emportent ſur vous.

GENGIS.

Les loix ! il n'en eſt plus : quelle erreur obſtinée
Oſe les alléguer contre ma deſtinée ?

Il n'est ici de loix que celles de mon cœur,
Celles d'un souverain, d'un Scythe, d'un vainqueur.
Les loix que vous suivez m'ont été trop fatales.
Oui, lorsque dans ces lieux nos fortunes égales,
Nos sentimens, nos cœurs l'un vers l'autre emportés,
(Car je le crois ainsi malgré vos cruautés)
Quand tout nous unissait, vos loix, que je déteste,
Ordonnèrent ma honte & votre hymen funeste.
Je les anéantis; je parle, c'est assez;
Imitez l'univers, madame, obéissez.
Vos mœurs que vous vantez, vos usages austères,
Sont un crime à mes yeux quand ils me sont contraires.
Mes ordres sont donnés; & votre indigne époux
Doit remettre en mes mains votre empereur & vous.
Leurs jours me répondront de votre obéissance.
Pensez-y, vous savez jusqu'où va ma vengeance;
Et songez à quel prix vous pouvez desarmer
Un maître qui vous aime, & qui rougit d'aimer.

SCENE V.

IDAMÉ, ASSÉLI.

IDAMÉ.

Il me faut donc choisir leur perte ou l'infamie.
O pur sang de mes rois! ô moitié de ma vie!
Cher époux, dans mes mains quand je tiens votre sort,
Ma voix sans balancer vous condamne à la mort.

ASSÉLI.

Ah! reprenez plutôt cet empire suprême
Qu'aux beautés, aux vertus attache le ciel même;

Ce pouvoir qui ſoumit ce Scythe furieux
Aux loix de la raiſon qu'il liſait dans vos yeux ;
Un ſeul mot quelquefois déſarme la colère.
Que ne pouvez-vous point, puiſque vous ſavez plaire ?

IDAME'.

Dans l'état où je ſuis, c'eſt un malheur de plus.

ASSE'LI.

Vous ſeule adouciriez le deſtin des vaincus.
Dans nos calamités, le ciel, qui vous ſeconde,
Veut vous oppoſer ſeule à ce tyran du monde.
Vous avez vû tantôt ſon courage irrité
Se dépouiller pour vous de ſa férocité.
Il aurait dû cent fois, il devrait même encore
Perdre dans votre époux un rival qu'il abhorre.
Zamti pourtant reſpire après l'avoir bravé ;
A ſon épouſe encore il n'eſt point enlevé ;
On vous reſpecte en lui ; ce vainqueur ſanguinaire
Sur les débris du monde a craint de vous déplaire ;
Enfin ſouvenez-vous que dans ces mêmes lieux
Il ſentit le premier le pouvoir de vos yeux ;
Son amour autrefois fut pur & légitime.

IDAME'.

Arrête ; il ne l'eſt plus ; y penſer eſt un crime.

SCENE VI.

ZAMTI, IDAMÉ, ASSELI.

IDAME'.

AH ! dans ton infortune, & dans mon déſeſpoir,
Suis-je encor ton épouſe, & peux-tu me revoir ?

ZAMTI.

On le veut : du tyran tel eſt l'ordre funeſte ;
Je dois à ſes fureurs ce moment qui me reſte.

IDAME'.

On t'a dit à quel prix ce tyran daigne enfin
Sauver tes triſtes jours & ceux de l'Orphelin ?

ZAMTI.

Ne parlons pas des miens, laiſſons notre infortune.
Un citoyen n'eſt rien dans la perte commune :
Il doit s'anéantir. Idamé, ſouviens-toi
Que mon devoir unique eſt de ſauver mon roi ;
Nous lui devions nos jours, nos ſervices, notre être,
Tout juſqu'au ſang d'un fils qui nâquit pour ſon maître ;
Mais l'honneur eſt un bien que nous ne devons pas,
Cependant l'Orphelin n'attend que le trépas ;
Mes ſoins l'ont enfermé dans ces aziles ſombres,
Où des rois ſes ayeux on révère les ombres ;
La mort, ſi nous tardons, l'y dévore avec eux.
En vain des Coréens le prince généreux
Attend ce cher dépôt que lui promit mon zèle.
Etan de ſon ſalut ce miniſtre fidèle,

Etan, ainsi que moi, se voit chargé de fers.
Toi seule à l'Orphelin restes dans l'Univers.
C'est à toi maintenant de conserver sa vie,
Et ton fils, & ta gloire à mon honneur unie.

IDAME'.

Ordonne, que veux-tu ? que faut-il ?

ZAMTI.

M'oublier.
Vivre pour ton pays, lui tout sacrifier.
Ma mort en éteignant les flambeaux d'hymenée,
Est un arrêt des cieux qui fait ta destinée.
Il n'est plus d'autres soins, ni d'autres loix pour nous.
L'honneur d'être fidèle aux cendres d'un époux
Ne saurait balancer une gloire plus belle,
C'est au prince, à l'état qu'il faut être fidèle.
Remplissons de nos rois les ordres absolus.
Je leur donnai mon fils, je leur donne encor plus.
Libre par mon trépas, enchaîne ce tartare;
Eteins sur mon tombeau les foudres du barbare.
Je commence à sentir la mort avec horreur,
Quand ma mort t'abandonne à cet usurpateur.
Je fais en frémissant ce sacrifice impie,
Mais mon devoir l'épure, & mon trépas l'expie;
Il était nécessaire autant qu'il est affreux.
Idamé, sers de mère à ton roi malheureux.
Regne, que ton roi vive, & que ton époux meure,
Regne, dis-je, à ce prix : oui, je le veux...

IDAME'.

Demeure.
Me connais-tu ? veux-tu que ce funeste rang
Soit le prix de ma honte, & le prix de ton sang ?
Penses-tu que je sois moins épouse que mère ?
Tu t'abuses, cruel, & ta vertu sévère
A commis contre toi deux crimes en un jour,
Qui font frémir tous deux la nature & l'amour.

Barbare envers ton fils & plus envers moi-même ;
Ne te souvient-il plus qui je suis, & qui t'aime ?
Crois-moi : dans nos malheurs il est un sort plus beau,
Un plus noble chemin pour descendre au tombeau.
Soit amour, soit mépris, le tyran qui m'offense,
Sur moi, sur mes desseins, n'est pas en défiance.
Dans ces remparts fumans & de sang abreuvés,
Je suis libre, & mes pas ne sont point observés,
Le chef des Coréens s'ouvre un secret passage
Non loin de ces tombeaux, où ce précieux gage
A l'œil qui le poursuit fut caché par tes mains.
De ces tombeaux sacrés je sai tous les chemins ;
Je cours y ranimer sa languissante vie,
Le rendre aux défenseurs armés pour la patrie,
Le porter en mes bras dans leurs rangs belliqueux,
Comme un présent d'un dieu qui combat avec eux.
Nous mourrons, je le sais ; mais tout couverts de
gloire.
Nous laisserons de nous une illustre mémoire,
Mettons nos noms obscurs au rang des plus grands
noms,
Et juges si mon cœur a suivi tes leçons.

ZAMTI.

Tu l'inspires, grand dieu ; que ton bras la soutienne !
Idamé, ta vertu l'emporte sur la mienne.
Toi seule as mérité que les cieux attendris
Daiguent sauver par toi ton prince & ton pays.

Fin du quatriéme acte.

ACTE V.

SCENE PREMIERE.

IDAMÉ, ASSELI.

ASSELI.

QUoi ! rien n'a réfifté ! tout a fui fans retour !
Quoi, je vous vois deux fois fa captive en un jour !
Fallait-il affronter ce conquérant fauvage ?
Sur les faibles mortels il a trop d'avantage.
Une femme, un enfant, des guerriers fans vertu !
Que pouviez-vous ? hélas !

IDAMÉ.

J'ai fait ce que j'ai dû ;
Tremblante pour mon fils, fans force, inanimée,
J'ai porté dans mes bras l'Empereur à l'armée.
Son afpect a d'abord animé les foldats,
Mais Gengis a marché, la mort fuivait fes pas ;
Et des enfans du Nord la horde enfanglantée,
Aux fers, dont je fortais, foudain m'a rejettée.
C'en eft fait.

ASSELI.

Ainfi donc ce malheureux enfant
Retombe entre fes mains ; & meurt prefque en naiffant :
Votre époux avec lui termine fa carrière.

IDAMÉ.

L'un & l'autre bientôt voit son heure dernière.
Si l'arrêt de la mort n'est point porté contre eux,
C'est pour leur préparer des tourmens plus affreux.
Mon fils, ce fils si cher, va les suivre peut-être.
Devant ce fier vainqueur il m'a fallu paraître,
Tout fumant de carnage, il m'a fait appeller
Pour jouir de mon trouble & pour mieux m'accabler.
Ses regards inspiraient l'horreur & l'épouvante.
Vingt fois il a levé sa main toute sanglante
Sur le fils de mes rois, sur mon fils malheureux.
Je me suis en tremblant jettée au-devant d'eux.
Toute en pleurs à ses pieds je me suis prosternée;
Mais lui me repoussant d'une main forcenée,
La menace à la bouche, & détournant les yeux,
Il est sorti pensif, & rentré furieux;
Et s'adressant aux siens d'une voix oppressée,
Il leur criait vengeance, & changeait de pensée,
Tandis qu'autour de lui ses barbares soldats
Semblaient lui demander l'ordre de mon trépas.

ASSELI.

Pensez-vous qu'il donnat un ordre si funeste?
Il laisse vivre encor votre époux qu'il déteste;
L'Orphelin aux bourreaux n'est point abandonné.
Daignez demander grace, & tout est pardonné.

IDAMÉ.

Non, ce féroce amour est tourné tout en rage.
Ah! si tu l'avais vu redoubler mon outrage,
M'assurer de sa haine, insulter à mes pleurs!

ASSELI.

Et vous doutez encor d'asservir ses fureurs!

Ce lion subjugué, qui rugit dans sa chaîne,
S'il ne vous aimait pas, parlerait moins de haine.

IDAMÉ.

Qu'il m'aime ou me haïsse, il est tems d'achever
Des jours que sans horreur je ne puis conserver.

ASSELI.

Ah ! que résolvez-vous ?

IDAMÉ.

Quand le ciel en colère
De ceux qu'il persécute a comblé la misère,
Il les soutient souvent dans le sein des douleurs,
Et leur donne un courage égal à leurs malheurs.
J'ai pris dans l'horreur même où je suis parvenue,
Une force nouvelle à mon cœur inconnue.
Va, je ne craindrai plus ce vainqueur des humains;
Je dépendrai de moi, mon sort est dans mes mains.

ASSELI.

Mais ce fils, cet objet de crainte & de tendresse,
L'abandonnerez-vous ?

IDAMÉ.

Tu me rends ma faiblesse,
Tu me perces le cœur. Ah ! sacrifice affreux !
Que n'avais-je point fait pour ce fils malheureux !
Mais Gengis, après tout, dans sa grandeur altière,
Environné de rois couchés dans la poussière,
Ne recherchera point un enfant ignoré,
Parmi les malheureux dans la foule égaré ;
Ou peut-être il verra d'un regard moins sévère
Cet enfant innocent dont il aima la mère.

A cet espoir au moins mon triste cœur se rend :
C'est une illusion que j'embrasse en mourant.
Haïra-t-il ma cendre après m'avoir aimée ?
Dans la nuit de la tombe en serai-je opprimée ?
Poursuivra-t-il mon fils ?

SCENE II.

IDAMÉ, ASSELI, OCTAR.

OCTAR.

Idamé, demeurez :
Attendez l'Empereur en ces lieux retirés.

A sa suite.

Veillez sur ces enfans ; & vous à cette porte,
Tartares, empêchez qu'aucun n'entre & ne sorte.

A Asseli.

Eloignez-vous.

IDAMÉ.

Seigneur, il veut encor me voir.
J'obéis, il le faut, je céde à son pouvoir.
Si j'obtenais du moins, avant de voir mon maître,
Qu'un moment à mes yeux mon époux pût paraître,
Peut-être du vainqueur les esprits ramenés
Rendraient enfin justice à deux infortunés.
Je sens que je hasarde une prière vaine.
La victoire est chez vous implacable, inhumaine.
Mais enfin la pitié, seigneur, en vos climats,
Est-elle un sentiment qu'on ne connaisse pas ?
Et ne puis-je implorer votre voix favorable ?

OCTAR.

Quand l'arrêt est porté, qui conseille est coupable.
Vous n'êtes plus ici sous vos antiques rois,
Qui laissaient désarmer la rigueur de leurs loix.
D'autres tems, d'autres mœurs : ici regnent les armes ;
Nous ne connaissons point les prières, les larmes,
On commande, & la terre écoute avec terreur.
Demeurez, attendez l'ordre de l'Empereur.

SCENE III.

IDAMÉ *seule.*

Dieu des infortunés, qui voyez mon outrage,
Dans ces extrêmités soutenez mon courage.
Versez du haut des cieux, dans ce cœur consterné,
Les vertus de l'époux que vous m'avez donné.

SCENE IV.

GENGIS-KAN, IDAMÉ, OCTAR, GARDES.

GENGIS.

NOn, je n'ai point assez déployé ma colère,
Assez humilié votre orgueil téméraire,
Assez fait de reproche aux infidélités
Dont votre ingratitude a payé mes bontés.
Vous n'avez pas conçu l'excès de votre crime,
Ni tout votre danger, ni l'horreur qui m'anime;
Vous que j'avais aimée, & que je dus haïr;
Vous qui me trahissiez, & que je dois punir.

IDAMÉ.

Ne punissez que moi; c'est la grace dernière
Que j'ose demander à la main meurtrière
Dont j'espérais en vain fléchir la cruauté.
Eteignez dans mon sang votre inhumanité.
Vengez-vous d'une femme à son devoir fidelle:
Finissez ses tourmens.

GENGIS.

Je ne le puis, cruelle:
Les miens sont plus affreux: je les veux terminer.
Je viens pour vous punir; je puis tout pardonner.
Moi pardonner?... à vous!.... non, craignez ma vengeance.
Je tiens le fils des rois, le vôtre en ma puissance.

De votre indigne époux je ne vous parle pas ;
Depuis que vous l'aimez, je lui dois le trépas.
Il me trahit, me brave, il ose être rebelle.
Mille morts puniſſaient ſa fraude criminelle ;
Vous retenez mon bras, & j'en ſuis indigné.
Oui, juſqu'à ce moment le traître eſt épargné.
Mais je ne prétends plus ſupplier ma captive.
Il le faut oublier, ſi vous voulez qu'il vive.
Rien n'excuſe à préſent votre cœur obſtiné :
Il n'eſt plus votre époux puiſqu'il eſt condamné.
Il a péri pour vous ; votre chaîne odieuſe
Va ſe rompre à jamais par une mort honteuſe.
C'eſt vous qui m'y forcez ; & je ne conçois pas
Le ſcrupule inſenſé qui le livre au trépas.
Tout couvert de ſon ſang, je devrais ſur ſa cendre,
A mes vœux abſolus vous forcer de vous rendre.
Mais ſachez qu'un barbare, un Scythe, un deſtructeur,
A quelques ſentimens dignes de votre cœur.
Le deſtin, croyez-moi, nous devait l'un à l'autre ;
Et mon ame a l'orgueil de regner ſur la vôtre.
Abjurez votre hymen ; & dans le même tems
Je place votre fils au rang de mes enfans.
Vous tenez dans vos mains plus d'une deſtinée ;
Du rejetton des rois l'enfance condamnée,
Votre époux qu'à la mort un mot peut arracher,
Les honneurs les plus hauts tout prêts à le chercher,
Le deſtin de ſon fils, le vôtre, le mien même :
Tout dépendra de vous, puiſqu'enfin je vous aime.
Oui, je vous aime encor ; mais ne préſumez pas
D'armer contre mes vœux l'orgueil de vos appas.
Gardez-vous d'inſulter à l'excès de faibleſſe
Que déja mon courroux reproche à ma tendreſſe ;
C'eſt un danger pour vous que l'aveu que je fais.
Tremblez de mon amour, tremblez de mes bienfaits.
Mon ame à la vengeance eſt trop accoutumée ;
Et je vous punirais de vous avoir aimée.

Pardonnez : je menace encore en soupirant.
Achevez d'adoucir ce courroux qui se rend.
Vous ferez d'un seul mot le sort de cet empire :
Mais ce mot important, madame, il faut le dire.
Prononcez sans tarder, sans feinte, sans détour,
Si je vous dois enfin ma haine ou mon amour.

IDAMÉ.

L'une & l'autre aujourd'hui serait trop condamnable;
Votre haine est injuste, & votre amour coupable.
Cet amour est indigne & de vous & de moi ;
Vous me devez justice ; & si vous êtes roi,
Je la veux, je l'attends pour moi contre vous-même.
Je suis loin de braver votre grandeur suprême ;
Je la rappelle en vous lorsque vous l'oubliez :
Et vous-même en secret vous me justifiez.

GENGIS.

Eh bien, vous le voulez ; vous choisissez ma haine :
Vous l'aurez ; & déja je la retiens à peine.
Je ne vous connais plus ; & mon juste courroux
Me rend la cruauté que j'oubliais pour vous.
Votre époux, votre prince, & votre fils, cruelle,
Vont payer de leur sang votre fierté rebelle.
Ce mot que je voulais les a tous condamnés.
C'en est fait, & c'est vous qui les assassinez.

IDAMÉ.

Barbare !

GENGIS.

Je le suis ; j'allais cesser de l'être.
Vous aviez un amant, vous n'avez plus qu'un maître,
Un ennemi sanglant, féroce, sans pitié,
Dont la haine est égale à votre inimitié.

IDAMÉ.

Eh bien, je tombe aux pieds de ce maître ſévère.
Le ciel l'a fait mon roi : ſeigneur, je le révère ;
Je demande à genoux une grace de lui.

GENGIS.

Inhumaine, eſt-ce à vous d'en attendre aujourd'hui ?
Levez-vous : je ſuis prêt encore à vous entendre.
Pourrai-je me flatter d'un ſentiment plus tendre ?
Que voulez-vous : parlez.

IDAMÉ.

Seigneur, qu'il ſoit permis
Qu'en ſecret mon époux près de moi ſoit admis,
Que je lui parle.

GENGIS.

Vous !

IDAMÉ

Ecoutez ma prière.
Cet entretien ſera ma reſſource dernière.
Vous jugerez après ſi j'ai dû réſiſter.

GENGIS.

Non, ce n'était pas lui qu'il fallait conſulter ;
Mais je veux bien encor ſouffrir cette entrevue.
Je crois qu'à la raiſon ſon ame enfin rendue,
N'oſera plus prétendre à cet honneur fatal
De me déſobéir, & d'être mon rival.
Il m'enleva ſon prince, il vous a poſſédée.
Que de crimes ! ſa grace eſt encore accordée ;
Qu'il la tienne de vous : qu'il vous doive ſon ſort :
Préſentez à ſes yeux le divorce ou la mort.

Oui, j'y consens. Octar, veillez à cette porte.
Vous; suivez-moi. Quel soin m'abaisse & me transporte!
Faut-il encore aimer? est-ce là mon destin?

Il sort.

IDAME' *seule.*

Je renais, & je sens s'affermir dans mon sein
Cette intrépidité dont je doutais encore.

SCENE V.

ZAMTI, IDAMÉ.

IDAME'.

O Toi, qui me tiens lieu de ce ciel que j'implore,
Mortel plus respectable, & plus grand à mes yeux
Que tous ces conquérans dont l'homme a fait des dieux:
L'horreur de nos destins ne t'est que trop connue;
La mesure est comblée, & notre heure est venue.

ZAMTI.

Je le sai.

IDAME'.

C'est en vain que tu voulus deux fois
Sauver le rejetton de nos malheureux rois.

ZAMTI.

Il n'y faut plus penser, l'espérance est perdue.
De tes devoirs sacrés tu remplis l'étendue.

Je

Je mourrai consolé.

IDAME'.

Que deviendra mon fils ?
Pardonne encor ce mot à mes sens attendris :
Pardonne à ces soupirs ; ne vois que mon courage.

ZAMTI.

Nos rois sont au tombeau, tout est dans l'esclavage.
Va, crois-moi, ne plaignons que les infortunés,
Qu'à respirer encor le ciel a condamnés.

IDAME'.

La mort la plus honteuse est ce qu'on te prépare.

ZAMTI.

Sans doute : & j'attendais les ordres du barbare.
Ils ont tardé long-tems.

IDAME'.

Eh bien, écoute-moi !
Ne saurons-nous mourir que par l'ordre d'un roi !
Les taureaux aux autels tombent en sacrifice ;
Les criminels tremblans sont traînés au supplice ;
Les mortels généreux disposent de leur sort.
Pourquoi des mains d'un maître attendre ici la mort.
L'homme était-il donc né pour tant de dépendance ?
De nos voisins altiers imitons la constance.
De la nature humaine ils soutiennent les droits,
Vivent libres chez eux, & meurent à leur choix.
Un affront leur suffit pour sortir de la vie,
Et plus que le néant ils craignent l'infamie.
Le hardi Japonnois n'attend pas qu'au cercueil
Un Despote insolent le plonge d'un coup d'œil.

Nous avons enseigné ces braves insulaires :
Apprenons d'eux enfin des vertus nécessaires ;
Sachons mourir comme eux.

ZAMTI.

Je t'approuve ; & je crois
Que le malheur extrême est au-dessus des loix.
J'avais déja conçu tes desseins magnanimes ;
Mais seuls & désarmés, esclaves & victimes,
Courbés sous nos tyrans, nous attendons leurs coups.

IDAMÉ *en tirant un poignard.*

Tiens, sois libre avec moi ; frappe, & délivre-nous.

ZAMTI.

Ciel !

IDAMÉ.

Déchire ce sein, ce cœur qu'on deshonore.
J'ai tremblé que ma main, mal affermie encore,
Ne portât sur moi-même un coup mal assuré.
Enfonce dans ce cœur un bras moins égaré ;
Immole avec courage une épouse fidelle ;
Tout couvert de mon sang, tombe, & meurs auprès d'elle.
Qu'à mes derniers momens j'embrasse mon époux ;
Que le tyran le voye, & qu'il en soit jaloux.

ZAMTI.

Grace au ciel jusqu'au bout ta vertu persévère.
Voilà de ton amour la marque la plus chère.
Digne épouse, reçois mes éternels adieux ;
Donne ce glaive, donne, & détourne les yeux.

IDAMÉ *en lui donnant le poignard.*

Tiens, commence par moi : tu le dois, tu balances !

ZAMTI.

Je ne puis.

IDAMÉ.

Je le veux.

ZAMTI.

Je frémis.

IDAMÉ.

Tu m'offenſes,
Frappe, & tourne ſur toi tes bras enſanglantés.

ZAMTI.

Eh bien, imite-moi.

IDAMÉ *lui ſaiſiſſant le bras.*

Frappe, dis-je....

SCENE IV.

GENGIS, OCTAR, IDAMÉ, ZAMTI, GARDES.

GENGIS *accompagné de ſes gardes, & déſarmant Zamti.*

ARrêtez.
Arrêtez, malheureux! ô ciel! qu'alliez-vous faire?

IDAMÉ.

Nous délivrer de toi, finir notre misère,
A tant d'atrocités dérober notre ſort.

ZAMTI.

Veux-tu nous envier jusques à notre mort?

GENGIS.

Oui.... Dieu, maître des rois, à qui mon cœur s'adresse,
Témoin de mes affronts, témoin de ma faiblesse,
Toi, qui mis à mes pieds tant d'états, tant de rois,
Deviendrai-je à la fin digne de mes exploits!
Tu m'outrages, Zamti, tu l'emportes encore
Dans un cœur né pour moi, dans un cœur que j'adore.
Ton épouse à mes yeux, victime de sa foi,
Veut mourir de ta main plutôt que d'être à moi.
Vous apprendrez tous deux à souffrir mon empire,
Peut-être à faire plus.

IDAMÉ.

Que prétends-tu nous dire?

ZAMTI.

Quel est ce nouveau trait de l'inhumanité?

IDAMÉ.

D'où vient que notre arrêt n'est pas encor porté?

GENGIS.

Il va l'être, madame, & vous allez l'apprendre.
Vous me rendiez justice, & je vais vous la rendre.
A peine dans ces lieux je crois ce que j'ai vu.
Tous deux je vous admire, & vous m'avez vaincu.
Je rougis sur le trône, où m'a mis la victoire,
D'être au-dessous de vous au milieu de ma gloire.
En vain par mes exploits j'ai su me signaler:
Vous m'avez avili; je veux vous égaler.
J'ignorais qu'un mortel pût se dompter lui-même:
Je l'apprends; je vous dois cette gloire suprême.

Jouïssez de l'honneur d'avoir pu me changer.
Je viens vous réunir ; je viens vous protéger.
Veillez, heureux époux, sur l'innocente vie
De l'enfant de vos rois, que ma main vous confie.
Par le droit des combats j'en pouvais disposer :
Je vous remets ce droit dont j'allais abuser.
Croyez qu'à cet enfant heureux dans sa misère,
Ainsi qu'à votre fils, je tiendrai lieu de père.
Vous verrez si l'on peut se fier à ma foi.
Je fus un conquérant, vous m'avez fait un roi.

A Zamti.

Soyez ici des loix l'interprète suprême ;
Rendez leur ministère aussi saint que vous-même ;
Enseignez la raison, la justice & les mœurs.
Que les peuples vaincus gouvernent les vainqueurs.
Que la sagesse regne & préside au courage.
Triomphez de la force ; elle vous doit hommage.
J'en donnerai l'exemple, & votre souverain
Se soumet à vos loix les armes à la main.

IDAMÉ.

Ciel ! que viens-je d'entendre ? hélas ! puis-je vous
croire ?

ZAMTI.

Etes-vous digne enfin, seigneur, de votre gloire ?
Ah ! vous ferez aimer votre joug aux vaincus.

IDAMÉ.

Qui put vous inspirer ce dessein ?

GENGIS.

Vos vertus.

Fin du cinquiéme & dernier Acte.

LETTRE

A M. J. J. R C. D. G.

J'AI reçû, monſieur, votre nouveau livre contre le genre humain ; je vous en remercie. Vous plairez aux hommes à qui vous dites leurs vérités, & vous ne les corrigerez pas. On ne peut peindre avec des couleurs plus fortes les horreurs de la ſociété humaine, dont notre ignorance & notre faibleſſe ſe promettent tant de conſolations. On n'a jamais tant employé d'eſprit à vouloir nous rendre bêtes. Il prend envie de marcher à quatre pattes quand on lit votre ouvrage. Cependant, comme il y a plus de ſoixante ans que j'en ai perdu l'habitude, je ſens malheureuſement qu'il m'eſt impoſſible de la reprendre ; & je laiſſe cette allure naturelle à ceux qui en ſont plus dignes que vous & moi. Je ne peux non plus m'embarquer pour aller trouver les Sauvages du Canada ; premierement, parce que les maladies dont je ſuis accablé me retiennent auprès du plus grand médecin de l'Europe, & que je ne trouverais pas les mêmes ſecours chez les Miſſouris : ſecondement, parce que la guerre eſt portée dans ces pays-là, & que les exemples de nos nations ont rendu les Sauvages presque aussi méchans que nous. Je me borne à être un Sauvage paisible dans la solitude que j'ai choisie auprès de votre patrie, où vous êtes tant desiré.

Je conviens avec vous que les belles-lettres & les sciences ont causé quelquefois beaucoup de mal. Les ennemis du *Tasse* firent de sa vie un tissu de malheurs, ceux de *Galilée* le firent gémir dans les prisons à soixante & dix ans, pour avoir connu le mouvement de la terre ; & ce qu'il y a de plus honteux, c'est qu'ils l'obligèrent à se retracter. Vous savez quelles traverses vos amis essuyèrent quand ils commencèrent cet ouvrage, aussi utile qu'immense, de l'Enciclopédie, auquel vous avez tant contribué.

Si j'osais me compter parmi ceux dont les travaux n'ont eu que la persécution pour récompense, je vous ferais voir des gens acharnés à me perdre, du jour que je donnai la tragédie d'*Œdipe* ; une bibliothèque de calomnies imprimées contre moi ; un homme qui m'avait des obligations assez connues, me payant de mon service par vingt libelles ; un autre, beaucoup plus coupable encore, faisant imprimer mon propre ouvrage du *Siécle de Louis XIV.* avec des notes dans lesquelles la plus crasse ignorance vomit les plus infâmes impostures : un autre qui vend à un

Libraire quelques chapitres d'une prétendue *Histoire universelle* sous mon nom, le Libraire assez avide pour imprimer ce tissu informe de bévues, de fausses dattes, de faits & de noms estropiés; & enfin des hommes assez injustes pour m'imputer la publication de cette rapsodie. Je vous ferais voir la Société infectée de ce nouveau genre d'hommes inconnus à toute l'antiquité, qui ne pouvant embrasser une profession honnête, soit de manœuvre, soit de laquais, & sachant malheureusement lire & écrire, se font courtiers de Littérature, vivent de nos ouvrages, volent des manuscrits, les défigurent & les vendent. Je pourrais me plaindre que des fragmens d'une plaisanterie faite il y a près de trente ans, sur le même sujet que *Chapelain* eut la bétise de traiter sérieusement, courent aujourd'hui le monde par l'infidélité & l'avarice de ces malheureux qui ont mêlé leurs grossiertés à ce badinage, qui en ont rempli les vuides avec autant de sottise que de malice, & qui enfin au bout de trente ans vendent par tout en manuscrit, ce qui n'appartient qu'à eux, & qui n'est digne que d'eux. J'ajouterais qu'en dernier lieu on a volé une partie des matériaux que j'avais rassemblés dans les archives publiques, pour servir à l'histoire de la guerre de 1741. lorsque j'étais Historio-
graphe

graphe de France qu'on a vendu à un Libraire ce fruit de mon travail ; qu'on se saisit à l'envi de mon bien, comme si j'étais déja mort, & qu'on le dénature pour le mettre à l'encan. Je vous peindrais l'ingratitude, l'imposture & la rapine me poursuivant depuis quarante ans jusqu'au pied des Alpes, & jusqu'au bord de mon tombeau. Mais que conclurai-je de toutes ces tribulations ? Que je ne dois pas me plaindre, que *Pope*, *Descartes*, *Bayle*, *le Camouens*, & cent autres, ont essuyé les mêmes injustices & de plus grandes ; que cette destinée est celle de presque tous ceux que l'amour des Lettres a trop séduits.

Avouez, en effet, monsieur, que ce sont là de ces petits malheurs particuliers, dont à peine la société s'apperçoit. Qu'importe au genre humain que quelques frêlons pillent le miel de quelques abeilles ? Les gens de lettres font grand bruit de toutes ces petites querelles ; le reste du monde ou les ignore, ou en rit.

De toutes les amertumes répandues sur la vie humaine, ce sont là les moins funestes. Les épines attachées à la littérature, & à un peu de réputation, ne sont que des fleurs en comparaison des autres maux qui de tout tems ont inondé la terre. Avouez que ni *Cicéron*, ni *Varron*, ni *Lucrèce*, ni *Virgile*, ni *Horace*, n'eurent la moindre part aux proſcriptions. *Marius* était un ignorant. Le barbare *Sylla*, le crapuleux *Antoine*, l'imbécille *Lépide*, liſaient peu *Platon* & *Sophocle*; & pour ce tyran ſans courage, *Octave Cépias*, ſurnommé ſi lâchement *Auguſte*, il ne fut un déteſtable aſſaſſin, que dans le tems où il fut privé de la ſociété des gens de Lettres.

Avouez que *Pétrarque* & *Bocace* ne firent pas naître les troubles de l'Italie. Avouez que le badinage de *Marot* n'a pas produit la *St. Barthelemi*, & que la tragédie du *Cid* ne cauſa pas les troubles de la Fronde. Les grands crimes n'ont guère été commis que par de célèbres ignorans. Ce qui fait, & fera toujours de ce monde une vallée de larmes, c'eſt l'inſatiable cupidité, & l'indomptable orgueil des hommes depuis *Thamas Kouli-Kan*, qui ne ſavait pas lire, juſqu'à un commis de la Douane qui ne ſait que chiffrer. Les lettres nourriſſent l'ame, la rectifient, la conſolent; elles vous ſervent, monſieur, dans le tems que vous écrivez contre elles; vous êtes comme *Achilles* qui s'emporte contre la gloire, & comme le père *Mallebranche*, dont l'imagination brillante écrivait contre l'imagination.

Si quelqu'un doit ſe plaindre des lettres, c'eſt moi, puiſque dans tous les tems, &

dans tous les lieux, elles ont ſervi à me perſécuter. Mais il faut les aimer malgré l'abus qu'on en fait, comme il faut aimer la ſociété, dont tant d'hommes méchans corrompent les douceurs; comme il faut aimer ſa patrie, quelques injuſtices qu'on y eſſuye.

FIN.

PANDORE.

SAMSON,

OPERA.

AVERTISSEMENT.

Mr. Rameau, le plus grand musicien de France, mit cet opéra en musique vers l'an 1732. On était prêt de le jouer, lorsque la même cabale qui fit suspendre depuis les représentations de Mahomet ou du Fanatisme empêcha qu'on ne représentât l'opéra de Samson; & tandis qu'on permettoit que ce sujet parût sur le théâtre de la comédie italienne, & que Samson y fit des miracles conjointement avec Arlequin, on ne permit pas que ce même sujet fût ennobli sur le théâtre de l'académie de musique.

Le musicien employa depuis presque tous les airs de Samson dans d'autres compositions liriques que l'envie n'a pu supprimer.

On publie le poëme dénué de son plus grand charme, & on le donne seulement comme une esquisse d'un genre exordinaire. C'est la seule excuse peut-être de l'impression d'un ouvrage fait plutôt pour être chanté que pour être lû. Les noms de Vénus & d'Adonis trouvent dans cette tragédie une place plus naturelle qu'on ne croirait d'abord. C'est en effet sur leurs terres que l'action se passe. Cicéron, dans son excellent livre de la nature des Dieux, *dit que la déesse Astarté, révérée des Siriens, étoit Vénus même, & qu'elle épousa Adonis. On sait de plus qu'on célébrait la fête d'Adonis chez les Philistins. Ainsi ce qui serait ailleurs un mélange absurde du profane & du sacré, se place ici de soi-même.*

ACTEURS.

SAMSON.
DALILA.
LE ROI DES PHILISTINS.
LE GRAND-PRESTRE.
LES CHOEURS.

SAMSON,

OPERA.

ACTE PREMIER.

SCENE PREMIERE.

Le théâtre représente une campagne. Les Israëlites couchés sur le bord du fleuve Adonis, déplorent leur captivité.

DEUX CORIPHÉES.

Tribus captives,
Qui sur ces rives
Traînez vos fers;
Tribus captives,
De qui les voix plaintives
Font retentir les airs,
Adorez dans vos maux le Dieu de l'univers.

CHOEUR.

Adorons dans nos maux le Dieu de l'univers.

UN CORIPHE'E.

Ainsi depuis quarante hyvers
Des Philistins le pouvoir indomptable
Nous accable,
Leur fureur est implacable,
Elle insulte aux tourmens que nous avons soufferts.

CHOEUR.

Adorons dans nos maux le Dieu de l'univers.

UN CORIPHE'E.

Race malheureuse & divine,
Tristes Hébreux, frémissez tous:
Voici le jour affreux qu'un roi puissant destine,
A placer ses dieux parmi nous.
Des prêtres mensongers, pleins de zèle & de rage,
Vont nous forcer à plier les genoux
Devant les dieux de ce climat sauvage.
Enfans du ciel que ferez-vous?

CHOEUR.

Nous bravons leur courroux.
Le Seigneur seul a notre hommage.

UN CORIPHE'E.

Tant de fidélité sera chere à ses yeux,
Descendez du trône des cieux
Fille de la clémence,
Douce espérance,
Trésor des malheureux,
Venez tromper nos maux, venez remplir nos vœux,
Descendez, douce espérance,

SCENE II.

SECOND CORIPHÉE.

AH! déja je les vois, ces pontifes cruels,
Qui d'une idole horrible entourent les autels.

Les prêtres des idoles dans l'enfoncement autour d'un autel couvert de leurs dieux.

Ne ſouillons point nos yeux de ces vains ſacrifices,
Fuyons ces monſtres adorés.
De leurs prêtres ſanglans ne ſoyons point complices.

CHOEUR.

Fuyons, éloignons-nous......

LE GRAND-PRESTRE DES IDOLES.

Eſclaves, demeurez,
Demeurez, votre roi par ma voix vous l'ordonne.
D'un pouvoir inconnu lâches adorateurs,
Oubliez-le à jamais lorſqu'il vous abandonne,
Adorez les dieux ſes vainqueurs.
Vous rampez dans nos fers, ainſi que vos ancêtres,
Mutins toujours vaincus, & toujours inſolens:
Obéiſſez, il en eſt tems,
Connaiſſez les dieux de vos maîtres.

CHOEUR.

Tombe plutôt ſur nous la vengeance du ciel,
Plutôt l'enfer nous engloutiſſe.
Périſſe, périſſe
Ce temple & cet autel!

LE GRAND-PRESTRE.

Rebut des nations, vous déclarez la guerre
Aux dieux, aux pontifes, aux rois?

CHOEUR.

Nous méprisons vos dieux, & nous craignons les loix
Du maître de la terre.

SCENE III.

SAMSON *entre couvert d'une peau de lion.* LES PERSONNAGES DE LA SCENE PRÉCÉDENTE.

SAMSON.

Quel spectacle d'horreur!
Quoi! ces fiers enfans de l'erreur
Ont porté parmi vous ces monstres qu'ils adorent?
Dieu des combats, regarde en ta fureur
Les indignes rivaux que nos tyrans implorent.
Soutiens mon zèle, inspire-moi,
Venge ta cause, venge-toi!

LE GRAND-PRESTRE.

Profane, impie, arrête!

SAMSON.

Lâches! dérobez votre tête
A mon juste courroux;
Pleurez vos dieux, craignez pour vous.
Tombez, dieux ennemis! soyez réduits en poudre.
Vous ne méritez pas
Que le Dieu des combats,

Arme le ciel vengeur & lance ici sa foudre,
Il suffit de mon bras.
Tombez, dieux ennemis! soyez réduits en poudre.

Il renverse les autels.

LE GRAND-PRESTRE.

Le ciel ne punit point ce sacrilege effort?
Le ciel se tait, vengeons sa querelle:
Servons le ciel en donnant la mort
A ce peuple rebelle.

LE CHOEUR DES PRESTRES.

Servons le ciel en donnant la mort
A ce peuple rebelle.

SCENE IV.

SAMSON, LES ISRAELITES.

SAMSON.

VOs esprits étonnez sont encore incertains?
Redoutez-vous ces dieux renversés par mes mains?

CHOEUR DES FILLES ISRAELITES.

Mais qui nous défendra du courroux effroyable
D'un roi le tyran des Hébreux?

SAMSON.

Le Dieu, dont la main favorable
A conduit ce bras belliqueux,

Ne crains point de ces rois la grandeur périssable:
Faibles tribus, demandez son appui,
Il vous armera du tonnerre,
Vous serez redouté du reste de la terre,
Si vous ne redoutez que lui.

CHOEUR.

Mais nous sommes, hélas! sans armes, sans défense.

SAMSON.

Nous m'avez, c'est assez, tous vos maux vont finir.
Dieu m'a prêté sa force, sa puissance:
Le fer est inutile au bras qu'il veut choisir:
En domptant les lions j'appris à vous servir:
Leur dépouille sanglante est le noble présage
Des coups dont je ferai périr
Les tyrans qui sont leur image.

AIR.

Peuple, éveille-toi, romps tes fers,
Remonte à ta grandeur première,
Comme un jour Dieu du haut des airs
Rappellera les morts à la lumière
Du sein de la poussière,
Et ranimera l'univers.
Peuple, éveille-toi, romps tes fers,
La liberté t'appelle,
Tu naquis pour elle,
Reprends tes concerts.
Peuple, éveille-toi, romps tes fers.

AUTRE AIR.

L'hyver détruit les fleurs & la verdure;
Mais du flambeau des jours la féconde clarté

Ranime la nature,
Et lui rend ſa beauté,
L'affreux eſclavage
Flétrit le courage ;
Mais la liberté
Releve ſa grandeur & nourrit ſa fierté.
Liberté ! liberté !

Fin du premier Acte.

ACTE II.

SCENE PREMIERE.

Le théâtre représente le péristile du palais du roi : on voit à travers les colomnes des forêts & des colines : dans le fond de la perspective le roi est sur son trône entouré de toute sa cour habillée à l'orientale.

LE ROI.

Ainsi ce peuple esclave, oubliant son devoir,
Contre son roi léve un front indocile.
Du sein de la poussière il brave mon pouvoir :
Sur quel roseau fragile
A-t-il mis son espoir ?

UN PHILISTIN.

Un imposteur, un vil esclave,
Samson les séduit & vous brave :
Sans doute il est armé du secours des enfers !

LE ROI.

L'insolent vit encor ? Allez ; qu'on le saisisse,
Préparez tout pour son supplice :
Courez, soldats, chargez de fers
Des coupables Hébreux la troupe vagabonde :
Ils sont les ennemis & le rebut du monde,
Et détestés par tout, détestent l'univers.

CHOEUR *des Philistins derrière le théâtre.*

Fuyons la mort, échapons au carnage,
Les enfers secondent sa rage.

LE ROI.

J'entends encor les cris de ces peuples mutins,
De leur chef odieux va-t-on punir l'audace ?

UN PHILISTIN *entrant sur la scène.*

Il est vainqueur, il nous menace,
Il commande aux destins,
Il ressemble au Dieu de la guerre,
La mort est dans ses mains.
Vos soldats renversés ensanglantent la terre,
Le peuple fuit devant ses pas.

LE ROI.

Que dites-vous ? un seul homme, un barbare,
Fait fuir mes indignes soldats ?
Quel démon pour lui se déclare ?

SCENE II.

LE ROI, *les Philistins autour de lui.* SAMSON *suivi des Hébreux, portant dans une main une massue, & de l'autre une branche d'olivier.*

SAMSON.

Roi, prêtres ennemis, que mon Dieu fait trembler,
Voyez ce signe heureux de la paix bienfaisante
Dans cette main sanglante
Qui vous peut immoler.

CHOEUR DES PHILISTINS.

Quel mortel orgueilleux peut tenir ce langage !
Contre un roi si puissant quel bras peut s'élever ?

LE ROI.

Si vous êtes un Dieu, je vous dois mon hommage.
Si vous êtes un homme, osez-vous me braver?

SAMSON.

Je ne suis qu'un mortel; mais le Dieu de la terre,
Qui commande aux rois,
Qui souffle à son choix
Et la mort & la guerre,
Qui vous tient sous ses loix.
Qui lance le tonnerre,
Vous parle par ma voix.

LE ROI.

Eh bien, quel est ce Dieu? quel est le témoignage
Qu'il daigne s'annoncer par vous?

SAMSON.

Vos soldats mourans sous mes coups,
La crainte où je vous vois, mes exploits, mon courage,
Au nom de ma patrie, au nom de l'Eternel,
Respectez desormais les enfans d'Israël,
Et finissez leur esclavage.

LE ROI.

Moi, qu'au sang Philistin je fasse un tel outrage?
Moi, mettre en liberté ces peuples odieux?
Votre Dieu serait-il plus puissant que mes dieux?

SAMSON.

Vous allez l'éprouver: voyez, si la nature
Reconnaît ses commandemens?
Marbres, obéissez, que l'onde la plus pure
Sorte de ces rochers, & retombe en torrens.

On voit des fontaines jaillir dans l'enfoncement.

CHOEUR.

CHOEUR.

Ciel ! ô ciel ! à sa voix on voit jaillir cette onde !
Des marbres amollis !
Les élémens lui sont soumis !
Est-il le souverain du monde ?

LE ROI.

N'importe, quel qu'il soit, je ne peux m'avilir
A recevoir des loix de qui doit me servir.

SAMSON.

Eh bien ! vous avez vu, quelle était sa puissance ;
Connaissez, quel est sa vengeance.
Descendez, feux des cieux, ravagez ces climats ;
Que la foudre tombe en éclats,
De ces fertiles champs détruisez l'espérance.

Tout le théâtre paraît embrâsé.

Brûlez, moissons, séchez, guérêts ;
Embrâsez-vous, vastes forêts.

Au roi.

Connaissez, quelle est sa vengeance.

CHOEUR.

Tout s'embrâse, tout se détruit,
Un Dieu terrible nous poursuit.
Brûlante flamme, affreux tonnerre,
Ciel ! ô ciel ! sommes-nous
Au jour où doit périr la terre ?

LE ROI.

Suspends, suspends cette rigueur,
Ministre impérieux d'un Dieu plein de fureur.
Je commence à reconnaître
Le pouvoir dangereux de ton superbe maître ;

Mes dieux long-tems vainqueurs commencent à céder.
C'est à leur voix à me résoudre.

SAMSON.

C'est à la sienne à commander.
Il nous avait punis, il m'arme de sa foudre :
A tes dieux infernaux va porter ton effroi.
Pour la dernière fois peut-être tu contemples
Et ton trône & leurs temples.
Tremble pour eux & pour toi.

SCENE III.

SAMSON, CHOEUR D'ISRAELITES.

SAMSON.

Vous que le ciel console après des maux si grands,
Peuples, osez paraître aux palais des tyrans :
Sonnez trompette, organe de la gloire,
Sonnez, annoncez ma victoire.

LES HÉBREUX.

Chantons tous ce héros, l'arbitre des combats :
Il est le seul, dont le courage
Jamais ne partage
La victoire avec les soldats.
Il va finir notre esclavage ;
Pour nous est l'avantage,
La gloire est à son bras ;
Il fait trembler sur leur trône
Les rois maîtres de l'univers ;
Les guerriers aux champs de Bellone,
Les faux dieux au fond des enfers.

CHOEUR.

Sonnez trompette, organe de sa gloire,
Sonnez, annoncez sa victoire.

AIR.

Le défenseur intrépide
D'un troupeau faible & timide
Garde leurs paisibles jours
Contre le peuple homicide,
Qui rugit dans les antres sourds :
Le berger se repose, & sa flûte soupire
Sous ses doigts le tendre délire
De ses innocentes amours.

CHOEUR.

Sonnez trompette, organe de la gloire,
Sonnez, annoncez sa victoire.

Fin du second Acte.

ACTE III.

SCENE PREMIERE.

Le théâtre représente un bocage & un autel où sont Mars, Venus & les dieux de Syrie.

LE ROI, LE GRAND-PRESTRE DE MARS, DALILA prêtresse de Vénus, CHOEUR.

LE ROI.

DIEUX de Syrie,
Dïeux immortels,
Ecoutez, protégez un peuple qui s'écrie
Aux pieds de vos autels.
Eveillez-vous, punissez la furie
De vos esclaves criminels,
Votre peuple vous prie,
Livrez en nos mains
Le plus fier des humains.

CHOEUR.

Livrez en nos mains
Le plus fier des humains.

LE GRAND-PRESTRE.

Mars terrible,
Mars invincible,

Protége nos climats,
Prépare
A ce barbare
Les fers & le trépas.

DALILA.

O Vénus, déesse charmante,
Ne permets pas, que ces beaux jours
Destinés aux amours,
Soient profanés par la guerre sanglante.

CHOEUR.

Livrez en nos mains
Le plus fier des humains.

ORACLE DES DIEUX DE SYRIE.

Samson nous a domptés, ce glorieux empire
Touche à son dernier jour;
Fléchissez ce héros, qu'il aime, qu'il soupire,
Vous n'avez d'espoir qu'en l'amour.

DALILA.

Dieu des plaisirs, daigne ici nous instruire
Dans l'art charmant de plaire & de séduire;
Prête à nos yeux tes traits toujours vainqueurs,
Apprends-nous à semer de fleurs
Le piége aimable où tu veux qu'on l'attire.

CHOEUR.

Dieu des plaisirs, daigne ici nous instruire
Dans l'art charmant de plaire & de séduire;

DALILA.

D'Adonis c'est aujourd'hui la fête,
Pour ces jeux la jeunesse s'apprête;

Amour, voici le tems heureux
Pour inſpirer & pour ſentir tes feux.

CHOEUR DES FILLES.

Amour, voici le tems, &c.
Dieu des plaiſirs.

DALILA.

Il vient plein de colère, & la terreur le ſuit;
Retirons-nous ſous cet épais feuillage.

Elle ſe retire avec les filles de Gaza & les prêtreſſes.

Implorons le Dieu qui ſéduit
Le plus ferme courage.

SCENE II.

SAMSON *ſeul.*

LE Dieu des combats m'a conduit
Au milieu du carnage,
Devant lui tout tremble & tout fuit.
Le tonnerre, l'affreux orage,
Dans les champs font moins de carnage
Que ſon nom ſeul en a produit.
Chez le Philiſtin plein de rage
Tous ceux qui voulaient arrêter
Ce fier torrent dans ſon paſſage
N'ont fait que l'irriter.
Ils ſont tombés, la mort eſt leur partage.

On entend une harmonie douce.

Ces ſons harmonieux, ces murmures des eaux,
Semblent amollir mon courage;
Aſiles de la paix, lieux charmans, doux ombrage,
Vous m'invitez au repos.

Il s'endort ſur un lit de gazon.

SCENE III.

DALILA, SAMSON, CHOEUR *des prêtresses* de Vénus *revenant sur la scène.*

CHOEUR.

PLaisirs flatteurs, amollissez son ame,
Songes charmans, enchantez son sommeil.

FILLES DE GAZA.

Tendre amour, éclaire son réveil,
Mets dans nos yeux ton pouvoir & ta flamme.

DALILA.

Vénus, inspire-nous, préside à ce beau jour.
Est-ce-là ce cruel, ce vainqueur homicide?
Vénus, il semble né pour embellir ta cour.
Armé, c'est le dieu mars; désarmé, c'est l'amour.
Mon cœur, mon faible cœur devant lui s'intimide.
Enchaînons de fleurs
Ce guerrier terrible:
Que ce cœur farouche, invincible,
Se rende à tes douceurs.

CHOEUR.

Enchaînons de fleurs
Ce héros terrible.

SAMSON *se réveille entouré des filles de Gaza.*

Où suis-je! en quels climats me vois-je transporté?
Quels doux concerts se font entendre!
Quels ravissans objets viennent de me surprendre!
Est-ce ici le séjour de la félicité?

DALILA *à Samson.*

Du Charmant Adonis nous célébrons la fête ;
L'amour en ordonna les jeux,
C'est l'amour qui les apprête,
Puissent-ils mériter un regard de vos yeux.

SAMSON.

Quel est cet Adonis dont votre voix aimable
Fait retentir ce beau séjour ?

DALILA.

C'était un héros indomptable,
Qui fut aimé de la mère d'amour.
Nous chantons tous les ans cette aimable aventure.

SAMSON.

Parlez, vous m'allez enchanter :
Les vents viennent de s'arrêter :
Ces forêts, ces oiseaux, & toute la nature,
Se taisent pour vous écouter.

DALILA *se met à côté de Samson, le chœur se range autour d'eux. Dalila chante cette cantatille, accompagnée de peu d'instrumens qui sont sur le théâtre.*

Vénus dans nos climats souvent daigne se rendre,
C'est dans nos bois qu'on vient apprendre
De son culte charmant tous les secrets divins.
Ce fut près de cet onde en ces rians jardins,
Que Vénus enchanta le plus beau des humains.
Alors tout fut heureux dans une paix profonde,
Tout l'univers aima dans le sein du loisir,
Vénus donnait au monde
L'exemple du plaisir.

SAMSON.

SAMSON.

Que ſes traits ont d'appas ! que ſa voix m'intéreſſe !
Que je ſuis étonné de ſentir la tendreſſe !
De quel poiſon charmant je me ſens pénétré !

DALILA.

Sans Vénus, ſans l'amour, qu'aurait-il pu prétendre ?
Dans nos bois il eſt adoré.
Quand il fut redoutable, il était ignoré.
Il devint dieu dès qu'il fut tendre.
Depuis cet heureux jour
Ces prez, cet onde, cet ombrage,
Inſpirent le plus tendre amour
Au cœur le plus ſauvage.

SAMSON.

O ciel ! ô troubles inconnus !
J'étais ce cœur ſauvage, & je ne le ſuis plus.
Je ſuis changé, j'éprouve une flamme naiſſante.

A Dalila.

Ah ! s'il était une Vénus,
Si des amours cette reine charmante
Aux mortels en effet pouvait ſe préſenter,
Je vous prendrais pour elle, & croirais la flatter.

DALILA.

Je pourrais de Vénus imiter la tendreſſe.
Heureux, qui peut brûler des feux qu'elle a ſentis !
Mais j'euſſe aimé peut-être un autre qu'Adonis,
Si j'avais été la déeſſe.

SCENE IV.

LES ACTEURS PRÉCEDENS, LES HEBREUX.

Ne tardez point, venez, tout un peuple fidèle
Eſt prêt à marcher ſous vos loix :
Soyez le premier de nos rois,
Combattez, & regnez, la gloire vous appelle.

SAMSON.

Je vous ſuis, je le dois, j'accepte vos préſens.
Ah ! ... quel charme puiſſant m'arrête !
Ah ! différez du moins, différez quelque tems
Ces honneurs brillans qu'on m'apprête.

CHOEUR DE FILLES DE GAZA.

Demeurez, préſidez à nos fêtes,
Que nos cœurs ſoient ici vos conquêtes.

DALILA.

Oubliez les combats ;
Que la paix vous attire,
Vénus vient vous ſourire,
L'amour vous tend les bras.

LES HEBREUX.

Craignez le plaiſir decevant
Où votre grand cœur s'abandonne.
L'amour nous dérobe ſouvent
Les biens que la gloire nous donne.

CHOEUR DES FILLES.

Demeurez, préſidez à nos fêtes,
Que nos cœurs ſoient vos tendres conquêtes.

DEUX HEBREUX.

Venez, venez, ne tardez pas,
Nos cruels ennemis ſont prêts à nous ſurprendre,
Rien ne peut nous défendre
Que votre invincible bras.

CHOEUR DES FILLES.

Demeurez, préſidez à nos fêtes,
Que nos cœurs ſoient vos tendres conquêtes.

SAMSON.

Je m'arrache à ces lieux.... Allons, je ſuis vos pas.
Prêtreſſe de Vénus, vous, ſa brillante image,
Je ne quitte point vos appas
Pour le trône des rois, pour ce grand eſclavage;
Je les quitte pour les combats.

DALILA.

Me faudra-t-il long-tems gémir de votre abſence?

SAMSON.

Fiez-vous à vos yeux de mon impatience.
Eſt-il un plus grand bien que celui de vous voir?
Les Hébreux n'ont que moi pour unique eſpérance,
Et vous êtes mon ſeul eſpoir.

SCENE V.

DALILA *seule.*

IL s'éloigne, il me fuit, il emporte mon ame,
Par tout il est vainqueur.
Le feu que j'allumais, m'enflamme.
J'ai voulu l'enchaîner, il enchaîne mon cœur.
O mère des plaisirs, le cœur de ta prêtresse
Doit être plein de toi, doit toujours s'enflammer!
O Vénus, ma seule déesse,
La tendresse est ma loi, mon devoir est d'aimer.
Echo, voix errante,
Légère habitante
De ce beau séjour:
Echo, monument de l'amour,
Parle de ma faiblesse au héros qui m'enchante.
Favoris du printems, de l'amour & des airs,
Oiseaux, dont j'entends les concerts,
Chers confidens de ma tendresse extrême,
Doux ramages des oiseaux,
Voix fidèle des échos,
Répétez à jamais, je l'aime, je l'aime.

Fin du troisiéme Acte.

ACTE IV.

SCENE PREMIERE.

LE GRAND-PRESTRE, DALILA.

LE GRAND-PRESTRE.

OUI, le roi vous accorde à ce héros terrible ;
Mais vous entendez à quel prix.
Découvrez le ſecret de ſa force invincible,
Qui commande au monde ſurpris.
Un tendre hymen, un ſort paiſible,
Dépendront du ſecret que vous aurez appris.

DALILA.

Que peut-il me cacher ? Il m'aime.
L'indifférent ſeul eſt diſcret.
Samſon me parlera, j'en juge par moi-même.
L'amour n'a point de ſecret.

SCENE II.

DALILA *seule*.

SEcourez-moi, tendres amours,
Amenez la paix sur la terre;
Cessez, trompettes & tambours,
D'annoncer la funeste guerre;
Brillez jour glorieux, le plus beau de mes jours,
Hymen, amour, que ton flambeau l'éclaire,
Qu'à jamais je puisse plaire,
Puisque je sens que j'aimerai toujours:
Secondez-moi, tendres amours,
Amenez la paix sur la terre.

SCENE III.

SAMSON, DALILA.

SAMSON.

J'Ai sauvé les Hébreux par l'effort de mon bras,
Et vous sauvez par vos appas
Votre peuple & votre roi même:
C'est pour vous mériter que j'accorde la paix.
Le roi m'offre son diadême,
Et je ne veux que vous pour prix de mes bienfaits.

DALILA.

Tout vous craint en ces lieux, on s'empresse à vous plaire.
Vous regnez sur vos ennemis;
Mais de tous les sujets que vous venez de faire,
Mon cœur vous est le plus soumis.

SAMSON & DALILA *ensemble.*

N'écoutons plus le bruit des armes,
Mirthe amoureux craissez près des lauriers ;
L'amour est le prix des guerriers,
Et la gloire en a plus de charmes.

SAMSON.

L'hymen doit nous unir par des nœuds éternels ;
Que tardez-vous encore ?
Venez, qu'un pur amour vous amene aux autels
Du Dieu des combats que j'adore.

DALILA.

Ah ! formons ces doux nœuds au temple de Vénus.

SAMSON.

Non, son culte est impie, & ma loi le condamne ;
Non, je ne puis entrer dans ce temple profane.

DALILA.

Si vous m'aimez, il ne l'est plus.
Arrêtez, regardez cette aimable demeure,
C'est le temple de l'univers.
Tous les mortels, à tout âge, à toute heure,
Y viennent demander des fers.
Arrêtez, regardez cette aimable demeure,
C'est le temple de l'univers.

SCENE IV.

SAMSON, DALILA, CHOEUR *de différens peuples, de guerriers, de pasteurs. Le temple de Vénus paraît dans toute sa splendeur.*

AIR.

AMour, volupté pure,
Ame de la nature,
Maître des élémens,
L'univers n'est formé, ne s'anime & ne dure
Que par tes regards bienfaisans.
Tendre Vénus, tout l'univers t'implore,
Tout n'est rien sans tes feux.
On craint les autres dieux, c'est Vénus qu'on adore:
Ils regnent sur le monde, & tu regnes sur eux.

GUERRIERS.

Vénus, notre fier courage,
Dans le sang, dans le carnage,
Vainement s'endurcit:
Tu nous désarmes.
Nous rendons les armes,
L'horreur à ta voix s'adoucit.

UNE PRESTRESSE.

Chantez, oiseaux, chantez, votre ramage tendre
Est la voix des plaisirs.
Chantez, Vénus doit vous entendre;
Sur les aîles des vents portez-lui nos soupirs.
Les filles de Flore.
S'empressent d'éclore

Dans ce séjour;
La fraîcheur brillante
De la fleur naissante
Se passe en un jour:
Mais une plus belle
Naît auprès d'elle,
Plaît à son tour.
Sensible image
Des plaisirs du bel âge,
Sensible image
Du charmant amour.

SAMSON.

Je n'y résiste plus, le charme qui m'obsède,
Tyrannise mon cœur, enyvre tous mes sens:
Possédez à jamais ce cœur qui vous posséde,
Et gouvernez tous mes momens.
Venez, vous vous troublez ....

DALILA.

...... Ciel! que vais-je lui dire!

SAMSON.

D'où vient que votre cœur soupire?

DALILA.

Je crains de vous déplaire, & je dois vous parler.

SAMSON.

Ah! devant vous c'est à moi de trembler.
Parlez, que voulez-vous?

DALILA.

...... Cet amour, qui m'engage,
Fait ma gloire & mon bonheur;
Mais il me faut un nouveau gage,
Qui m'assure de votre cœur.

SAMSON.

Prononcez, tout ſera poſſible
A ce cœur amoureux.

DALILA.

Dites-moi, par quel charme heureux,
Par quel pouvoir ſecret cette force invincible ? . . .

SAMSON.

Que me demandez-vous : C'eſt un ſecret terrible
Entre le ciel & moi.

DALILA.

Ainſi vous doutez de ma foi ?
Vous doutez & m'aimez ! . . . .

SAMSON.

. . . . . . Mon cœur eſt trop ſenſible,
Mais ne m'impoſez point cette funeſte loi.

DALILA.

Un cœur ſans confiance eſt un cœur ſans tendreſſe.

SAMSON.

N'abuſez point de ma faibleſſe.

DALILA.

Cruel ! quel injuſte refus !
Notre hymen en dépend ; nos nœuds ſeraient rompus.

SAMSON.

Que dites-vous ? . . . .

DALILA.

. . . . . . Parlez, c'eſt l'amour qui vous prie.

SAMSON.

Ah ! ceſſez d'écouter cette funeſte envie.

DALILA.

Ceſſez de m'accabler de refus outrageans.

SAMSON.

Eh bien ! vous le voulez ; l'amour me juſtifie,
Mes cheveux à mon Dieu conſacrés dès-long-tems,
De ſes bontés pour moi ſont les ſacrés garans :
Il voulut attacher ma force & mon courage
A de ſi faibles ornemens :
Ils ſont à lui, ma gloire eſt ſon ouvrage.

DALILA.

Ces cheveux, dites-vous ? . . . .

SAMSON.

. . . . . . Qu'ai-je dit ? malheureux ?
Ma raiſon revient, je friſſonne.

TOUS DEUX ENSEMBLE.

La terre mugit, le ciel tonne,
Le temple diſparaît, l'aſtre du jour s'enfuit,
L'horreur épaiſſe de la nuit
De ſon voile affreux m'environne.

SAMSON.

J'ai trahi de mon Dieu le ſecret formidable.
Amour ! fatale volupté !
C'eſt toi qui m'as précipité
Dans un piége effroyable,
Et je ſens, que Dieu m'a quitté.

SCENE V.

LES PHILISTINS, SAMSON, DALILA.
LE GRAND-PRESTRE DES PHILISTINS.

VEnez, ce bruit affreux, ces cris de la nature,
Ce tonnerre, tout nous assure,
Que du Dieu des combats il est abandonné.

DALILA.

Que faites-vous, peuple parjure?

SAMSON.

Quoi? de mes ennemis je suis environné?

Il combat.

Tombez, tyrans....

LES PHILISTINS.

...... Cédez, esclave.

ENSEMBLE.

Frappons l'ennemi qui nous brave.

DALILA.

Arrêtez, cruels! arrêtez,
Tournez sur moi vos cruautés.

SAMSON.

Tombez, tyrans....

LES PHILISTINS *combattans.*

...... Cédez, esclave.

SAMSON.

Ah ! quelle mortelle langeur !
Ma main ne peut porter cette fatale épée.
Ah ! Dieu ! ma valeur est trompée,
Dieu retire son bras vainqueur.

LES PHILISTINS.

Frappons l'ennemi qui nous brave ;
Il est vaincu ; cédez, esclave.

SAMSON *entre leurs mains.*

Non, lâches ! non, ce bras n'est point vaincu par vous,
C'est Dieu, qui me livre à vos coups.

On l'emmene.

SCENE VI.

DALILA *seule.*

O Desespoir ! ô tourmens ! ô tendresse !
Roi cruel ! peuples inhumains !
O Vénus, trompeuse déesse !
Vous abusiez de ma faiblesse.
Vous avez préparé par mes fatales mains,
L'abîme horrible où je l'entraîne :
Vous m'avez fait aimer le plus grand des humains,
Pour hâter sa mort & la mienne.
Trône tombez, brûlez autels,
Soyez réduits en poudre.
Tyrans affreux, dieux cruels,
Puisse un Dieu plus puissant écraser de sa foudre
Vous, & vos peuples criminels !

CHOEUR *derrière le théâtre.*

Qu'il périſſe,
Qu'il tombe en ſacrifice
A nos dieux.

DALILA.

Voix barbares ! cris odieux !
Allons partager ſon ſupplice.

Fin du quatriéme Acte.

ACTE V.

Le théâtre représente un salon du palais,

SCENE PREMIERE.

SAMSON *enchaîné*, GARDES.

PRofonds abîmes de la terre,
Enfer, ouvre-toi!
Frappez, tonnerre,
Ecrasez-moi!
Mon bras a refusé de servir mon courage;
Je suis vaincu, je suis dans l'esclavage;
Je ne te verrai plus, flambeau sacré des cieux,
Lumière, tu fuis de mes yeux.
Lumière, brillante image
D'un Dieu ton auteur,
Premier ouvrage
Du créateur.
Douce lumière,
Nature entière,
Des voiles de la nuit l'impénétrable horreur
Te cache à ma triste paupière.
Profonds abîmes, &c.

SCENE II.

SAMSON, CHOEUR D'HEBREUX.

PERSONNAGES DU CHOEUR.

HElas! nous t'amenons nos tribus enchaînées,
Compagnes infortunées
De ton horrible douleur.

SAMSON.

Peuple ſaint, malheureuſe race;
Mon bras relevait ta grandeur;
Ma faibleſſe a fait ta diſgrace.
Quoi! Dalila me fuit! chers amis, pardonnez
A de ſi honteuſes allarmes.

PERSONNAGES DU CHOEUR.

Elle a fini ſes jours infortunés,
Oublions à jamais la cauſe de nos larmes.

SAMSON.

Quoi! j'éprouve un malheur nouveau!
Ce que j'adore eſt au tombeau?
Profonds abîmes de la terre,
Enfer, ouvre-toi!
Frappez, tonnerre,
Ecraſez-moi!

SAMSON ET DEUX CHORIPHE'ES.

Trio.

Amour, tyran que je déteſte,
Tu détruis la vertu, tu traînes ſur tes pas
L'erreur,

L'erreur, le crime, le trépas:
Trop heureux qui ne connaît pas
Ton pouvoir aimable & funeste.

UN CHORIPHE'E.

Vos ennemis cruels s'avancent en ces lieux,
Ils viennent insulter au destin qui nous presse,
Ils osent imputer au pouvoir de leurs dieux
Les maux affreux où Dieu nous laisse.

SCENE III.

LE ROI, CHOEUR DE PHILISTINS, SAMSON, CHOEUR D'HEBREUX. LE ROI ET LE CHOEUR.

LE ROI.

ELevez vos accens vers vos dieux favorables,
Vengez leurs autels, vengez-nous.

LE CHOEUR DES PHILISTINS.

Elevons nos accens, &c.

CHOEUR D'ISRAELITES.

Terminez nos jours déplorables.

SAMSON.

O dieu vengeur! ils ne sont point coupables,
Tourne sur moi tes coups.

CHOEUR DE PHILISTINS.

Elevons nos accens vers nos dieux favorables,
Vengeons nos autels, vengeons-nous.

SAMSON.

O Dieu ! . . . . pardonne.

CHOEUR DE PHILISTINS.

Vengeons-nous.

LE ROI.

Inventons, s'il se peut, un nouveau châtiment,
Que le trait de la mort suspendu sur sa tête
Le menace encor & s'arrête ;
Que Samson dans sa rage entende notre fête,
Que nos plaisirs soient son tourment.

SCENE IV.

SAMSON, LES ISRAELITES, LE ROI, LES PRESTRESSES DE VÉNUS, LES PRESTRES DE MARS.

UNE PRESTRESSE.

Tous nos dieux étonnés, & cachés dans les cieux,
Ne pouvaient sauver notre empire :
Vénus avec un sourire
Nous a rendus victorieux :
Mars a volé, guidé par elle,
Sur son char tout sanglant ;
La victoire immortelle
Tirait son glaive étincelant
Contre tout un peuple infidèle,
Et la nuit éternelle
Va dévorer leur chef interdit & tremblant.

UNE AUTRE.

C'eſt Vénus, qui défend aux tempêtes
De gronder ſur nos têtes :
Notre ennemi cruel
Entend encor nos fêtes,
Tremble de nos conquêtes,
Et tombe à ſon autel.

LE ROI.

Et bien ! qu'eſt devenu ce Dieu ſi redoutable,
Qui par tes mains devait nous foudroyer ?
Une femme a vaincu ce fantôme effroyable,
Et ſon bras languiſſant ne peut ſe déployer.
Il t'abandonne, il céde à ma puiſſance ;
Et tandis qu'en ces lieux j'enchaîne les deſtins,
Son tonnerre, étouffé dans ſes débiles mains,
Se repoſe dans le ſilence.

SAMSON.

Grand Dieu ! j'ai ſoutenu cet horrible langage,
Quand il n'offenſait qu'un mortel :
On inſulte ton nom, ton culte, ton autel,
Leve-toi, venge ton outrage.

CHOEUR DES PHILISTINS.

Tes cris, tes cris ne ſont point entendus.
Malheureux ! ton Dieu n'eſt plus.

SAMSON.

Tu peux encor armer cette main malheureuſe,
Accorde-moi du moins une mort glorieuſe.

LE ROI.

Non, tu dois ſentir à longs traits
L'amertume de ton ſupplice.

Qu'avec toi ton Dieu périsse,
Et qu'il soit comme toi méprisé pour jamais.

SAMSON.

Tu m'inspires enfin, c'est sur toi que je fonde
Mes superbes desseins;
Tu m'inspires, ton bras seconde
Mes languissantes mains.

LE ROI.

Vil esclave, qu'oses-tu dire?
Prêt à mourir dans les tourmens,
Peux-tu bien menacer ce formidable empire
A tes derniers momens?
Qu'on l'immole, il est tems;
Frappez, il faut qu'il expire.

SAMSON.

Arrêtez, je dois vous instruire
Des secrets de mon peuple, & du Dieu que je sers:
Ce moment doit servir d'exemple à l'univers.

LE ROI.

Parle, apprens-nous tous les crimes,
Livre-nous toutes nos victimes.

SAMSON.

Roi! commande que les Hébreux
Sortent de ta présence & de ce temple affreux.

LE ROI.

Tu seras satisfait.

SAMSON.

La cour qui t'environne,
Tes prêtres, tes guerriers, sont-ils autour de moi?

LE ROI.

Ils y sont tous, explique-toi.

SAMSON.

Suis-je auprès de cette colonne,

Qui soutient ce séjour si cher aux Philistins?

LE ROI.

Oui, tu la touches de tes mains.

SAMSON *ébranlant les colonnes.*

Temple odieux, que tes murs se renversent,
Que tes débris se dispersent
Sur moi, sur ce peuple en fureur.

CHOEUR.

Tout tombe, tout périt, ô ciel! ô Dieu vengeur!

SAMSON.

J'ai réparé ma honte, & j'expire en vainqueur.

Fin du cinquiéme & dernier Acte.

PANDORE,

OPERA.

ACTEURS.

PROMÉTÉE, fils du ciel & de la terre, demi-dieu.

PANDORE.

JUPITER.

MERCURE.

NÉMÉSIS.

NIMPHES.

TITANS.

DIVINITÉS CELESTES.

DIVINITÉS INFERNALES.

PANDORE, OPERA.

ACTE PREMIER.

Le théâtre repréſente une campagne & des montagnes dans le fonds.

SCENE PREMIERE.

PROMÉTÉE *ſeul.* CHOEUR. PANDORE *dans l'enfoncement couchée ſur une eſtrade.*

PROMETÉE.

PRODIGE de mes mains, charmes, que j'ai fait naître,
Je vous appelle en vain, vous ne m'entendez pas.
Pandore, tu ne peux connaître
Ni mon amour, ni tes appas ;
Quoi ! j'ai formé ton cœur, & tu n'es pas ſenſible ?
Tes beaux yeux ne peuvent me voir ?

Un impitoyable pouvoir
Oppose à tous mes vœux un obstacle invincible,
Ta beauté fait mon desespoir.
Quoi ! toute la nature autour de toi respire ?
Oiseaux, tendres oiseaux, vous chantez, vous aimez,
Et je vois ses appas languir inanimés ;
La mort les tient sous son empire.

SCENE II.

PROMÉTÉE, LES TITANS, ENCÉLADE & TIPHON.

ENCE'LADE & TIPHON.

ENfant de la terre & des cieux,
Tes plaintes & tes cris ont ému ce bocage.
Parle, quel est celui des dieux,
Qui t'ose faire quelque outrage ?

PROME'TE'E *en montrant Pandore.*

Jupiter est jaloux de mon divin ouvrage ;
Il craint que cet objet n'ait un jour des autels ;
Il ne peut sans courroux voir la terre embellie ;
Jupiter à Pandore a refusé la vie !
Il rend mes chagrins éternels.

TIPHON.

Jupiter ? quoi ! c'est lui, qui formerait nos ames ?
L'usurpateur des cieux peut être notre appui ?
Non, je sens que la vie & ses divines flammes
Ne viennent point de lui.

ENCE'LADE *en montrant Tiphon son frère.*

Nous avons pour ayeux la nuit & le Tartare,
Invoquons l'éternelle nuit.
Elle est avant le jour qui luit,
Que l'Olympe céde au Ténare.

TIPHON.

Que l'enfer, que mes dieux répandent parmi nous
Le germe éternel de la vie;
Que Jupiter en frémisse d'envie
Et qu'il soit vainement jaloux.

PROME'TE'E & LES DEUX TITANS.

Ecoutez-nous, dieu de la nuit profonde,
De nos astres nouveaux contemplez la clarté;
Acourez du centre du monde;
Rendez féconde
La terre, qui m'a porté;
Animez la beauté;
Que votre pouvoir seconde
Mon heureuse témérité.

PROME'TE'E.

Au séjour de la nuit vos voix ont éclaté.
Le jour pâlit, la terre tremble;
Le monde est ébranlé, l'Erébe se rassemble.

Le théâtre change & représente le cahos. Tous les dieux de l'enfer viennent sur la scène.

CHOEUR DES DIEUX INFERNAUX.

Nous détestons
La lumière éternelle;
Nous attendons
Dans nos goufres profonds
La race faible & criminelle.
Qui n'est pas née encor, & que nous haïssons.

NÉMÉSIS.

Les ondes du Léthé, les flammes du Tartare
Doivent tout ravager !
Parlez, qui voulez-vous plonger
Dans les profondeurs du Ténare.

PROMÉTÉE.

Je veux servir la terre & non pas l'opprimer.
Hélas ! à cet objet j'ai donné la naissance,
Et je demande en vain, qu'il s'anime, qu'il pense,
Qu'il soit heureux, qu'il sache aimer.

LES TROIS PARQUES.

Notre gloire est de détruire,
Notre pouvoir est de nuire;
Tel est l'arrêt du sort :
Le ciel donne la vie, & nous donnons la mort.

PROMÉTÉE.

Fuyez donc à jamais ce beau jour qui m'éclaire;
Vous êtes malfaisans, vous n'êtes point mes dieux.
Fuyez, destructeurs odieux,
De tout le bien que je veux faire;
Dieux des malheurs, dieux des forfaits,
Ennemis funébres,
Replongez-vous dans les ténébres,
Ennemis funébres,
Laissez le monde en paix.

NÉMÉSIS.

Tremble, tremble, pour toi-même.
Crains notre retour,
Crains Pandore & l'amour.
Le moment suprême
Vole sur tes pas.

Nous allons déchaîner les démons des combats ;
Nous ouvrirons les portes du trépas.
Tremble, tremble pour toi-même.

Les dieux des enfers disparaissent. On revoit la campagne éclairée & riante. Les nymphes des bois & des campagnes sont de chaque côté du théatre.

PROMETÉE.

Ah ! trop cruels amis ! pourquoi déchaîniez-vous
Du fond de cette nuit obscure
Dans ces champs fortunés & sous un ciel si doux
Ces ennemis de la nature ?
Que l'éternel cahos éleve entre eux & nous
Une barrière impénétrable.
L'enfer implacable
Doit-il animer
Ce prodige aimable
Que j'ai su former ?
Un dieu favorable
Le doit enflammer.

ENCELADE.

Puisque tu mets ainsi la grandeur de ton être
A verser des bienfaits sur ce nouveau séjour,
Tu méritais d'en être le seul maître.
Monte au ciel, dont tu tiens le jour,
Va ravir la céleste flamme,
Ose former une ame
Et sois créateur à ton tour.

PROMETÉE.

L'amour est dans les cieux. C'est-là qu'il faut me rendre,
L'amour y regne sur les dieux.
Je lancerai ses traits. J'allumerai ses feux,
C'est le dieu de mon cœur, & j'en dois tout attendre.

Je vole à ſon trône éternel
Sur les aîles des vents ; l'amour m'enleve au ciel.

Il s'envole.

CHOEUR DE NYMPHES.

Volez, fendez les airs & pénétrez l'enceinte
Des palais éternels ;
Ramenez les plaiſirs du ſéjour de la crainte,
En répandant des biens, méritez des autels.

Fin du premier Acte.

ACTE II.

Le théâtre représente la même campagne. Pandore inanimée est sur une estrade. Un char brillant de lumière descend du ciel.

UNE DRIADE.

CHANTEZ, Nymphes de bois, chantez l'heureux retour
Du demi-dieu, qui commande à la terre.
Il vous apporte un nouveau jour;
Il revient dans ce doux séjour;
Du séjour brillant du tonnerre;
Il revole en ces lieux sur le char de l'amour.

CHOEUR DE NYMPHES.

Quelle douce aurore
Se leve sur nous?
Terre jeune encore,
Embellissez-vous.
Brillantes fleurs, qui parez nos campagnes,
Sommet des superbes montagnes,
Qui divisez les airs, & qui portez les cieux,
O nature naissante,
Devenez plus charmante,
Plus digne de ses yeux!

PROMETÉE *descendant du char le flambeau à la main.*

Je le ravis aux dieux, je l'apporte à la terre
Ce feu sacré du tendre amour,

Plus puiſſant mille fois que celui du tonnerre
Et que les feux du dieu du jour.

LE CHOEUR DES NYMPHES.

Fille du ciel, ame du monde,
Paſſez dans tous les cœurs.
L'air, la terre & l'onde
Attendent vos faveurs.

PROMETÉE *approchant de l'eſtrade où eſt Pandore.*

Que ce feu précieux, l'aſtre de la nature,
Que cette flamme pure
Te mette au nombre des vivans.
Terre, ſois attentive à ces heureux inſtans:
Leve-toi, cher objet, c'eſt l'amour qui l'ordonne
A ſa voix obéis toujours;
Leve-toi, l'amour te donne
La vie, un cœur & de beaux jours.

Pandore ſe leve ſur ſon eſtrade & marche ſur la ſcène.

CHOEUR.

Ciel! ô ciel! elle reſpire!
Dieu d'amour, quel eſt ton empire!

PANDORE.

Où ſuis-je & qu'eſt-ce que je voi?
Je n'ai jamais été; quel pouvoir m'a fait naître?
J'ai paſſé du néant à l'être;
Quels objets raviſſans ſemblent nés avec moi!

On entend une ſimphonie.

Ces ſons harmonieux enchantent mes oreilles;
Mes yeux ſont éblouis de l'amas des merveilles
Que l'auteur de mes jours prodigue ſur mes pas.
Ah! d'où vient qu'il ne paraît pas!
De moment en moment je penſe & je m'éclaire,
Terre, qui me portez, vous n'êtes point ma mère,

Un dieu ſans doute eſt mon auteur.
Je le ſens, il me parle, il reſpire en mon cœur.

Elle s'aſſied au bord d'une fontaine.

Ciel ! eſt-ce moi que j'enviſage ?
Le cryſtal de cette onde eſt le miroir des cieux.
La nature s'y peint. Plus j'y vois mon image,
Plus je dois rendre grace aux dieux.

NYMPHES & TITANS.

On danſe autour d'elle.

Pandore, fille de l'amour,
Charmes naiſſans, beauté nouvelle,
Inſpirez à jamais, ſentez à votre tour
Cette flamme immortelle,
Dont vous tenez le jour.

On danſe.

PANDORE *appercevant Prométée au milieu des Nymphes.*

Quel objet attire mes yeux ?
De tout ce que je vois dans ces aimables lieux,
C'eſt vous, c'eſt vous ſans doute à qui je dois la vie,
Du feu de vos regards que mon ame eſt remplie !
Vous ſemblez encor m'animer.

PROMÉTÉE.

Vos beaux yeux ont ſu m'enflammer,
Lorſqu'il ne s'ouvraient pas encore.
Vous ne pouviez répondre, & j'oſais vous aimer:
Vous parlez & je vous adore.

PANDORE.

Vous m'aimez ! cher auteur de mes jours commencés,
Vous m'aimez ! & je vous dois l'être !

La terre m'enchantait, que vous l'embelliſſez,
Mon cœur vole vers vous, il ſe rend à ſon maître,
Et je ne puis connaître,
Si ma bouche en dit trop, on n'en dit pas aſſez.

PROMÉTÉE.

Vous n'en ſauriez trop dire, & la ſimple nature,
Parle ſans feinte & ſans détour.
Que toujours la race future
Prononce ainſi le nom d'amour.

ENSEMBLE.

Charmant amour, éternelle puiſſance,
Premier dieu de mon cœur,
Amour, ton empire commence,
C'eſt l'empire du bonheur.

PROMÉTÉE.

Ciel, quelle épaiſſe nuit, quels éclats de tonnerre
Détruiſent les premiers inſtans
Des innocens plaiſirs que poſſédait la terre!
Quelle horreur a troublé mes ſens!

ENSEMBLE.

La terre frémit, le ciel gronde;
Des éclairs menaçans
Ont percé la voûte profonde
De ces aſtres naiſſans.
Quel pouvoir ébranle le monde
Juſqu'en ſes fondemens?

On voit deſcendre un char, ſur lequel ſont Mercure, la Diſcorde & Néméſis, &c.

MERCURE.

Un héros téméraire a pris le feu céleſte;

Pour expier ce vol audacieux,
Montez Pandore, au ſein des dieux.

PROME'TE'E.

Tyrans cruels!

PANDORE.

Ordre funeſte!
Larmes, que j'ignorais, vous coulez de mes yeux.

MERCURE.

Obéiſſez, montez aux cieux.

PANDORE.

Ah! j'étais dans le ciel en voyant ce que j'aime.

PROME'TE'E.

Cruels, ayez pitié de ma douleur extrême.

PANDORE & PROME'TE'E.

Barbares; arrêtez.

MERCURE.

Venez, montez aux cieux, partez,
Jupiter commande;
Il veut qu'on ſe rende
A ſes volontés.
Venez, montez aux cieux, partez.
Vents, obéiſſez-nous & déployez vos aîles,
Vents, conduiſez Pandore aux voûtes éternelles.

Le char diſparaît

PROME'TE'E.

On l'enleve; tyrans jaloux!
Dieux vous m'arrachez mon partage!
Il était plus divin que vous,
Vous étiez malheureux, vous étiez en courroux
Du bonheur, qui fut mon ouvrage,

Je ne devais qu'à moi ce bonheur précieux,
J'ai fait plus que Jupiter même.
Je me suis fait aimer. J'animais ces beaux yeux.
Ils m'ont dit en s'ouvrant, vous m'aimez, je vous aime.
Elle vivait par moi, je vivais dans son cœur,
Dieu jaloux, respecte nos chaînes.
O Jupiter ! ô fureurs inhumaines !
Eternel persécuteur
De l'infortuné créateur,
Tu sentiras toutes mes peines.
Je braverai ton pouvoir :
Ta foudre épouvantable
Sera moins redoutable
Que mon amour au desespoir.

Fin du second Acte.

ACTE III.

Le théâtre représente le palais de Jupiter brillant d'or & de lumière.

JUPITER, MERCURE.

JUPITER.

JE l'ai vû cet objet sur la terre animé,
Je l'ai vû, j'ai senti des transports qui m'étonnent.
Le ciel est dans ses yeux, les graces l'environnent.
Je sens que l'amour l'a formé.

MERCURE.

Vous regnez, vous plairez, vous la rendrez sensible,
Vous allez éblouir ses yeux à peine ouverts.

JUPITER.

Non, je ne fus jamais que puissant & terrible.
Je commande à l'Olimpe, à la terre, aux enfers;
Les cœurs sont à l'amour; ah! que le sort m'outrage!
Quand il donna les cieux, quand il donna les mers,
Quand il divisa l'univers,
L'amour eut le plus beau partage.

MERCURE.

Que craignez-vous? Pandore à peine a vû le jour
Et d'elle-même encor à peine a connaissance,

Aurait-elle senti l'amour
Dès le moment de sa naissance ?

JUPITER.

L'amour instruit trop aisément.
Que ne peut point Pandore ? Elle est femme, elle est belle.
La voilà, jouissons de son étonnement.
Retirons-nous pour un moment
Sous les arcs lumineux de la voûte éternelle.
Cieux, enchantez ses yeux & parlez à son cœur,
Vous déploirez en vain ma gloire & ma splendeur,
Vous n'avez rien de si beau qu'elle.

Il se retire.

PANDORE *seule.*

A peine j'ai goûté l'aurore de la vie,
Mes yeux s'ouvraient au jour, mon cœur à mon amant,
Je n'ai respiré qu'un moment,
Douce félicité, pourquoi m'es-tu ravie ?
On m'avait fait craindre la mort.
Je l'ai connue hélas ! cette mort menaçante ;
N'est-ce pas mourir quand le sort
Nous ravit ce qui nous enchante ?
Dieux, rendez-moi la terre & mon obscurité,
Ce bocage, où j'ai vû l'amant, qui m'a fait naître ;
Il m'avait deux fois donné l'être.
Je respirais, j'aimais, quelle félicité !
A peine j'ai goûté l'aurore de la vie, &c.

Tous les dieux avec tous leurs attributs entrent sur la scène.

CHOEUR DES DIEUX.

Que les astres se réjouissent,
Que tous les dieux applaudissent

Au dieu de l'univers.
Devant lui les ſoleils pâliſſent.

NEPTUNE.

Que le ſein des mers.

PLUTON.

Le fond des enfers.

CHOEUR DES DIEUX.

Les mondes divers
Retentiſſent
D'éternels concerts,
Que les aſtres, &c.

PANDORE.

Que tout ce que j'entends conſpire à m'effrayer!
Je crains, je haïs, je fuis cette grandeur ſuprême,
Qu'il eſt dur d'entendre louer
Un autre dieu que ce que j'aime!

LES TROIS GRACES.

Fille du charmant amour,
Régnez dans ſon empire;
La terre vous déſire,
Le ciel eſt votre cour.

PANDORE.

Mes yeux ſont offenſés du jour qui m'environne,
Rien ne me plaît, & tout m'étonne.
Mes déſerts avaient plus d'appas.
Diſparaiſſez, ô ſplendeur infinie;
Mon amant ne vous voit pas.

On entend une ſimphonie.

Ceſſez, inutile harmonie,
Il ne vous entend pas.

Le chœur recommence. Jupiter ſort d'un nuage.

JUPITER.

Nouveau charme de la nature,
Digne d'être éternel,
Vous tenez de la terre un corps faible & mortel
Et vous devez cette ame inalterable & pure
Au feu ſacré du ciel.
C'eſt pour les dieux que vous venez de naître.
Commencez à jouir de la divinité,
Goûtez auprès de votre maître
L'heureuſe immortalité.

PANDORE.

Le néant, d'où je ſors à peine,
Eſt cent fois préférable à ce préſent cruel;
Votre immortalité ſans l'objet qui m'enchaîne
N'eſt rien qu'un ſupplice immortel.

JUPITER.

Quoi! méconnaiſſez-vous le maître du tonnerre?
Dans les palais des dieux regrettez-vous la terre!

PANDORE.

La terre était mon vrai ſéjour;
C'eſt-là que j'ai ſenti l'amour.

JUPITER.

Non, vous n'en connaiſſez qu'une image infidèle
Dans un monde indigne de lui.
Que l'amour tout entier, que ſa flamme éternelle,
Dont vous ſentiez une étincelle,
De tous ſes traits de feu vous embraſe aujourd'hui.

PANDORE.

PANDORE.

Je les ai tous sentis ; du moins j'ose le croire,
Ils ont égalé mes tourmens.
Ah ! vous avez pour vous la grandeur & la gloire,
Laissez les plaisirs aux amans.
Vous êtes Dieu, l'encens doit vous suffire,
Vous êtes dieu, comblez mes vœux,
Consolez tout ce qui respire ;
Un dieu doit faire des heureux.

JUPITER.

Je veux vous rendre heureuse, & par vous je veux l'être.
Plaisirs, qui suivez votre maître,
Ministres plus puissans que tous les autres dieux,
Déployez vos attraits, enchantez ses beaux yeux.
Plaisirs, vous triomphez dès qu'on peut vous connaître.

Les plaisirs dansent autour de Pandore, en chantant ce qui suit.

CHOEUR.

Aimez, aimez, & regnez avec nous ;
Le dieu des dieux est seul digne de vous.

UNE VOIX.

Sur la terre on poursuit avec peine
Des plaisirs l'ombre legère & vaine,
Elle échappe & le dégoût la suit.
Si Zéphire un moment plaît à Flore,
Il flétrit les fleurs qu'il fait éclore ;
Un seul jour les forme & les détruit.

CHOEUR.

Aimez, aimez, & regnez avec nous ;
Le dieu des dieux est seul digne de vous.

UNE VOIX.

Les fleurs immortelles
Ne ſont qu'en nos champs :
L'amour & le tems
Ici n'ont point d'aîles.

CHOEUR.

Aimez, aimez, & regnez avec nous ;
Le dieu des dieux eſt ſeul digne de vous.

PANDORE.

Oui, j'aime, oui, doux plaiſirs, vous redoublez encore
Par vos chants, par vos jeux,
Tous mes tranſports & tous mes feux,
Pour le tendre amant que j'adore.

JUPITER.

Ciel ! ô ciel, quoi ! mes ſoins ont ce ſuccès fatal ?
Quoi ! j'attendris ſon ame, & c'eſt pour mon rival !

MERCURE *arrivant ſur la ſcène.*

Jupiter, arme-toi du foudre ;
Prends tes feux, va réduire en poudre
Tes ennemis audacieux.
Prométée eſt armé, les Titans furieux
Menacent les voûtes des cieux ;
Ils entaſſent des monts la maſſe épouvantable.
Déja leur foule impitoyable
Approche de ces lieux.

JUPITER.

Je les punirai tous... ſeul je ſuffis pour eux.

PANDORE.

Quoi, vous le puniriez, vous qui cauſez ſa peine ?
Vous n'êtes qu'un tyran jaloux & tout puiſſant.

Aimez-moi d'un amour encor plus violent,
Je vous punirai par ma haine.

JUPITER.

Marchons, & que la foudre éclatte devant moi.

PANDORE.

Cruel, ayez pitié de mon mortel effroi;
Jugez de mon amour puisque je vous implore.

JUPITER *à Mercure.*

Prends soin de conduire Pandore.
Dieux, que mon cœur est désolé!
J'éprouve les horreurs qui menacent le monde.
L'univers reposait dans une paix profonde;
Une beauté paraît; l'univers est troublé.

Il sort.

PANDORE *seule.*

O jour de ma naissance, ô charmes trop funestes!
Desirs naissans que vous étiez trompeurs!
Quoi! la beauté, l'amour & les faveurs célestes,
Tous les biens ont fait mes malheurs?
Amour, qui m'a fait naître, appaise tant d'allarmes,
N'es-tu pas souverain des dieux?
Viens sécher mes larmes,
Enchaîne & désarmes
La terre & les cieux.

Fin du troisiéme Acte.

ACTE IV.

Le théâtre représente les Titans armés, & des montagnes dans le fonds, plusieurs géants sont sur les montagnes, & entassent des rochers.

ENCÉLADE, PROMÉTÉE.

ENCE'LADE.

OUi, nos frères & nous & toute la nature,
Ont senti ta cruelle injure.
La terrible vengeance est déja dans nos mains;
Vois-tu ces monts pendans en précipices?
Vois-tu ces rochers entassés?
Ils seront bientôt renversés
Sur les barbares dieux qui nous ont offensés.
Nous punirons les injustices
De ces tyrans jaloux par nos mains terrassés.

PROME'TE'E.

Terre, contre le ciel apprends à te défendre.
Trompettes & tambours, organes des combats,
Pour la premiere fois vos sons se font entendre,
Eclatez, guidez nos pas.

On marche au son des trompettes.

Le ciel sera le prix de votre heureux courage,
Amis, je ne prétends que Pandore & sa foi.
Laissez-moi ce juste partage;
Marchez, Titans, & suivez-moi.

CHOEUR DE TITANS.

Courons aux armes
Contre ces dieux cruels ;
Répandons les allarmes
Dans les cœurs immortels.
Courons aux armes,
Vengeons l'univers.

PROMETÉE.

Le tonnerre en éclats répond à nos trompettes.

Un char, qui porte les dieux, descend sur les montagnes au bruit du tonnerre. Pandore est auprès de Jupiter. Prométée continue.

Jupiter quitte ses retraites ;
La foudre a donné le signal :
Commençons ce combat fatal.

Les géants montent.

CHOEUR DE NYMPHES, *qui bordent le théâtre.*

Tambours, trompettes & tonnerre.
Dieux & Titans, que faites-vous ?
Vous confondez par vos terribles coups,
Les enfers, le ciel & la terre.

Bruit du tonnerre & des trompettes.

LES TITANS.

Cédez, tyrans de l'univers ;
Soyez punis de vos fureurs cruelles,
Tombez, tyrans.

LES DIEUX.

Mourez, rébelles.

LES TITANS.

Tombez, descendez dans nos fers.

LES DIEUX.

Précipitez-vous aux enfers.

PANDORE.

Terre, ciel, ô douleur profonde !
Dieux, Titans, calmez mon effroi.
J'ai causé les malheurs du monde ;
Terre, ciel, tout périt pour moi.

LES TITANS.

Lançons nos traits.

LES DIEUX.

Frappez tonnerre.

LES TITANS.

Renversons les dieux.

LES DIEUX.

Détruisons la terre.

Ensem-ble. { Tombez, descendez dans nos fers ;
Précipitez-vous aux enfers ;

Il se fait un grand silence. Un nuage brillant descend.

Le destin paraît au milieu du nuage.

LE DESTIN.

Arrêtez, le Destin, qui vous commande à tous,
Veut suspendre vos coups.

Il se fait encore un silence.

PROMETÉE.

Etre inaltérable,
Souverain des tems,
Dicte à nos tyrans
Ton ordre irrévocable.

CHOEUR.

O Destin, parle, explique-toi.
Les dieux fléchiront sous ta loi.

LE DESTIN *au milieu des dieux, qui se rassemblent autour de lui.*

Cessez, cessez, guerre funeste,
Ce jour forme un autre univers.
Souverains du séjour céleste,
Rendez Pandore à ses déserts.
Dieux, comblez cet objet de tous vos dons divers.
Titans, qui jusqu'au ciel avez porté la guerre,
Malheureux, soyez terrassez.
A jamais gémissez
Sous ces monts renversez,
Qui vont retomber sur la terre.

Les rochers se détachent & retombent: Le char des dieux descend sur la terre. On remet Pandore à Prométée.

JUPITER.

O Destin, le maître des dieux
Est l'esclave de ta puissance!
Eh bien! sois obéï; mais que ce jour commence
Le divorce éternel de la terre & des cieux,
Némésis sort des sombres lieux,
Viens, Némésis, sers ma puissance.

Némésis sort du fonds du théâtre & Jupiter continue.

Séduis le cœur, trompe les yeux
De la beauté qui m'offense.
Pandore, connais ma vengeance.
Jusques dans mes dons précieux.
Que cet instant commence
Le divorce éternel de la terre & des cieux.

Fin du quatriéme acte.

ACTE

ACTE V.

Le théâtre représente un bocage, à travers lequel on voit les débris des rochers.

PROMÉTÉE, PANDORE.

PANDORE, *tenant la boëte.*

EH quoi, vous me quittez, cher amant, que j'adore ?
Etes-vous soumis ou vainqueur ?

PROMETÉE.

La victoire est à moi si vous m'aimez encore.
L'Amour & le Destin parlent en ma faveur.

PANDORE.

Eh quoi, vous me quittez, cher amant que j'adore !

PROMETÉE.

Je vais à ces Titans qui gémissent pour nous,
Je dois soulager leurs chaînes.
Si des infortunés je négligeais les peines,
Je serais indigne de vous.

PANDORE.

Demeurez un moment. Voyez votre victoire,
Ouvrons ce don charmant du souverain des dieux.
Ouvrons.

PROMETÉE.

Que faites-vous ? Hélas ! daignez me croire ;
Je crains tout d'un rival, & ces soins curieux
Sont des piéges nouveaux que vous tendent les dieux.

PANDORE.

Quoi vous pensez ?

PROMETÉE.

Songez à ma prière,
Songez à l'intérêt de la nature entière,
Et du moins attendez mon retour en ces lieux.

PANDORE.

Eh bien, vous le voulez ! il faut vous satisfaire,
Je soumets ma raison ; je ne veux que vous plaire,
Je jure, je promets à mes tendres amours
De vous croire toujours.

PROMETÉE.

Vous me le promettez ?

PANDORE.

J'en jure par vous-même.
On obéit dès que l'on aime.

PROMETÉE.

C'en est assez, je pars, & je suis rassuré.
Nymphes des bois redoublez votre zèle
Chantez cet univers détruit & réparé.
Que tout s'embellisse à son gré,
Puisque tout est formé pour elle.

Il sort.

UNE NYMPHE.

Voici le siecle d'or, voici le tems de plaire,
Doux loisir! ciel pur! heureux jours!
Tendres amours!
La nature est votre mère,
Comme elle durez toujours!

UNE AUTRE NYMPHE.

La discorde, la triste guerre,
Ne viendront plus nous affliger;
Le bonheur est né sur la terre,
Le malheur était étranger.
Les fleurs commencent à paraître;
Quelle main pourrait les flétrir?
Les plaisirs s'empressent de naître;
Quels tyrans les feraient périr?

LE CHOEUR *répéte.*

Voici le siécle d'or, &c.

UNE NYMPHE.

Vous voyez l'éloquent Mercure;
Il est avec Pandore, il confirme en ces lieux,
De la part du maître des dieux,
La paix de la nature.

Les Nymphes se retirent. Pandore s'avance avec Némésis, qui parait sous la figure de Mercure.

NEMESIS.

Je vous l'ai déjà dit, Prométée est jaloux;
Il abuse de sa puissance.

PANDORE.

Il est l'auteur de ma naissance,
Mon roi, mon amant, mon époux.

NE'ME'SIS.

Il porte à trop d'excès les droits qu'il a sur vous.
Devait-il jamais vous défendre
De voir ce don charmant, que vous tenez des dieux ?

PANDORE.

Il craint tout, son amour est tendre ;
Et j'aime à complaire à ses vœux.

NE'ME'SIS.

Il en exige trop, adorable Pandore ;
Il n'a point fait pour vous ce que vous méritez,
Il put en vous formant vous donner des beautez,
Dont vous manquez peut-être encore.

PANDORE.

Il m'a fait un cœur tendre, il me charme, il m'adore.
Pouvait-il mieux m'embellir ?

NE'ME'SIS.

Vos charmes périront.

PANDORE.

Vous me faites frémir,

NE'ME'SIS.

Cette boëte mystérieuse
Immortalise la beauté.
Vous serez, en ouvrant ce trésor enchanté,
Toujours belle, toujours heureuse.
Vous regnerez sur votre époux ;
Il sera soumis & facile ;
Craignez un tyran jaloux,
Formez un sujet docile,

PANDORE.

Non, il eſt mon amant, il doit l'être à jamais,
Il eſt mon roi, mon dieu, pourvû qu'il ſoit fidèle,
C'eſt pour l'aimer toujours qu'il faut être immortelle,
C'eſt pour le mieux charmer, que je veux plus d'attraits.

NÉMÉSIS.

Ah! c'eſt trop vous en défendre,
Je ſers vos tendres amours;
Je ne veux, que vous apprendre
A plaire, à brûler toujours.

PANDORE.

Mais n'abuſez-vous point de ma faible innocence,
Auriez-vous tant de cruauté?

NÉMÉSIS.

Ah! qui pourrait tromper une jeune beauté?
Tout prendrait votre défenſe.

PANDORE.

Hélas! je mourrais de douleur,
Si je méritais ſa colère,
Si je pouvais déplaire
Au maître de mon cœur.

NÉMÉSIS.

Au nom de la nature entière,
Au nom de votre époux rendez-vous à ma voix.

PANDORE.

Ce nom l'emporte, & je vous crois,
Ouvrons.

Elle ouvre la boëte. La nuit se répand sur le théâtre, & on entend un bruit souterrain.

Quelle vapeur épaisse, épouventable
M'a dérobé le jour & troublé tous mes sens?
Dieu trompeur! ministre implacable!
Ah quels maux affreux je ressens!
Je me vois punie & coupable.

NE'ME'SIS.

Fuyons de la terre & des airs.
Jupiter est vengé, rentrons dans les enfers.

Némésis s'abîme. Pandore est évanouie sur un lit de gazon.

PROME'TE'E *arrive du fond du théâtre*

O surprise! ô douleur profonde!
Fatale absence! horribles changemens!
Quels astres malfaisans
Ont flétri la face du monde?
Je ne vois point Pandore, elle ne répond pas
Aux accens de ma voix plaintive.
Pandore! mais hélas! de l'infernale rive
Les monstres déchaînés volent dans ces climats.

LES FURIES & LES DE'MONS *accourant sur le théâtre.*

Les tems sont remplis,
Voici notre empire,
Tout ce qui respire,
Nous sera soumis;
La triste froidure,
Glace la nature
Dans les flancs du nord.
La crainte tremblante,
L'injure arrogante,
Le sombre remord,

La guerre sanglante,
Arbitre du sort,
Toutes les furies
Vont avec transport,
Dans ces lieux impies
Apporter la mort.

PROMETÉE.

Quoi la mort, en ces lieux, s'est donc fait un passage;
Quoi la terre a perdu son éternel printems
Et ses malheureux habitans
Sont tombés en partage
A la fureur des dieux, de l'enfer & du tems?
Ces Nymphes de leurs pleurs arrosent ce rivage.
Pandore! cher objet! ma vie & mon image,
Chef-d'œuvre de mes mains, idole de mon cœur,
Répondez à ma douleur.
Je la vois, de ses sens elle a perdu l'usage.

PANDORE.

Ah! je suis indigne de vous;
J'ai perdu l'univers, j'ai trahi mon époux,
Punissez-moi: nos maux sont mon ouvrage.
Frappez!

PROMETÉE.

Moi la punir?

PANDORE.

Frappez, arrachez-moi
Cette vie odieuse
Que vous rendiez heureuse,
Ce jour que je vous doi.

CHOEUR DE NYMPHES.

Tendre époux, essuyez ses larmes,
Faites grace à tant de beauté,

L'excès de sa fragilité,
Ne saurait égaler ses charmes.

PROMETÉE.

Quoi! malgré ma prière & malgré vos sermens,
Vous avez donc ouvert cette boëte odieuse?

PANDORE.

Un dieu cruel par ses enchantemens
A séduit ma raison faible & trop curieuse.
O fatale crédulité!
Tous les maux sont sortis de ce don détesté;
Tous les maux sont venus de la triste Pandore.

L'AMOUR *descendant du ciel.*

Tous les biens sont à vous, l'amour vous reste encore.

Le théâtre change & représente le palais de l'amour.

L'AMOUR *continue.*

Je combattrai pour vous le destin rigoureux.
Aux humains j'ai donné l'être;
Ils ne seront point malheureux,
Quand ils n'auront que moi pour maître.

PANDORE.

Consolateur charmant, dieu digne de mes vœux,
Vous, qui vivez dans moi, vous l'ame de mon ame,
Punissez Jupiter en redoublant la flamme,
Dont vous nous embrasez tous deux.

PROMETÉE & PANDORE.

Le ciel en vain sur nous rassemble
Les maux, la crainte & l'horreur de mourir.
Nous souffrirons ensemble,
Et c'est ne point souffrir.

L' A M O U R.

Defcendez, douce efpérance,
Venez, defirs flatteurs.
Habitez dans tous les cœurs,
Vous ferez leur jouiffance,
Fuffiez-vous trompeurs.
C'eft vous qu'on implore
Par vous on jouit,
Au moment qui paffe & qui fuit,
Du moment, qui n'eft pas encore.

P A N D O R E.

Des deftins la chaîne redoutable
Nous entraîne à d'éternels malheurs :
Mais l'efpoir à jamais fecourable
De fes mains viendra fécher nos pleurs.
Dans nos maux il fera des délices,
Nous aurons de charmantes erreurs,
Nous ferons au bord des précipices,
Mais l'amour les couvrira de fleurs.

Fin du cinquiéme & dernier Acte.

C. Eisen inv. LA PRUDE J. J. Pasquier Sculp.

LA PRUDE

OU

LA GARDEUSE DE CASSETTE,

Comédie en cinq Actes, en vers de dix syllabes.

AVERTISSEMENT.

Cette comédie est un peu imitée d'une piéce anglaise intitulée le Plain Dealer. *Elle ne paraît pas faite pour le théâtre de France. Les mœurs en sont trop hardies, quoiqu'elles le soient bien moins que dans l'original. Il semble que les Anglais prennent trop de libertés, & que les Français n'en prennent pas assez.*

ACTEURS.

Mde. DE DORFISE, veuve.

Mde. DE BURLET, sa cousine.

COLLETTE, suivante de Dorsise.

BLANFORD, capitaine de vaisseau.

DARMIN, son ami.

BARTOLIN, caissier

Le chevalier MONDOR.

ADINE, niéce de Darmin déguisée en jeune Grec.

La Scène est à Marseille.

LA PRUDE
OU
LA GARDEUSE
DE CASSETTE,
COMEDIE.

ACTE PREMIER.

SCENE PREMIERE.

DARMIN, ADINE.

ADINE *habillée en Grec.*

AH ! mon cher oncle ! ah ! quel cruel voyage !
Que de dangers ! quel étrange équipage !
Il faut encor cacher ſous un turban
Mon nom, mon cœur, mon ſexe & mon tourment ;

DARMIN.

Nous arrivons : je te plains ; mais, ma niéce,
Lorſque ton père eſt mort conſul en Gréce,
Quand nous étions tous deux aprés ſa mort
Privés d'amis, de biens & de ſupport,

Que ta beauté, tes graces, ton jeune âge,
N'étaient pour toi, qu'un funeste avantage;
Pour comble enfin, quand un maudit pacha,
Si vivement de toi s'amouracha,
Que faire alors? ne fus-tu pas réduite
A te cacher, te masquer, partir vîte?

ADINE.

D'autres dangers sont préparés pour moi.

DARMIN.

Ne rougis point, ma niéce, calme toi.
Car à la hâte avec nous embarquée,
Vêtue en homme, en jeune Turc masquée,
Tu ne pouvais, ma niéce, honnêtement
Te dépêtrer de cet accoutrement,
Prendre du sexe & l'habit & la mine,
Devant les yeux de vingt gardes-marine,
Qui tous étaient plus dangereux pour toi,
Qu'un vieux pacha n'ayant ni foi, ni loi.
Mais par bonheur tout s'arrange à merveille,
Et nous voici débarqués dans Marseille,
Loin des pachas, & près de tes parens,
Chez des Français tous fort honnêtes gens.

ADINE.

Ah! Blanford est honnête homme sans doute;
Mais que de maux tant de vertu me coute!
Fallait-il donc avec lui revenir?

DARMIN.

Ton défunt père à lui devait t'unir;
Et cet hymen, dans ta plus tendre enfance,
Fit autrefois sa plus douce espérance.

ADINE.

Qu'il se trompait!

DARMIN.

Blanford à tes beaux yeux
Rendra juſtice en te connaiſſant mieux.
Peut-il long-tems ſe coëffer d'une prude,
Qui de tromper fait ſon unique étude?

ADINE.

On la dit belle; il l'aimera toujours;
Il eſt conſtant . . . .

DARMIN.

Bon! qui l'eſt en amours?

ADINE.

Je crains Dorſiſe.

DARMIN.

Elle eſt trop intriguante.
Sa pruderie eſt, dit-on, trop galante,
Son cœur eſt faux, ſes propos médiſans;
Ne crains rien d'elle; on ne trompe qu'un tems.

ADINE.

Ce tems eſt long, ce tems me deſeſpére,
Dorſiſe trompe! & Dorſiſe a ſu plaire!

DARMIN.

Mais après tout, Blanford t'eſt-il ſi cher?

ADINE.

Oui; dès ce jour, où deux vaiſſeaux d'Alger,
Si vivement ſur les flots l'attaquèrent,
Ah! que pour lui, tous mes ſens ſe troublèrent!
Dans mes frayeurs, un ſentiment bien doux
M'intéreſſait pour lui comme pour vous,

Et courageuſe, en devenant ſi tendre,
Je ſouhaitais être homme, & le défendre.
Songez-vous bien, que lui ſeul me ſauva,
Quand ſur les eaux notre vaiſſeau brûla ?
Ciel ! que j'aimai ſes vertus, ſon courage,
Qui dans mon cœur ont gravé ſon image !

DARMIN.

Oui, je conçois qu'un cœur reconnoiſſant
Pour la vertu peut avoir du penchant ;
Trente ans à peine, une taille légere,
Beaux yeux, air noble, oui, ſa vertu peut plaire ;
Mais ſon humeur & ſon auſtérité,
Ont-ils pu plaire à ta ſimplicité ?

ADINE.

Mon caractère eſt ſérieux ; & j'aime
Peut-être en lui juſqu'à mes défauts même,

DARMIN.

Il hait le monde.

ADINE.

Il a, dit-on, raiſon.

DARMIN.

Il eſt ſouvent trop confiant, trop bon ;
Et ſon humeur gâte encor ſa franchiſe.

ADINE.

De ſes défauts le plus grand c'eſt Dorſiſe.

DARMIN.

Il eſt trop vrai, pourquoi donc refuſer
D'ouvrir ſes yeux, de les déſabuſer
Et de briller dans ton vrai caractère ?

ADINE,

ADINE.

Peut-on briller lorſqu'on ne ſaurait plaire ?
Hélas ! du jour, que par un ſort heureux,
Deſſus ſon bord, il nous reçut tous deux,
J'ai bien tremblé, qu'il n'apperçut ma feinte ;
En arrivant je ſens la même crainte.

DARMIN.

Je prétendais te découvrir à lui.

ADINE.

Gardez-vous-en, ménagez mon ennui,
Sacrifiée à Dorfiſe adorée,
Dans mon malheur, je veux être ignorée ;
Je ne veux pas, qu'il connaiſſe en ce jour,
Quelle victime il immole à l'amour.

DARMIN.

Que veux-tu donc ?

ADINE.

Je veux dès ce ſoir même,
Dans un couvent, fuir un ingrat que j'aime.

DARMIN.

Lorſque ſi vîte on ſe met en couvent,
Tout à loiſir, ma niéce, on s'en repent.
Avec le tems tout ſe fera, te dis-je,
Un ſoin plus triſte à préſent nous afflige ;
Car dans l'inſtant, où ce du Gué * nouveau
Si noblement fit ſauter ſon vaiſſeau,
Je vis ſauter ſes biens & ma fortune ;
A tous les deux la miſère eſt commune,

* Alluſion au célébre du Gué-Trouin, l'un des grands hommes de mer qu'ait eu la France.

Et cependant à Marseille arrivés,
Remplis d'espoir, d'argent comptant privés;
Il faut chercher un secours nécessaire.
L'amour n'est pas toujours la seule affaire.

ADINE.

Quoi, lorsqu'on aime, on pourrait faire mieux?
Je n'en crois rien.

DARMIN.

Le tems ouvre les yeux.
L'amour, ma niéce, est aveugle à ton âge,
Non pas au mien; l'amour sans héritage,
Triste & confus, n'a pas l'art de charmer;
Il n'appartient, qu'aux gens heureux, d'aimer.

ADINE.

Vous pensez donc, que dans votre détresse
Pour vous, mon oncle, il n'est plus de maîtresse,
Et que d'abord votre veuve Burlet,
En vous voyant, vous quittera tout net?

DARMIN.

Mon triste état lui servirait d'excuse.
Souvent, hélas! c'est ainsi qu'on en use;
Mais d'autres soins je suis embarrassé;
L'argent me manque, & c'est le plus pressé.

SCENE II.

BLANFORD, DARMIN, ADINE.

BLANFORD.

Bon de l'argent ! dans le siécle où nous sommes
C'est bien cela que l'on obtient des hommes.
Vive embrassade, & fades complimens,
Propos joyeux, vains baisers, faux sermens,
J'en ai reçu de cette ville entière ;
Mais aussi-tôt qu'on a su ma misère,
D'auprès de moi la foule a disparu,
Voila le monde.

DARMIN.

Il est très-corrompu ;
Mais vos amis vous ont cherché peut-être ?

BLANFORD.

Oui, des amis ! en as-tu pu connaître ?
J'en ai cherché, j'ai vu force fripons
De tous les rangs, de toutes les façons :
D'honnêtes gens, dont la molle indolence
Tranquillement nage dans l'opulence,
Blâsés en tout, aussi durs que polis,
Toujours hors d'eux, ou d'eux seuls tous remplis.
Mais des cœurs droits, des ames élevées
Que les destins n'ont jamais captivées,
Et qui se font un plaisir généreux,
De rechercher un ami malheureux,
J'en connais peu ; par tout le vice abonde.
Un coffre fort est le dieu de ce monde ;
Et je voudrais, qu'ainsi que mon vaisseau,
Le genre humain fût abîmé dans l'eau.

DARMIN.

Exceptez-nous du moins de la ſentence.

ADINE.

Le monde eſt faux, je le crois; mais je penſe,
Qu'il eſt encor un cœur digne de vous,
Fier, mais ſenſible, & ferme quoique doux,
De vos deſtins bravant l'indigne outrage,
Vous en aimant, s'il ſe peut davantage,
Tendre en ſes vœux, & conſtant dans ſa foi.

BLANFORD.

Le beau préſent! où le trouver?

ADINE.

Dans moi.

BLANFORD.

Dans vous! allez, jeune homme que vous êtes.
Suis-je en état, d'entendre vos fornettes?
Pour plaiſanter, prenez mieux votre tems.
Oui, dans ce monde, & parmi les méchans,
Je ſais qu'il eſt encore des ames pures
Qui chériront mes triſtes aventures,
Je ſuis heureux dans mon ſort abattu,
Dorfiſe au moins ſait aimer la vertu.

ADINE.

Ainſi, monſieur, c'eſt de cette Dorfiſe
Que pour toujours je vois votre ame épriſe?

BLANFORD.

Aſſurément.

ADINE.

Et vous avez trouvé,
En ſa conduite un mérite éprouvé?

BLANFORD.

Oui.

DARMIN.

Feu mon frère, avant d'aller en Gréce,
S'il m'en souvient, vous destinait ma niéce.

BLANFORD.

Feu votre frère a très-mal destiné ;
J'ai mieux choisi ; je suis déterminé
Pour la vertu qui, du monde exilée,
Chez ma Dorsise est ici rappellée.

ADINE.

Un tel mérite est rare ; il me surprend,
Mais son bonheur me semble encor plus grand.

BLANFORD.

Ce jeune enfant a du bon ; & je l'aime ;
Il prend parti pour moi contre vous-même.

DARMIN.

Pas tant, peut-être ; après tout dites-moi,
Comment Dorsise avec sa bonne foi
Avec ce goût qui pour vous seul l'attire
Depuis un an cessa de vous écrire ?

BLANFORD.

Voudriez-vous qu'on m'écrivît par l'air ?
Et que la poste allât en pleine mer ?
Avant ce tems j'ai vingt fois reçu d'elle
Des gros paquets, mais écrits d'un modèle ....
D'un air si vrai, d'un esprit si sensé ....
Rien d'affecté, d'obscur, d'embarrassé ;
Point d'esprit faux, la nature elle-même,
Le cœur y parle, & voilà comme on aime.

DARMIN *à Adine.*

Vous pâlissez.

BLANFORD *avec empressement à Adine.*

Qu'avez-vous ?

ADINE.

Moi, monsieur !
Un mal cruel qui me perce le cœur.

BLANFORD *à Darmin.*

Le cœur ! quel ton ! une fille à son âge
Serait plus forte, aurait plus de courage :
Je l'aime fort, mais je suis étonné,
Qu'à cet excès il soit efféminé,
Etait-il fait pour un pareil voyage ?
Il craint la mer, les ennemis, l'orage.
Je l'ai trouvé près d'un miroir assis,
Il était né pour aller à Paris,
Nous étaler sur les bancs du théâtre
Son beau minois, dont il est idolâtre,
C'est un Narcisse.

DARMIN.

Il en a la beauté.

BLANFORD.

Oui, mais il faut en fuir la vanité.

ADINE.

Ne craignez rien, ce n'est pas moi que j'aime,
Je suis plus près, de me haïr moi-même ;
Je n'aime rien qui me ressemble.

BLANFORD.

Enfin

C'est à Dorfise à régler mon destin.
Bien convaincu de sa haute sagesse,
De l'épouser je lui passai promesse,
Je lui laissai mon bien même en partant,
Joyaux, billets, contrats, argent comptant.
J'ai, grace au ciel, par ma juste franchise
Confié tout à ma chère Dorfise;
J'ai confié Dorfise & son destin
A la vertu de monsieur Bartolin.

DARMIN.

De Bartolin, le caissier?

BLANFORD.

De lui-même,
D'un bon ami qui me chérit, que j'aime.

DARMIN *d'un ton ironique.*

Ah! vous avez sans doute bien choisi,
Toujours heureux en maîtresse, en ami!
Point prévenu.

BLANFORD.

Sans doute, & leur abscence
Me fait ici sécher d'impatience.

ADINE.

Je n'en peux plus, je sors.

BLANFORD.

Mais qu'avez-vous?

ADINE.

De ses malheurs chacun ressent les coups.

Les miens ſont grands ; leurs traits s'appeſantiſſent,
Ils ceſſeront .... ſi les vôtres finiſſent.

Elle ſort.

BLANFORD.

Je ne ſais .... mais ſon chagrin m'a touché.

DARMIN.

Il eſt aimable, il vous eſt attaché.

BLANFORD.

J'ai le cœur bon, & la moindre fortune,
Qui me viendra ſera pour lui commune.
Dès que Dorſiſe avec ſa bonne foi
M'aura remis l'argent qu'elle a de moi,
J'en ferai part à votre jeune Adine.
Je lui voudrais la voix moins féminine,
Un air plus fait ; mais les ſoins & le tems
Forment le cœur, & l'air des jeunes gens ;
Il a des mœurs, il eſt modeſte, ſage ;
J'ai remarqué toujours dans le voyage,
Qu'il rougiſſait aux propos indécens,
Que ſur mon bord tenaient nos jeunes gens.
Je vous promets de lui ſervir de père.

DARMIN.

Ce n'eſt pas là pourtant ce qu'il eſpére.
Mais allons donc chez Dorſiſe à l'inſtant,
Et recevez d'elle au moins votre argent.

BLANFORD.

Bon ! le démon, qui toujours m'accompagne,
La fait reſter encore à la campagne.

DARMIN.

Et le caiſſier ?

BLANFORD.

BLANFORD.

Et le caissier aussi,
Tous deux viendront puisque je suis ici.

DARMIN.

Vous pensez donc, que madame Dorfise
Vous est toujours très-humblement soumise ?

BLANFORD.

Et pourquoi non ? si je garde ma foi,
Elle peut bien en faire autant pour moi.
Je n'ai pas eu comme vous la folie
De courtiser une franche étourdie.

DARMIN.

Il se pourra que j'en sois méprisé,
Et c'est à quoi tout homme est exposé ;
Et j'avouerai qu'en son humeur badine
Elle est bien loin de sa sage cousine.

BLANFORD.

Mais de son cœur ainsi désemparé
Que ferez-vous ?

DARMIN.

Moi, rien ; je me tairai,
En attendant qu'à Marseille se rendent
Les deux beautés de qui nos cœurs dépendent.
Fort à propos, je vois venir vers nous
L'ami Mondor.

BLANFORD.

Notre ami ? dites-vous ;
Lui ? notre ami ?

DARMIN.

Sa tête eſt fort légère ;
Mais dans le fond c'eſt un bon caractère.

BLANFORD.

Détrompez-vous ; cher Darmin, ſoyez ſûr,
Que l'amitié veut un eſprit plus mur ;
Allez, les fous n'aiment rien.

DARMIN.

Mais le ſage
Aime-t-il tant ? . . . Tirons quelque avantage
De ce fou-ci. Dans notre cas urgent
On peut ſans honte emprunter ſon argent.

SCENE III.

BLANFORD, DARMIN, le chevalier MONDOR.

Le chevalier MONDOR.

BOn jour très-chers, vous voilà donc en vie ?
C'eſt fort bien fait, j'en ai l'ame ravie.
Bon jour ! dis-moi, quel eſt ce bel enfant
Que j'ai vu là dans cet appartement ?
D'où vous vient-il ? était-il du voyage ?
Eſt-il Grec, Turc, eſt-il ton fils, ton page ?
Qu'en faites-vous ? où ſoupez-vous ce ſoir ?
A quels appas jettez-vous le mouchoir ?
N'allez-vous pas vîte en poſte à Verſailles
Faire aux commis des récits de batailles ?
Dans ce pays avez-vous un patron ?

BLANFORD.

Non.

Le chevalier MONDOR.

Quoi, tu n'as jamais fait ta cour ?

BLANFORD.

Non.

J'ai fait ma cour sur mer, & mes services
Sont mes patrons, sont mes seuls artifices ;
Dans l'anti-chambre on ne m'a jamais vu.

Le chevalier MONDOR.

Tu n'as aussi jamais rien obtenu.

BLANFORD.

Rien demandé ; l'œil éclairé du maître
Sait dans son tems tout voir, tout reconnaître.

Le chevalier MONDOR.

Va, dans son tems ces nobles sentimens
A l'hôpital menent tout droit les gens.

DARMIN.

Nous en sommes fort près & notre gloire
N'a pas le sou.

Le chevalier MONDOR.

Je suis prêt à t'en croire.

DARMIN.

Cher chevalier, il te faut avouer.

Le chevalier MONDOR.

En quatre mots je dois vous confier,

DARMIN.

Que notre ami vient de faire une perte,

Le chevalier MONDOR.

Que j'ai, mon cher, fait une découverte,

DARMIN.

De tout le bien.

Le chevalier MONDOR.

D'une honnête beauté,

DARMIN.

Que sur la mer

Le chevalier MONDOR.

A qui sans vanité,

DARMIN.

Il rapportait

Le chevalier MONDOR.

Après bien du mystère,

DARMIN.

Dans son vaisseau.

Le chevalier MONDOR.

J'ai le bonheur de plaire.

DARMIN.

C'est un malheur.

Le chevalier MONDOR.

C'est un plaisir bien vif,
De subjuguer ce scrupule excessif.

Cette pudeur & si fière & si pure,
Ce précepteur qui gronde la nature;
J'avais du goût pour la dame Burlet,
Pour sa gaïeté, son air brusque & follet;
Mais c'est un goût plus léger qu'elle-même.

DARMIN.

J'en suis ravi!

Le chevalier MONDOR.

C'est la prude que j'aime;
Encouragé par la difficulté
J'ai présenté la pomme à la fierté.

DARMIN.

La prude enfin dont votre ame est éprise,
Cette beauté si fière?

Le chevalier MONDOR.

C'est Dorfise.

BLANFORD *en riant.*

Dorfise... ah!.... bon. Sais-tu bien devant qui
Tu parles-là?

Le chevalier MONDOR.

Devant toi, mon ami,

BLANFORD.

Va, j'ai pitié de ton extravagance.
Cette beauté n'aura plus l'indulgence,
Je t'en réponds, de recevoir chez soi
Des chevaliers éventés comme toi.

Le chevalier MONDOR.

Si fait, mon cher, la femme la moins folle
Ne se plaint point lorsqu'un fou la cajolle.

BLANFORD.

Cajollez moins, mon très-cher ; apprenez,
Qu'à ſes vertus mes jours ſont deſtinés,
Qu'elle eſt à moi, que ſa juſte tendreſſe
De m'épouſer m'avait paſſé promeſſe,
Qu'elle m'attend pour m'unir à ſon ſort.

Le chevalier MONDOR *en riant.*

Le beau billet qu'a là l'ami Blanford ?

A Darmin.

Il a, dis-tu, beſoin dans ſa détreſſe
D'autres billets payables en eſpéce.
Tiens, cher Darmin.

Il veut lui donner un portefeuille.

BLANFORD *l'arrêtant.*

Non, gardez-vous en bien.

DARMIN.

Quoi, vous voulez ?

BLANFORD.

De lui je ne veux rien.
Quand d'emprunter on fait la grace inſigne
C'eſt à quelqu'un qu'on daigne en croire digne ;
C'eſt d'un ami qu'on emprunte l'argent.

Le chevalier MONDOR.

Ne ſuis-je pas ton ami !

BLANFORD.

Non, vraiment.
Plaiſant ami dont la frivole flamme,
S'il ſe pouvait, m'enleverait ma femme.
Qui dès ce ſoir avec vingt fainéans
Va s'égayer à table à mes dépens,

Je les connais ces beaux amis du monde.

Le chevalier MONDOR.

Ce monde-là que ton rare esprit fronde,
Crois-moi, vaut mieux que ta mauvaise humeur.
Adieu ! je vais du meilleur de mon cœur,
Dans le moment chez la belle Dorfise,
Aux grands éclats rire de ta sottise.

Il veut s'en aller.

BLANFORD *l'arrêtant.*

Que dis-tu là ? mon cher Darmin ! comment ?
Elle est ici ? Dorfise ?

Le chevalier MONDOR.

Assurément.

BLANFORD.

O juste ciel !

Le chevalier MONDOR.

Eh bien ! quelle merveille ?

BLANFORD.

Dans sa maison ?

Le chevalier MONDOR.

Oui, te dis-je, à Marseille.
Je l'ai trouvée à l'instant qui rentrait,
Et qui des champs avec hâte accourait.

BLANFORD *à part.*

Pour me revoir ? ô ciel ! je te rends grace,
A ce seul trait tout mon malheur s'efface.
Entrons chez elle.

Le chevalier MONDOR.

Entrons, c'eſt fort bien dit ;
Car plus on eſt de fous, & plus on rit.

BLANFORD, *il va à la porte.*

Heurtons.

Le chevalier MONDOR.

Frappons.

COLETTE *en dedans de la maiſon.*

Qui va là ?

BLANFORD.

Moi ?

LE chevalier MONDOR.

Moi-même ?

SCENE IV.

BLANFORD, DARMIN, COLLETTE, le chevalier MONDOR.

COLLETTE *ſortant de la maiſon.*

BLanford ! Darmin ! quelle ſurpriſe extrême !
Monſieur !

BLANFORD.

Collette !

COLLETTE.

Hélas ! je vous ai cru
Noyé cent fois. Soyez le bien venu !

BLANFORD.

Le juste ciel, propice à ma tendresse,
M'a conservé pour revoir ta maîtresse.

COLLETTE.

Elle sortait tout à l'instant d'ici.

DARMIN.

Et sa cousine?

COLLETTE.

Et sa cousine aussi.

BLANFORD.

Eh! mais de grace, où donc est-elle allée?
Où la trouver?

COLLETTE *faisant une révérence de prude.*

Elle est à l'assemblée.

BLANFORD.

Quelle assemblée?

COLLETTE.

Eh! vous ne savez rien?
Apprenez donc que vingt femmes de bien
Sont dans Marseille étroitement unies
Pour corriger nos jeunes étourdies;
Pour réformer tout le train aujourd'hui,
Mettre à sa place un noble & digne ennui,
Et hautement par de sages cabales
De leur prochain réprimer les scandales;
Et Dorsise est en tête du parti.

BLANFORD *à Darmin.*

Mais comment donc un si grand étourdi

Eſt-il ſouffert d'une beauté ſévére ?

DARMIN.

Chez une Prude un étourdi peut plaire.

BLANFORD.

De l'aſſemblée où va-t-elle ?

COLLETTE.

On ne ſait

Faire du bien ſourdement.

BLANFORD.

En ſecret !

C'eſt-là le comble. Eh ! puis-je en ſa demeure,
Pour lui parler, avoir auſſi mon heure ?

Le chevalier MONDOR.

Va, c'eſt à moi, qu'il le faut demander ;
Sans riſquer rien je peux te l'accorder.
Tu la verras tout comme à l'ordinaire.

BLANFORD.

Reſpectez-la ; c'eſt ce qu'il vous faut faire,
Et gardez-vous de la déſaprouver.

DARMIN.

Et ſa couſine, où peut-on la trouver ?
On m'avait dit qu'elles vivaient enſemble.

COLLETTE.

Oui, mais leur goût rarement les aſſemble,
Et la couſine avec dix jeunes gens,
Et dix beautés ſe donne du bon tems ;
Et d'une table & propre & bien ſervie,
Preſque toujours vole à la comédie ;

Ensuite on danse ou l'on se met au jeu ;
Toujours chez elle, & grand chère & beau feu,
De longs soupers & des chansons nouvelles,
Et des bons mots, encor plus plaisans qu'elles,
Glaces, liqueurs, vins vieux, gris, rouges, blancs,
Amas nouveau de boëtes, de rubans,
Magots de Saxe, & riches bagatelles,
Qu'Hébert * invente à Paris pour les belles,
Le jour, la nuit, cent plaisirs renaissans,
Et de médire à peine a-t-on le tems.

Le chevalier MONDOR.

Oui, notre ami, c'est ainsi qu'il faut vivre.

DARMIN.

Mais pour la voir, où faudra-t-il la suivre ?

COLLETTE.

Par tout, monsieur, car du matin au soir,
Dès qu'elle sort, elle court, veut tout voir.
Il lui faudrait que le ciel par miracle
Exprès pour elle assemblât un spectacle,
Jeu, bal, toilette, & musique & soupé.
Son cœur toujours est de tout occupé.
Vous la verrez & sa joyeuse troupe
Fort tard chez elle & vers l'heure où l'on soupe.

BLANFORD.

Si vous l'aimez après ce que j'entends,
Moins qu'elle encor vous avez du bon sens.
Peut-on chérir ce bruyant esclavage
De tous les goûts qu'eut le sexe en partage ?
Il vous sied bien dans vos tristes soupirs,
De suivre en pleurs le char de ses plaisirs

* Fameux marchand de curiosités.

Et d'étaler les regrets d'une dupe
Qu'un fol amour dans sa misère occupe.

DARMIN.

Je crois encor, dussai-je être en erreur,
Qu'on peut unir les plaisirs & l'honneur;
Je crois aussi, soit dit, sans vous déplaire,
Que femme prude, en sa vertu sévère,
Peut en public faire beaucoup de bien,
Mais en secret souvent ne valoir rien.

BLANFORD.

Eh bien! tantôt nous viendrons l'un & l'autre,
Et vous verrez mon choix & moi le vôtre.

Le chevalier MONDOR.

Oui; revenez & vous verrez ma foi
La place prise.

BLANFORD.

Et par qui donc?

Le chevalier MONDOR.

Par moi.

BLANFORD.

Par toi?

Le chevalier MONDOR.

J'ai mis à profit ton absence,
Et je n'ai pas à craindre ta présence.
Va, tu verras.... Adieu.

SCENE V.

BLANFORD, DARMIN.

BLANFORD.

Ça pensez-vous,
Que d'un tel homme on puisse être jaloux?

DARMIN.

Le ridicule & la bonne fortune
Vont bien ensemble, & la chose est commune.

BLANFORD.

Quoi, vous pensez?

DARMIN.

Oui, ces femmes de bien
Aiment par fois les grands diseurs de rien;
Mais permettez que j'aille un peu moi-même
Chercher mon sort & savoir si l'on m'aime.

Il sort.

BLANFORD *seul.*

Oui, hâtez-vous d'être congédié.
Hom! le pauvre homme! il me fait grand pitié.
Que je te loue, ô destin favorable!
Qui me fait prendre une femme estimable,
Que dans mes maux je bénis mon retour,
Que ma raison augmente mon amour!
Oh! je fuirai, je l'ai mis dans ma tête
Le monde entier pour une femme honnête!
C'est trop long-tems courir, craindre, espérer,
Voilà le port où je veux demeurer.

Près d'un tel bien qu'eſt-ce que tout le reſte ?
Le monde eſt fou, ridicule, ou funeſte ;
Ai-je grand tort d'en être l'ennemi ?
Non, dans ce monde il n'eſt pas un ami.
Perſonne au fond à nous ne s'intéreſſe,
On eſt aimé ; mais c'eſt de ſa maîtreſſe ;
Tout le ſecret eſt de ſavoir choiſir.
Une coquette eſt un vrai monſtre à fuir ;
Mais une femme, & tendre, & belle, & ſage,
De la nature eſt le plus digne ouvrage.

Fin du premier Acte.

ACTE II.

SCENE PREMIERE.

DORFISE, madame BURLET, le chevalier MONDOR.

DORFISE.

ADOUCISSEZ, monsieur le chevalier,
De vos discours l'excès trop familier.
La pureté de mes chastes oreilles
Ne peut souffrir de libertés pareilles.

Le chevalier MONDOR *en riant.*

Vous les aimez pourtant ces libertés;
Vous me grondez, mais vous les écoutez;
Et vous n'avez, comme je puis comprendre,
Cheveux si courts, que pour les mieux entendre.

DORFISE.

Encore.

Mde. BURLET.

Eh bien, je suis de son côté;
Vous affectez trop de sévérité.
La liberté n'est pas toujours licence.
On peut, je crois, entendre avec décence
De la gaïeté les innocens éclats,
Ou bien sembler ne les entendre pas.
Votre vertu toujours un peu farouche
Veut nous fermer & l'oreille & la bouche.

DORFISE.

Oui, l'une & l'autre ; & fermez, croyez-moi,
Votre maiſon à tous ceux que j'y voi.
Je vous l'ai dit, ils vous perdront, couſine ;
Comment ſouffrir leur troupe libertine !
Le beau Cléon qui, brillant ſans eſprit,
Rit des bons mots, qu'il prétend avoir dit ;
Damon, qui fait pour vingt beautés qu'il aime,
Vingt madrigaux plus fades que lui-même ?
Et ce robin parlant toujours de lui ;
Et ce pédant portant par tout l'ennui ;
Et mon couſin, qui....

Le chevalier MONDOR.

C'en eſt trop, madame,
Chacun ſon tour, & ſi votre belle ame
Parle du monde avec tant de bonté,
J'aurai du moins autant de charité.
Je veux ici vous tracer de mon ſtyle
En quatre mots un portrait de la ville,
A commencer par....

DORFISE.

Ah ! n'en faites rien ;
Il n'appartient qu'aux perſonnes de bien,
De châtier, de gourmander le vice.
C'eſt à mes yeux une horrible injuſtice,
Qu'un libertin ſatyriſe aujourd'hui,
D'autres mondains, moins vicieux que lui ;
Lorſque j'en veux à l'humaine nature,
C'eſt zèle, honneur & vertu toute pure,
Dégoût du monde. Ah ! Dieu, que je le hais
Ce monde infâme.

Mde. BURLET.

Il a quelques attraits.

DORFISE.

DORFISE.

Pour vous, hélas ! & pour votre ruine.

Mde. BURLET.

N'en a-t-il point un peu pour vous, cousine ?
Haïssez-vous ce monde ?

DORFISE.

Horriblement.

Le chevalier MONDOR.

Tous les plaisirs ?

DORFISE.

Epouvantablement.

Mde. BURLET.

Le jeu ? le bal ?

Le chevalier MONDOR.

La musique ? la table ?

DORFISE.

Ce sont, ma chère, inventions du diable.

Mde. BURLET.

Mais la parure & les ajustemens ?
Vous m'avouerez . . . .

DORFISE.

Ah ! quels vains ornemens ?
Si vous saviez à quel point je regrette
Tous les instans perdus à ma toilette,

Je fuis toujours le plaisir de me voir ;
Mon œil blessé craint l'aspect d'un miroir.

Mde. BURLET.

Mais cependant, ma sévère Dorfise,
Vous me semblez bien coëffée & bien mise ?

DORFISE.

Bien ?

Le chevalier MONDOR.

Du grand bien.

DORFISE.

Avec simplicité.

Le chevalier MONDOR.

Mais avec goût.

Mde. BURLET.

Votre sage beauté,
Quoi qu'elle en dise, est fort aise de plaire.

DORFISE.

Moi ? juste ciel !

Mde. BURLET.

Je parle sans mystère.
Je crois, ma foi, que ta sévérité
A quelque goût pour ce jeune éventé.

En montrant Mondor.

Il n'est pas mal fait.

Le chevalier MONDOR.

Ah !

Mde. BURLET.

C'eſt un jeune homme,
Fort beau, fort riche.

Le chevalier MONDOR.

Ah!

DORFISE.

Ce diſcours m'aſſomme.
Vous propoſez l'abomination!
Un beau jeune homme eſt mon averſion,
Un beau jeune homme! ah! fi!

Le chevalier MONDOR.

Ma foi, madame,
Pour vous & moi j'en ſuis fâché dans l'ame.
Mais ce Blanford, qui revient ſans vaiſſeau,
Eſt-il ſi riche, & ſi jeune, & ſi beau?

DORFISE.

Il eſt ici? quoi, Blanford?

Le chevalier MONDOR.

Oui, ſans doute.

COLLETTE *en entrant avec précipitation.*

Hélas! je viens pour vous apprendre.

DORFISE *à Collette à l'oreille.*

Ecoute.

Mde. BURLET.

Comment?

DORFISE *au chevalier Mondor.*

Depuis qu'il prit de moi congé,
De ſes défauts je l'ai cru corrigé,
Je l'ai cru mort.

Le chevalier MONDOR.

Il vit & le corsaire
Veut me couler à fond, & croit vous plaire.

DORFISE *en se retournant vers Collette.*

Collette, hélas !

COLLETTE.

Hélas !

DORFISE.

Ah ! chevalier,
Pourriez-vous point sur mer le renvoyer.

Le chevalier MONDOR.

De tout mon cœur.

Mde. BURLET.

Sait-on quelque nouvelle
De ce Darmin, son ami si fidelle ?
Viendra-t-il point ?

Le chevalier MONDOR.

Il est venu ; Blanford
L'a racroché dans je ne sai quel port.
Ils ont sur mer donné, je crois, bataille,
Et sont ici n'ayant ni sou ni maille ;
Mais avec lui Blanford a ramené
Un petit Grec plus joli, mieux tourné....

DORFISE.

Eh ! oui, vraiment. Je pense tout à l'heure,
Que je l'ai vû tout près de ma demeure,
De grands yeux noirs !

Le chevalier MONDOR.

Oui.

DORFISE.

Doux, tendres, touchans ?
Un teint de rose ?

Le chevalier MONDOR.

Oui.

DORFISE *en s'animant un peu plus.*

Des cheveux, des dents,
L'air noble, fin ?

Le chevalier MONDOR.

C'est une créature
Qu'à son plaisir façonna la nature.

DORFISE.

S'il a des mœurs, s'il est sage, bien né,
Je veux par vous, qu'il me soit amené....
Quoiqu'il soit jeune.

Mde. BURLET.

Et moi, je veux sur l'heure,
Que de Darmin on cherche la demeure,
Allez la Fleur, trouvez-le, & lui portez
Trois cens Louis, que je crois bien comptés.

Elle donne une bourse à la Fleur qui est derrière elle.

Et qu'à souper Blanford, & lui se rendent;
Depuis long-tems tous nos amis l'attendent,
Et moi plus qu'eux. Je n'ai jamais connu
De naturel plus doux, plus ingénu,
J'aime sur-tout sa complaisance aimable
Et sa vertu liante & sociable.

DORFISE.

Eh bien ! Blanford n'eſt pas de cette humeur ;
Il eſt ſi ſérieux !

Le chevalier MONDOR.

Si plein d'aigreur !

DORFISE.

Oui, ſi jaloux.

Le chevalier MONDOR *interrompant bruſquement.*

Cauſtique.

DORFISE.

Il eſt

Le chevalier MONDOR.

Sans doute.

DORFISE.

Laiſſez-moi donc parler ! il eſt,

Le chevalier MONDOR.

J'écoute.

DORFISE.

Il eſt enfin fort dangereux pour moi.

Mde. BURLET.

On dit qu'il a très-bien ſervi le roi,
Qu'il s'eſt ſur mer diſtingué dans la guerre.

DORFISE.

Oui, mais qu'il eſt incommode ſur terre !

Le chevalier MONDOR.

Il eſt encor . . . .

DORFISE.

Oui.

Le chevalier MONDOR.

Ces marins d'ailleurs
Ont presque tous de fort étranges mœurs.

DORFISE.

Oui.

Mde. BURLET.

Mais on dit, qu'autrefois vos promesses,
De quelque espoir ont flatté ses tendresses ?

DORFISE.

Depuis ce tems j'ai par excès d'ennui
Quitté le monde à commencer par lui.
Le monde & lui me rendent si craintive.

SCENE II.

DORFISE, Mde. BURLET, le chevalier MONDOR, COLLETTE.

COLLETTE.

MAdame !

DORFISE.

Eh bien !

COLLETTE.

Monsieur Blanford arrive.

DORFISE.

Ciel ! . . . .

Mde. BURLET.

Darmin eſt avec lui ?

COLLETTE.

Madame, oui.

Mde. BURLET.

J'en ai le cœur tout-à-fait rejoui.

DORFISE.

Et moi, je ſens une douleur profonde,
Je me retire, & je veux fuir le monde.

Le chevalier MONDOR.

Avec moi donc ?

DORFISE.

Non, s'il vous plaît, ſans vous.

Elle ſort.

SCENE

SCENE III.

Mde. BURLET, BLANFORD, DARMIN, le chevalier MONDOR, ADINE.

DARMIN.

MAdame, enfin souffrez qu'à vos genoux . . .

Mde. BURLET *courant au-devant de Darmin.*

Mon cher Darmin, venez, j'ai fait partie,
D'aller au bal après la comédie,
Nous causerons, mon carosse est là bas.
Et vous Rigris (*à Blanford.*) y viendrez-vous ?

BLANFORD.

Non pas.
Je viens ici pour chose sérieuse,
Allez, courez, troupe folle & joyeuse,
Faites semblant d'avoir bien du plaisir,
Fatiguez bien votre inquiet loisir.

Au jeune Adine.

Et nous, jeune homme, allons trouver Dorfise.

Mde. Burlet sort avec le chevalier & Darmin, qui lui donnent chacun la main, & Blanford continue.

SCENE IV.

BLANFORD, ADINE.

BLANFORD.

Voyons une ame au ſeul devoir ſoumiſe,
Qui, pour moi ſeul, par un ſage retour,
Renonce au monde en faveur de l'amour,
Et qui ſait joindre à cette ardeur flatteuſe
Une vertu modeſte & ſcrupuleuſe.
Méritez-bien de lui plaire.

ADINE.

Avec ſoin
De ſa vertu je veux être témoin,
En la voyant je peux beaucoup m'inſtruire.

BLANFORD.

C'eſt très-bien dit, je prétends vous conduire.
En vous voyant du monde abandonné
Je trouve un fils que le ſort m'a donné.
Sans vous aimer on ne peut vous connaître ;
Vous êtes né trop fléxible peut-être,
Rien ne ſera plus utile pour vous
Que de hanter un eſprit ſage & doux,
Dont le commerce en votre ame affermiſſe
L'honnêteté, l'amour de la juſtice,
Sans vous ôter certain charme flatteur
Que je ſens bien qui manque à mon humeur.
Une beauté qui n'a rien de frivole,
Eſt pour votre âge une excellente école,
L'eſprit s'y forme, on y régle ſon cœur ;
Sa maiſon eſt le temple de l'honneur.

ADINE.

Eh bien, allons avec vous dans ce temple ;
Mais je ſuivrai bien mal ſon rare exemple,
Soyez-en ſûr.

BLANFORD.

Eh pourquoi ?

ADINE.

J'aurais pu
Auprès de vous mieux goûter la vertu ;
Quoique la forme en ſoit un peu ſévère,
Le fonds m'en charme, & vous m'avez ſu plaire ;
Mais pour Dorſiſe ?

BLANFORD *en allant à la porte de Dorſiſe.*

Ah ! c'eſt trop ſe flatter,
Que de vouloir tout d'un coup l'imiter ;
Mais croyez-moi, ſi l'honneur vous domine
Voyez Dorſiſe & fuyez ſa couſine.

Il veut entrer.

COLLETTE *ſortant de la maiſon & refermant la porte.*

Il heurte.

On n'entre point, monſieur.

BLANFORD.

Moi ?

COLLETTE.

Non.

BLANFORD.

Comment !
Moi refuſé ?

COLLETTE.

Dans son appartement,
Pour quelque tems madame est en retraite.

BLANFORD.

J'admire fort cette vertu parfaite;
Mais j'entrerai.

COLLETTE.

Mais, monsieur, écoutez....

BLANFORD.

Sans écouter, entrons vîte.

Il entre.

COLLETTE.

Arrêtez.

ADINE.

Hélas! suivons, & voyons quelle issue
Aura pour moi cette étrange entrevue.

SCENE V.

COLLETTE *seule.*

IL va la voir: il va découvrir tout,
Je meurs de peur, ma maîtresse est à bout,
Ah! ma maîtresse avoir eu le courage,
De stipuler ce secret mariage!
De vous donner au caissier Bartolin!
Eh! que dira notre public malin?
O! que la femme est une étrange espèce!
Et l'homme aussi.... quel excès de faiblesse!

Madame eſt folle avec ſon air malin,
Elle ſe trompe & trompe ſon prochain,
Paſſe ſon tems après mille mépriſes,
A réparer avec art ſes ſottiſes.
Le goût l'emporte, & puis on voudrait bien
Ménager tout & l'on ne garde rien.
Maudit retour & maudite aventure,
Comment Blanford prendra-t-il ſon injure ?
Dans la maiſon voici donc trois maris,
Deux ſont promis & l'autre, je crois, pris.
Femme en tel cas, ne ſait auquel entendre.

SCENE VI.

DORFISE, COLLETTE.

COLLETTE.

MAdame, eh bien ! quel parti faut-il prendre ?

DORFISE.

Va, ne crains rien ; on ſait l'art d'éblouir,
De différer pour ſe faire chérir.
L'homme ſe mene aiſément, ſes faibleſſes
Font notre force, & ſervent nos adreſſes.
On s'eſt tiré de pas plus dangereux,
J'ai fait finir cet entretien fâcheux,
Adroitement je fais à la campagne
Courir notre homme, (& le ciel l'accompagne,)
Chez Bartolin ſon ancien confident,
Qui pourra bien lui compter quelque argent.
J'aurai du tems, il ſuffit.

COLLETTE.

Ah ! le diable
Vous fit ſigner ce contrat déteſtable !

Qui, vous, madame, avoir un Bartolin ?

DORFISE.

Eh ! mon enfant : le diable est bien malin,
Ce gros caissier m'a tant persécutée,
Le cœur se gagne ; on tente, on est tentée,
Tu sais qu'un jour on nous dit que Blanford
Ne viendrait plus.

COLLETTE.

Parce qu'il était mort.

DORFISE.

Je me voyais sans appui, sans richesse,
Faible sur-tout, car tout vient de faiblesse,
L'étoile est forte, & c'est souvent le lot
De la beauté d'épouser un magot.
Mon cœur était à des épreuves rudes.

COLLETTE.

Il est des tems dangereux pour les prudes.
Mais à l'amour devant sacrifier,
Vous auriez dû prendre le chevalier ;
Il est joli.

DORFISE.

Je voulais du mystère,
Je n'aime pas d'ailleurs son caractère ;
Je le ménage ; il est mon complaisant,
Mon émissaire, & c'est lui qui répand,
Par son babil & sa folie utile,
Les bruits qu'il faut qu'on séme par la ville.

COLLETTE.

Mais Bartolin est si vilain ?

DORFISE.

Oui, mais . . . .

COLLETTE.

Et son esprit n'a guéres plus d'attraits.

DORFISE.

Oui, mais . . . .

COLLETTE.

Quoi, mais ?

DORFISE.

Le destin, le caprice,
Mon triste état, quelque peu d'avarice,
L'occasion, je, je me résignai,
Je devins folle, en un mot je signai.
Du bon Blanford je gardais la cassette.
D'un peu d'argent mon amitié discrette
Fit quelques dons par charité pour lui.
Eh ! qui croyait que Blanford aujourd'hui,
Après deux ans gardant sa vieille flamme,

Avec vivacité & douleur.

Viendrait chercher sa cassette & sa femme ?

COLLETTE.

Chacun disait ici, qu'il était mort,
Il ne l'est point, lui seul est dans son tort.

DORFISE *reprenant l'air de prude.*

Ah ! puisqu'il vit, je lui rendrai sans peine
Tous ses bijoux, hélas ! qu'il les reprenne.
Mais Bartolin, qui les croyait à moi,
Me les garda, les prit de bonne foi,
Les croit à lui, les conserve, les aime,
En est jaloux autant que de moi-même.

COLLETTE.

Je le crois bien.

DORFISE.

Maris, vertus, bijoux,
J'ai dans l'esprit de vous accorder tous.

SCENE VII.

Le chevalier MONDOR, ADINE, DORFISE.

Le chevalier MONDOR.

CHasserons-nous ce rival plein de gloire,
Qui me méprise & s'en fait tant accroire ?

ADINE *arrivant dans le fond à pas lents tandis que le chevalier entrait brusquement.*

Ecoutons bien.

Le chevalier MONDOR.

Il faut me rendre heureux,
Il faut punir son air avantageux.
Je suis à vous, avec plaisir je laisse
Au vieux Darmin sa petite maîtresse;
A le troubler on n'a que de l'ennui!
On pert sa peine à se moquer de lui!
C'est ce Blanford, c'est sa vertu sévère,
Sa gravité qu'il faut qu'on désespère.
Il croit qu'on doit ne lui refuser rien,
Par la raison qu'il est homme de bien.
Ces gens de bien me mettent à la gêne.
Ils vous feront périr d'ennui, ma reine.

DORFISE *d'un air modeste & sévère après avoir regardé Adine.*

Vous vous moquez ! j'ai pour monsieur Blanford
Un vrai respect, & je l'estime fort.

Le chevalier MONDOR.

Il est de ceux qu'on estime & qu'on berne,
Est-il pas vrai ?

ADINE *à part.*

Que ceci me consterne !
Elle est constante, elle a de la vertu !
Tout me confond, elle aime : ah ! qui l'eût cru ?

DORFISE.

Que dit-il là !

ADINE *à part.*

Quoi, Dorfise est fidelle ?
Et, pour combler mon malheur, elle est belle.

DORFISE *au chevalier après avoir regardé Adine.*

Il dit que je suis belle.

Le chevalier MONDOR.

Il n'a pas tort,
Mais il commence à m'importuner fort ;
Allez, l'enfant, j'ai des secrets à dire
A cette dame.

ADINE.

Hélas : je me retire.

DORFISE *au chevalier.*

Vous vous moquez.

A Adine.

Restez, restez ici.

Au chevalier.

Osez-vous bien le renvoyer ainsi ?

A Adine.

Approchez-vous, peu s'en faut qu'il ne pleure,
L'aimable enfant ! je prétends qu'il demeure.
Avec Blanford il est chez moi venu,
Dès ce moment son naturel m'a plu.

Le chevalier MONDOR.

Eh ! laissez-là son naturel, madame,
De ce Blanford vous haïssez la flamme,
Vous m'avez dit qu'il est brutal, jaloux.

DORFISE *fiérement.*

A Adine.

Je n'ai rien dit ;

Çà quel âge avez-vous ?

ADINE.

J'ai dix-huit ans.

DORFISE.

Cette tendre jeunesse
A grand besoin du frein de la sagesse.
L'exemple entraîne & le vice est charmant,
L'occasion s'offre si fréquemment ;
Un seul coup d'œil perd de si belles ames !
Défiez-vous de vous-même & des femmes ;
Prenez bien garde au souffle empoisonneur,
Qui des vertus flétrit l'aimable fleur.

Le chevalier MONDOR.

Que sa fleur soit ou ne soit pas flétrie,
Mêlez-vous moins de sa fleur, je vous prie,
Et m'écoutez.

DORFISE.

Mon Dieu ! point de courroux,
Son innocence a des charmes si doux !

Le chevalier MONDOR.

C'est un enfant.

DORFISE *s'approchant d'Adine.*

Çà, dites-moi, jeune homme,
D'où vous venez & comment on vous nomme.

ADINE.

J'ai nom Adine, en Gréce je suis né,
Avec Darmin Blanford m'a ramené.

DORFISE.

Qu'il a bien fait !

Le chevalier MONDOR.

Quelle humeur curieuse !
Quoi, je vous peins mon ardeur amoureuse,
Et vous parlez encore à cet enfant ?
Vous m'oubliez pour lui.

DORFISE *doucement.*

Paix, imprudent.

SCENE VIII.

DORFISE, le chevalier MONDOR, ADINE, COLLETTE.

COLLETTE.

Madame.

DORFISE.

Eh bien!

COLLETTE.

Vous êtes attendue
A l'assemblée.

DORFISE.

Oui, j'y serai rendue
Dans peu de tems.

Le chevalier MONDOR.

Quel message ennuyeux!
Quand nous seront assemblés tous les deux,
Nous casserons pour jamais, je vous prie,
Ces rendez-vous de fade pruderie.
Ces comités, ces conspirations
Contre les goûts, contre les passions.
Il vous sied mal, jeune encor, belle & fraîche,
D'aller crier d'un ton de pigriéche,
Contre les ris, les jeux & les amours,
De blasphemer ces dieux de vos beaux jours,
Dans des réduits peuplés de vieilles ombres,
Que vous voyez dans leurs cabales sombres,
Se lamenter sans gosier & sans dents,
Dans leurs tombeaux, des plaisirs des vivans,

Je vais, je vais de ces sempiternelles
Tout de ce pas égayer les cervelles,
Et, leur donnant à toutes leur paquet,
Par cent bons mots étouffer leur caquet.

DORFISE.

Gardez-vous bien d'aller me compromettre,
Cher chevalier, je ne puis le permettre,
N'allez point là!

Le chevalier MONDOR.

Mais j'y cours à l'instant,
Vous annoncer.

Il sort.

DORFISE.

Ah, quel extravagant!

Au jeune Adine.

Allez, mon fils, gardez-vous à votre âge
D'un pareil fou, soyez discret & sage,
Mes complimens à Blanford.... l'œil touchant!

ADINE *se retournant.*

Quoi?

DORFISE.

Le beau teint! l'air ingénu, charmant!
Et vertueux.... je veux que par la suite
Dans mon loisir vous me rendiez visite.

ADINE.

Je vous ferai ma cour assidument,
Adieu, madame.

DORFISE.

Adieu, mon bel enfant!

ADINE.

Hélas ! j'éprouve un embarras extrême !
Le trahit-on ? je l'ignore, mais j'aime.

SCENE IX.

DORFISE, COLLETTE.

DORFISE *revenant, conduisant de l'œil Adine qui la regarde.*

J'Aime, dit-il, quel mot ? ce beau garçon
Déja pour moi sent de la passion ?
Il parle seul, me regarde, s'arrête,
Et je crains fort d'avoir tourné sa tête

COLLETTE.

Avec tendresse il lorgne vos appas.

DORFISE.

Est-ce ma faute ? ah ! je n'y consens pas.

COLLETTE.

Je le crois bien, le péril est trop proche,
Du bon Blanford je crains pour vous l'approche,
Je crains sur-tout le courroux impoli
De Bartolin.

DORFISE *en soupirant.*

Que ce Turc est joli !
Le crois-tu Turc ? crois-tu qu'un infidelle
Ait l'air si doux, la figure si belle ?
Je crois pour moi qu'il se convertira.

COLLETTE.

Je crois pour moi que dès qu'on apprendra,
Qu'à Bartolin vous êtes mariée,
Votre vertu sera fort décriée ;
Ce petit Turc de peu vous servira,
Terriblement Blanford éclatera.

DORFISE.

Va, ne crains rien.

COLLETTE.

J'ai dans votre prudence
Depuis long-tems entière confiance ;
Mais Bartolin est un brutal jaloux,
Et c'est bien pis, madame, il est époux.
Le cas est triste, il a peu de semblables ;
Ces deux rivaux seraient fort intraitables.

DORFISE.

Je prétends bien les éviter tous deux ;
J'aime la paix, c'est l'objet de mes vœux,
C'est mon devoir ; il faut en conscience
Prévoir le mal, fuir toute violence,
Et prévenir le mal, qui surviendrait,
Si mon état trop tôt se découvrait.
J'ai des amis, gens de bien, de mérite.

COLLETTE.

Prenez conseil d'eux.

DORFISE.

Ah ! oui, prenons vîte.

COLLETTE.

Eh bien, de qui ?

DORFISE.

Mais de cet étranger ;
De ce petit.... là.... tu m'y fais songer.

COLLETTE.

Lui, des conseils ? lui, madame, à son âge ?
Sans barbe encor ?

DORFISE.

Il me paraît fort sage ;
Et s'il est tel, il le faut écouter :
Les jeunes gens sont bons à consulter.
Il me pourrait procurer des lumières,
Qui donneraient du jour à mes affaires.
Et tu sens bien, qu'il faut parler d'abord
Au jeune ami du bon monsieur Blanford.

COLLETTE.

Oui, lui parler paraît fort nécessaire.

DORFISE *tendrement & d'un air embarrassé.*

Et comme à table on parle mieux d'affaire,
Conviendrait-il qu'avec discrétion
Il vint dîner avec moi ?

COLLETTE.

Tout de bon !
Vous, qui craignez si fort la médisance.

DORFISE *d'un air fier.*

Je ne crains rien, je fais comme je pense,
Quand on a fait sa réputation,
On est tranquille à l'abri de son nom.
Tout le parti prend en main notre cause,
Crie avec nous.

COLLETTE.

COLLETTE.

Oui, mais le monde cauſe.

DORFISE.

Eh bien, cédons à ce monde méchant !
Sacrifions un dîner innocent ;
N'aiguiſons point leur langue libertine,
Je ne veux plus parler au jeune Adine.
Je ne veux point le revoir.... Cependant
Que peut-on dire après tout d'un enfant ?
A la ſageſſe ajoutons l'apparence,
Le Décorum, l'exacte bienſéance,
De ma couſine il faut prendre le nom,
Et le prier de ſa part....

COLLETTE.

Pourquoi non ?
C'eſt très-bien dit ; une femme mondaine
N'a rien à perdre, on peut ſans être en peine,
Deſſous ſon nom mettre dix billets doux,
Autant d'amans, autant de rendez-vous.
Quand on la cite, on n'offenſe perſonne,
Nul n'en rougit, & nul ne s'en étonne.
Mais par haſard, quand des dames de bien
Font une chûte, il faut la cacher bien.

DORFISE.

Des chûtes ! moi ! je n'ai dans cette affaire,
Graces au ciel, nul reproche à me faire.
J'ai ſigné ; mais je ne ſuis point enfin
Abſolument madame Bartolin.
On a des droits, & c'eſt tout ; & peut-être
On va bientôt ſe délivrer d'un maître.
J'ai dans ma tête un deſſein très-prudent.
Si ce beau Turc a pour moi du penchant,

C'en est assez ; tout ira bien, s'il m'aime.
Je suis encor maîtresse de moi-même,
Heureusement, je puis tout terminer.
Va-t'en prier ce jeune homme à dîner.
Est-ce un grand mal que d'avoir à sa table
Avec décence un jeune homme estimable ?
Un cœur tout neuf, un air frais & vermeil
Et qui nous peut donner un bon conseil ?

COLLETTE.

Un bon conseil ! ah ! rien n'est plus louable ;
Accomplissons cette œuvre charitable.

Fin du second Acte.

ACTE III.

SCENE PREMIERE.

DORFISE, COLLETTE.

DORFISE.

Est-ce point lui ? que je suis inquiette !
On frappe, il vient, Collette, hola ! Collette;
C'est lui ! c'est lui !

COLLETTE.

Non, c'est le chevalier,
Que loin d'ici je viens de renvoyer,
Cet étourdi, qui court, saute, semille,
Sort, rentre, va, vient, rit, parle, frétille;
Il veut dîner tête à tête avec vous,
Je l'ai chassé d'un air entre aigre & doux.

DORFISE.

A ma cousine il faut qu'on le renvoye.
Ah, que je hais leur insipide joye !
Que leur babil est un trouble importun !
Chassez-les moi.

COLLETTE.

Chût, chût, j'entends quelqu'un.

DORFISE.

Ah ! c'eſt mon Grec.

COLLETTE.

Oui, c'eſt lui, ce me ſemble.

SCENE II.

DORFISE, ADINE.

DORFISE.

Entrez, monſieur ! bon jour, monſieur ! je tremble,
Aſſeyez-vous ! . . . . .

ADINE.

Je ſuis tout interdit. . . . .
Pardonnez-moi, madame, on m'avait dit,
Qu'une autre . . . .

DORFISE *tendrement*

Eh bien, c'eſt moi, qui ſuis cette autre.
Raſſurez-vous, quelle peur eſt la vôtre ?
Avec Blanford ma couſine aujourd'hui
Dine dehors : tenez-moi lieu de lui.

Elle le fait aſſeoir.

ADINE.

Eh ! qui pourrait en tenir lieu, madame ?
Eſt-il un feu comparable à ſa flamme ?
Et quel mortel égalerait ſon cœur
En grandeur d'ame, en amour, en valeur ?

DORFISE.

Vous en parlez, mon fils, avec grand zèle,
Votre amitié paraît vive & fidele!
J'admire en vous un si beau naturel.

ADINE.

C'est un penchant bien doux, mais bien cruel.

DORFISE.

Que dites-vous? la charmante jeunesse
Doit éprouver une honnête tendresse,
Par de saints nœuds il faut qu'on soit lié,
Et la vertu n'est rien sans l'amitié.

ADINE.

Ah! s'il est vrai, qu'un naturel sensible
De la vertu soit la marque infaillible;
J'ose vous dire ici sans vanité,
Que je me pique un peu de probité.

DORFISE.

Mon bel enfant, je me crois destinée
A cultiver une ame si bien née.
Plus d'une femme a cherché vainement
Un ami tendre, aussi vif que prudent,
Qui possédât les graces du jeune âge
Sans en avoir l'empressement volage;
Et je me trompe à votre air tendre & doux,
Ou tout cela paraît uni dans vous.
Par quel bonheur une telle merveille
Se trouve-t-elle aujourd'hui dans Marseille?

Elle approche son fauteuil.

ADINE.

J'étais en Gréce, & le brave Blanford
En ce pays me passa sur son bord.
Je vous l'ai dit deux fois.

DORFISE.

Une troisiéme
A mon oreille est un plaisir extrême ;
Mais, dites-moi, pourquoi ce front charmant
Et si Français est coëffé d'un turban ?
Seriez-vous Turc ?

ADINE.

La Gréce est ma patrie.

DORFISE.

Qui l'aurait cru ! la Gréce est en Turquie ?
Que votre accent, que ce ton Grec est doux !
Que je voudrais parler grec avec vous !
Que vous avez la mine aimable & vive
D'un vrai Français ! & sa grace naïve !
Que la nature entre nous se méprit,
Quand par malheur un Grec elle vous fit.
Que je bénis, monsieur, la providence,
Qui vous a fait aborder en Provence !

ADINE.

Hélas ! j'y suis, & c'est pour mon malheur.

DORFISE.

Vous, malheureux !

ADINE.

Je le suis par mon cœur.

DORFISE.

Ah ! c'est le cœur qui fait tout dans le monde,
Le bien, le mal, sur le cœur tout se fonde.
Et c'est aussi ce qui fait mon tourment.
Vous avez donc pris quelque engagement ?

ADINE.

Eh ! oui, madame, une femme intriguante
A désolé ma jeunesse imprudente ;
Comme son teint, son cœur est plein de fard,
Elle est hardie, & pourtant pleine d'art,
Et j'ai senti d'autant plus ses malices,
Que la vertu sert de masque à ses vices.
Ah ! que je souffre, & qu'il me semble dur,
Qu'un cœur si faux gouverne un cœur trop pur !

DORFISE.

Voyez la masque, une femme infidelle !
Punissons-la : mon fils, çà, quelle est-elle ?
De quel pays ? quelle est son rang ? son nom ?

ADINE.

Ah ! je ne puis le dire.

DORFISE.

Comment donc ?
Vous possédez aussi l'art de vous taire !
Ah ! vous avez tous les talens de plaire.
Jeune & discret ! je vais moi m'expliquer ;
Si quelque jour, pour vous bien dépiquer
De la guenon qui fit votre conquête,
On vous offrait une personne honnête,
Riche, estimée, & sur-tout possédant
Un cœur tout neuf, mais solide & constant,
Tel qu'il en est très-peu dans la Turquie,
Et moins encor, je crois, dans ma patrie,
Que diriez-vous ? que vous en semblerait ?

ADINE.

Mais . . . . je dirais, que l'on me tromperait.

DORFISE.

Ah ! c'eſt trop loin pouſſer la défiance,
Ayez, mon fils, un peu plus d'aſſurance.

ADINE.

Pardonnez-moi ; mais les cœurs malheureux,
Vous le ſavez, ſont un peu ſoupçonneux.

DORFISE.

Eh ! quels ſoupçons avez-vous, par exemple,
Quand je vous parle, & que je vous contemple ?

ADINE.

J'ai des ſoupçons, que vous avez deſſein
De m'éprouver.

DORFISE *en s'écriant.*

Ah, le petit malin !
Qu'il eſt ruſé ſous cet air d'innocence !
C'eſt l'amour même au ſortir de l'enfance.
Allez-vous-en. Le danger eſt trop grand.
Je ne veux plus vous voir abſolument.

ADINE.

Vous me chaſſez, il faut que je vous quitte.

DORFISE.

C'eſt obéir à mon ordre un peu vîte,
Là, revenez. Mon eſtime eſt au point,
Que contre vous je ne me fâche point.
N'abuſez pas de mon eſtime extrême.

ADINE.

Vous eſtimez monſieur Blanford de même.
Eſtime-t-on deux hommes à la fois ?

DORFISE.

DORFISE.

Oh, non! jamais; & les aimables loix
De la raison, de la tendresse sage,
Font qu'on succéde, & non pas qu'on partage.
Vous apprendrez à vivre auprès de moi.

ADINE.

J'apprends beaucoup par tout ce que je voi.

DORFISE.

Lorsque le ciel, mon fils, forme une belle,
Il fait d'abord un homme exprès pour elle;
Nous le cherchons long-tems avec raison,
On fait vingt choix avant d'en faire un bon.
On suit une ombre; au hasard on s'éprouve,
Toujours on cherche, & rarement on trouve.
L'instinct secret vole après le vrai bien....

Vivement & tendrement.

Quand on vous trouve, il ne faut chercher rien.

ADINE.

Si vous saviez ce que j'ai l'honneur d'être.
Vous changeriez d'opinion peut-être.

DORFISE.

Eh, point du tout!

ADINE.

Peu digne de vos soins,
Connu de vous, vous m'estimeriez moins,
Et nous serions attrapés l'un & l'autre.

DORFISE.

Attrapés! vous! quelle idée est la vôtre?
Mon bel enfant; je prétends... Ah! pourquoi
Venir si-tôt m'interrompre... Eh, c'est toi!

SCENE III.

COLLETTE, DORFISE, ADINE.

COLLETTE *avec empressement.*

TRès-importune, & très-triste de l'être ;
Mais un quidam plus importun peut-être
S'en va venir, c'est monsieur Bartolin.

DORFISE.

Le prétendu ? je l'attendais demain,
Il m'a trompée, il revient, le barbare !

COLLETTE.

Le contre-tems est encor plus bizarre.
Ce chevalier, le roi des étourdis,
Méconnaissant le patron du logis,
Cause avec lui, plaisante, s'évertue,
Et le retient malgré lui dans la rue.

DORFISE.

Tant mieux, ô ciel !

COLLETTE.

Point, madame, tant pis ;
Car l'indiscret, comme je vous le dis,
Ne sachant pas, quel est le personnage,
Crie hautement, lui riant au visage,
Que nul chez vous n'entrera d'aujourd'hui ;
Que tout le monde est exclus comme lui ;
Que Bartolin n'est rien qu'un trouble-fête,
Et qu'à présent dans un doux tête à tête,

Madame au fond de son appartement,
Loin du grand monde, eſt vertueuſement.
Le Bartolin, que le dépit tranſporte,
Prétend qu'il va faire enfoncer la porte.
Le chevalier toujours d'un ton railleur
Créve de rire, & l'autre de douleur.

DORFISE.

Et moi de crainte. Ah! Collette, que faire?
Où nous fourer?

ADINE.

Quel eſt donc ce myſtère?

DORFISE.

Ce myſtère eſt que vous êtes perdu,
Que je ſuis morte. Eh! Collette, où vas-tu?

ADINE.

Que deviendrai-je!

DORFISE *à Collette.*

Ecoute, toi, demeure.
Quel tems il prend! revenir à cette heure?

A Adine.

Dans ce réduit cachez-vous tout le ſoir,
Vous trouverez un ample manteau noir,
Fourez-vous-y; mon Dieu! c'eſt lui, ſans doute.

ADINE *allant dans le cabinet.*

Hélas! voilà ce que l'amour me coûte!

DORFISE.

Ce pauvre enfant, qu'il m'aime!

Kk ij

COLLETTE.

Eh ! taisez-vous.
On vient, hélas ! c'est le futur époux.

SCENE IV.

BARTOLIN, DORFISE, COLLETTE.

DORFISE *allant au-devant de Bartolin.*

Mon cher monsieur, le ciel vous accompagne....
Vous revenez bien tard de la campagne ....
Vous m'avez fait un si grand déplaisir,
Que je suis prête à m'en évanouir.

BARTOLIN.

Le chevalier disait tout au contraire.

DORFISE.

Tout ce qu'il dit est faux, je suis sincère,
Il faut me croire ; il m'aime à la fureur :
Il est au vif piqué de ma rigueur ;
Son vain caquet m'étourdit & m'assomme,
Et je ne veux jamais revoir cet homme.

BARTOLIN.

Mais cependant de bon sens il parlait.

DORFISE.

Ne croyez rien de tout ce qu'il disait.

BARTOLIN.

Soit ; mais il faut, pour finir nos affaires,
Prendre en ce lieu les choſes néceſſaires.

DORFISE *d'un ton careſſant.*

Que faites-vous ? arrêtez-vous ! hola !
N'entrez donc point dans ce cabinet-là.

BARTOLIN.

Comment ? pourquoi ?

DORFISE *après avoir rêvé.*

Du même eſprit pouſſée
J'ai comme vous eu, mon cher, en penſée....
De mettre ici nos papiers en état....
J'ai fait venir notre vieil avocat....
Nous conſultions ; une grande faibleſſe
L'a pris ſoudain.

BARTOLIN.

C'eſt l'excès de vieilleſſe.

COLLETTE.

On va donner au bon petit vieillard
Un....

BARTOLIN.

Oui, j'entends.

DORFISE.

On l'a mis à l'écart,
De mon ſirop il a pris une doſe
Et maintenant je penſe qu'il repoſe.

BARTOLIN.

Il ne repoſe point, car je l'entends,
Qui marche encore, & qui touſſe dedans.

COLLETTE.

Eh bien ! faut-il lorſqu'un avocat touſſe
L'importuner ?

BARTOLIN.

Tout cela me courrouce,
Je veux entrer.

Il entre dans le cabinet.

DORFISE.

O ciel ! fais donc ſi bien,
Qu'il cherche tout ſans pouvoir trouver rien.
Hélas ! qu'entends-je ? on s'écrie. il dit, tue,
Mon avocat eſt mort, je ſuis perdue.
Où ſuis-je ! hélas ! de quel côté courir ?
Dans quel couvent m'aller enſevelir ?
Où me noyer ?

BARTOLIN *revenant & tenant Adine par les bras.*

Ah ! ah ! notre future !
Vos avocats ſont d'aimable figure !
Dans le bareau vous choiſiſſez très-bien.
Venez, venez notre vieux praticien,
D'ici ſans bruit il vous faut diſparaître,
Et vous irez plaider par la fenêtre,
Allons, & vîte.

DORFISE.

Ecoutez-moi ; pardon,
Mon cher mari !

ADINE.

Lui, ſon mari !

BARTOLIN *à Adine.*

Fripon !
Il faut d'abord commencer ma vengeance,
Par l'étriller à ſes yeux d'importance.

ADINE.

Hélas ! monsieur, je tombe à vos genoux,
Je ne saurais mériter ce courroux.
Vous me plaindrez, si je me fais connaître,
Je ne suis point ce que je peux paraître.

BARTOLIN.

Tu me parais un vau-rien, mon ami,
Fort dangereux, & tu seras puni.
Viens-ça, viens-çà !

ADINE.

Ciel ! au secours ! à l'aide !
De grace, hélas !

DORFISE.

La rage le possède.
A mon secours tous mes voisins !

BARTOLIN.

Tais-toi.

DORFISE, COLLETTE, ADINE.

A mon secours !

BARTOLIN *emmenant Adine.*

Allons, sors de chez moi.

SCENE V.

DORFISE, COLLETTE.

DORFISE.

IL va tuer ce pauvre enfant, Collette?
En quel état cet accident me jette!
Il me tuera moi-même.

COLLETTE.

Le malin
Vous fit signer avec ce Bartolin.

DORFISE.

En criant.
Ah! l'indigne homme! ah! comment s'en défaire?
Va-t-en chercher, Collette, un commissaire,
Va l'accuser.

COLLETTE.

De quoi?

DORFISE.

De tout.

COLLETTE.

Fort bien.
Où courez-vous?

DORFISE.

Hélas! je n'en sais rien.

SCENE VI.

Mde. BURLET, DORFISE, COLLETTE.

Mde. BURLET.

EH bien ! qu'eſt-ce, couſine ?

DORFISE.

Ah, ma couſine !

Mde. BURLET.

Il ſemblerait que l'on vous aſſaſſine,
Ou qu'on vous vole, ou qu'on vous bat, ou que
Dans le logis vous avez mis le feu,
Mon Dieu, quels cris ! quel bruit ! quel train, ma chère !

DORFISE.

Couſine, hélas ! apprenez mon affaire,
Mais gardez-moi le ſecret pour jamais.

Mde. BURLET *toujours gayement & avec vivacité.*

Je n'ai pas l'air de garder des ſecrets !
Je ſuis pourtant diſcrette comme une autre,
Couſine, eh bien ! quelle affaire eſt la vôtre ?

DORFISE.

Mon affaire eſt terrible ; c'eſt d'abord
Que je ſuis . . . .

Mde. BURLET.

Quoi ?

DORFISE.

Fiancée.

Mde. BURLET.

A Blanford ?
Eh bien ! tant mieux, c'eſt bien fait ; & j'approuve
Cet hymen-là, ſi le bonheur s'y trouve,
Je veux danſer à votre nôce.

DORFISE.

Hélas !
Ce Bartolin qui jure tant là-bas,
Qui de ſes cris ſcandaliſe le monde,
C'eſt le futur.

Mde. BURLET.

Eh bien, tant pis, je fronde
Ce mariage avec cet homme-là ;
Mais s'il eſt fait, le public s'y fera.
Eſt-il mari tout-à-fait ?

DORFISE *d'un ton modeſte.*

Pas encore,
C'eſt un ſecret que tout le monde ignore,
Notre contrat eſt dreſſé dès long-tems.

Mde. BURLET.

Fais-moi caſſer ce contrat.

DORFISE.

Les méchans
Vont tous parler, je ſuis... je ſuis outrée,
Ce maudit homme ici m'a rencontrée
Avec un jeune Turc, qui s'enfermait
En tout honneur dedans ce cabinet.

Mde. BURLET.

En tout honneur ! là, là, ta prud'homie
S'est donc enfin quelque peu démentie ?

DORFISE.

Oh, point du tout ! c'est un petit faux-pas,
Une faiblesse, & c'est la seule, hélas !

Mde. BURLET.

Bon ! une faute est quelquefois utile,
Ce faux-pas-là t'adoucira la bile,
Tu seras moins sévère.

DORFISE.

Ah ! tirez-moi,
Sévère ou non, du gouffre où je me voi.
Délivrez-moi des langues médisantes,
De Battolin, de ses mains violentes,
Et délivrez de ces périls pressans
Mon sage ami, qui n'a pas dix-huit ans.

En élevant la voix & en pleurant.

Ah ! voilà l'homme au contrat.

SCENE VII.

BARTOLIN, DORFISE, Mde. BURLET.

Mde. BURLET *à Bartolin.*

Quel vacarme !
Quoi ! pour un rien votre esprit se gendarme ?
Faut-il ainsi sur un petit soupçon
Faire pleurer ses amis !

BARTOLIN.

Ah ! pardon ;
Je l'avouerai, je suis honteux, mesdames,
D'avoir conçu de ces soupçons infâmes ;
Mais l'apparence enfin dut m'allarmer ;
En vérité, pouvais-je présumer,
Que ce jeune homme, à ma vue abusée,
Fût une fille en garçon déguisée.

DORFISE *à part.*

En voici bien d'un autre.

Mde. BURLET.

Tout de bon ?
Madame a pris fille pour un garçon ?

BARTOLIN.

Le pauvre enfant est encor tout en larmes ;
En vérité, j'ai pitié de ses charmes.
Mais pourquoi donc ne me pas avertir
De ce qu'elle est ? pourquoi prendre plaisir,
A m'éprouver, à me mettre en colère ?

DORFISE *à part.*

Oh ! oh ! le drôle a-t-il pu si bien faire,
Qu'à Bartolin il ait persuadé,
Qu'il était fille, & se soit évadé ?
Le tour est bon ! mon Dieu, l'enfant aimable !
Que l'amour a d'esprit ! (*à Bartolin.*) Homme haïssable,
Eh bien, méchant, répons, oseras-tu
Faire un affront encor à la vertu ?
La pauvre fille, avec pleine assurance,
Me confiait son aimable innocence,
Madame sait avec combien d'ardeur
Je me chargeais du soin de son honneur !
Il te faudrait une franche coquette,
Je te l'avoue, & je te la souhaite ;
J'éclaterai, je me perds, je le sai,
Mais mon contrat sera ma foi cassé.

BARTOLIN.

Je sais qu'il faut qu'en cas pareil on crie,

A Dorfise.

Mais criez donc un peu moins, je vous prie.

A mde. Burlet.

Accordons-nous.... Et vous, par charité,
Que tout ceci ne soit point éventé.
J'ai cent raisons pour cacher ce mystère.

DORFISE *à Mde. Burlet.*

Vous me sauvez si vous savez vous taire,
N'en parlez pas au bon monsieur Blanford.

Mde. BURLET.

Moi ? volontiers.

BARTOLIN.

Vous m'obligerez fort.

SCENE VIII.

DORFISE, Mde. BURLET, BARTOLIN, COLLETTE.

COLLETTE.

BLanford eſt là, qui dit, qu'il faut qu'il monte.

DORFISE.

O contre-tems, qui toujours me démonte !

A Bartolin.

Laiſſez-moi ſeul, allez le recevoir.

BARTOLIN.

Mais . . . .

DORFISE.

Mais après ce que l'on vient de voir,
Après l'éclat d'une telle injuſtice,
Il vous ſied bien de montrer du caprice.
Obéiſſez. Faites-vous cet effort.

SCENE IX.

DORFISE, Mde. BURLET.

Mde. BURLET

EN vérité, je me rejouis fort,
De voir qu'ainsi la chose soit tournée.
Du prétendu la visière est bornée.
Je m'étonnais, ma cousine, entre nous,
Que ta cervelle eût choisi cet époux;
Mais ce cas-ci me surprend davantage,
Prendre pour fille un garçon! à son âge!
Ah! les maris seront toujours bernés,
Jaloux & sots, & conduits par le nez.

DORFISE.

Je n'entends rien, madame, à ce langage,
Je n'avais pas mérité cet outrage.
Quoi, vous pensez qu'un jeune homme en effet
Se soit caché là, dans ce cabinet?

Mde. BURLET.

Assurément je le pense, ma chère.

DORFISE.

Quand mon mari vous a dit le contraire!

Mde. BURLET.

Apparemment que ton mari futur
A cru la chose, & n'a pas l'œil bien sûr?
N'avez-vous pas ici conté vous-même,
Qu'un beau garçon . . . .

DORFISE.

L'extravagance extrême !
Qui ? moi ? jamais ; moi ? je vous aurais dit ...
A ce point-là j'aurais perdu l'esprit ?
Ah ! ma cousine, écoutez, prenez garde,
Quand de léger la langue se hasarde
A débiter des discours médisans,
Calomnieux, inventés, outrageans,
On s'en repent bien souvent dans la vie.

Mde. BURLET.

Il est bon là ! moi, je te calomnie ?

DORFISE.

Assurément, & je vous jure ici.

Mde BURLET.

Ne jure pas.

DORFISE.

Si fait, je jure.

Mde. BURLET.

Eh, fi !
Va, mon enfant, de toute cette histoire
Je ne croirai que ce qu'il faudra croire.
Prens un mari, deux même, si tu veux,
Et trompe-les, bien ou mal, tous les deux,
Fais-moi passer des garçons pour des filles,
Avec cela gouverne vingt familles,
Et donne-toi pour personne de bien,
Tiens ; tout cela ne m'embarrasse en rien.
J'admire fort ta sagesse profonde,
Tu mets ta gloire à tromper tout le monde.
Je mets la mienne à m'en bien divertir ;
Et, sans tromper, je vis pour mon plaisir.
Adieu, mon cœur, ma mondaine faiblesse
Baise les mains à ta haute sagesse.

SCENE

SCENE X.

DORFISE, COLLETTE.

DORFISE.

La folle va me décrier par tout,
Ah ! mon honneur, mon esprit sont à bout.
A mes dépens les libertins vont rire,
Je vois Dorfise un plastron de satyre ;
Mon nom niché dans cent couplets malins,
Aux chansonniers va fournir des refrains,
Monsieur Blanford croira la médisance,
L'autre futur en va prendre vengeance ;
Comment plâtrer ce scandale affligeant ?
En un seul jour deux époux, un amant ?
Ah ! que de trouble, & que d'inquiétude !
Qu'il faut souffrir quand on veut être prude !
Et que sans craindre, & sans affecter rien,
Il vaudrait mieux être femme de bien !
Allons. Un jour nous tâcherons de l'être.

COLLETTE.

Allons, tâchons du moins de le paraître.
C'est bien assez quand on fait ce qu'on peut,
N'est pas toujours femme de bien qui veut.

Fin du troisiéme Acte.

ACTE IV.

SCENE PREMIERE.

DORFISE, COLLETTE.

DORFISE.

SANS doute on a conjuré ma ruine.
Si je pouvais revoir ce jeune Adine !
Il eſt ſi doux, ſi ſage, ſi diſcret !
Il me dirait ce qu'on dit, ce qu'on fait.
On pourrait prendre avec lui des meſures
Qui rendraient bien mes affaires plus ſûres.
Hélas ! que faire ?

COLLETTE.

Eh bien, il le faut voir.
Honnêtement lui parler.

DORFISE.

Vers le ſoir.
Chère Collette ; ah ! s'il ſe pouvait faire,
Qu'un bon ſuccès couronnât ce myſtère,
Si je pouvais conſerver prudemment
Toute ma gloire, & garder mon amant !
Hélas ! qu'au moins un des deux me demeure.

COLLETTE.

Un d'eux ſuffit.

DORFISE.

Mais as-tu tout-à-l'heure
Recommandé qu'ici le chevalier
Avec grand bruit vînt en particulier ?

COLLETTE.

Il va venir ; il est toujours le même,
Et prêt à tout, car il croit qu'il vous aime.

DORFISE.

Il peut m'aider ; le sage en ses desseins
Se sert des fous, pour aller à ses fins.

SCENE II.

DORFISE, le chevalier MONDOR, COLLETTE.

DORFISE.

VEnez, venez ; j'ai deux mots à vous dire.

Le chevalier MONDOR.

Je suis soumis, madame, à votre empire,
Votre captif, & votre chevalier,
Faut-il pour vous batailler, ferailler,
Malgré votre ame à mes desirs revêche,
Me voilà prêt, parlez, je me dépêche.

DORFISE.

Est-il bien vrai que j'ai sû vous charmer ?
Et m'aimez-vous, là, comme il faut aimer ?

Le chevalier MONDOR.

Oui, mais cessez d'être si respectable.
La beauté plaît ; mais je la veux traitable.
Trop de vertu sert à faire enrager,
Et mon plaisir c'est de vous corriger.

DORFISE.

Que pensez-vous de notre jeune Adine ?

Le chevalier MONDOR.

Moi ! rien, je suis rassuré par sa mine.
Hercule & Mars n'ont jamais à vingt ans
Pû redouter des Adonis enfans.

DORFISE.

Vous me plaisez par cette confiance:
Vous en aurez la juste récompense,
Peut-être, on dit, qu'en un secret lien
Je suis entrée, il faut n'en croire rien ;
De cent amans lorgnée & fatiguée,
Vous seul enfin, vous m'avez subjuguée.

Le chevalier MONDOR.

Je m'en doutais.

DORFISE.

Je veux par de saints nœuds
Vous rendre sage, & qui plus est, heureux.

Le chevalier MONDOR.

Heureux ! allons, c'est assez, la sagesse
Ne me va pas ; mais notre bonheur presse.

DORFISE.

D'abord j'exige un service de vous.

Le chevalier MONDOR.

Fort bien, parlez tout franc à votre époux.

DORFISE.

Il faut ce soir, mon très-cher, faire en sorte,
Que la cohue aille ailleurs qu'à ma porte,
Que ce Blanford, si fier, & si chagrin,
Et ma cousine, & son fat de Darmin,
Et leurs parens, & leur folle sequelle,
De tout le soir ne troublent ma cervelle.
Puis à minuit un notaire sera
Dans mon alcove, & notre hymen fera;
Vous y viendrez par une fausse porte;
Mais point avant.

Le chevalier MONDOR.

Le plaisir me transporte.
Du sieur Blanford que je me moquerai!
Qu'il sera sot, que je l'arrêterai!
Que de brocards!

DORFISE.

Au moins sous ma fenêtre
Avant minuit gardez-vous de paraître;
Allez-vous-en, partez, soyez discret.

Le chevalier MONDOR.

Ah, si Blanford savait ce grand secret!

DORFISE.

Mon Dieu! sortez, on pourrait nous surprendre.

Le chevalier MONDOR.

Adieu, ma femme.

DORFISE.

Adieu.

Le chevalier MONDOR.

Je vais attendre.
L'heure de voir, par un charmant retour,
La pruderie immolée à l'amour.

SCENE III.

DORFISE, COLLETTE.

COLLETTE.

A Vos desseins je ne puis rien comprendre;
C'est un énigme.

DORFISE.

Eh bien! tu vas l'entendre.
J'ai fait promettre à ce beau chevalier
De taire tout! il va tout publier.
C'en est assez, sa voix me justifie,
Blanford croira que tout est calomnie,
Il ne verra rien de la vérité;
Ce jour au moins je suis en sûreté,
Et dès demain, si le succès couronne
Mes bons desseins, je ne craindrai personne.

COLLETTE.

Vous m'enchantez; mais vous m'épouvantez,
Ces piéges-là, sont-ils bien ajustés?
Craignez-vous point de vous laisser surprendre
Dans les filets que vos mains savent tendre?
Prenez-y garde.

DORFISE.

Helas ! Collete, hélas !
Qu'un ſeul faux-pas entraîne de faux-pas !
De faute en faute on ſe fourvoye, on gliſſe ;
On ſe racroche, on tombe au précipice ;
La tête tourne ; on ne ſait où l'on va ;
Mais j'ai toujours le jeune Adine, là,
Pour l'obtenir, & pour que tout s'accorde,
Il reſte encor à mon arc une corde ;
Le chevalier à minuit croit venir.
Mon jeune amant le ſaura prévenir.
Il faut qu'il vienne à neuf heures, Collette,
Entends-tu bien ?

COLLETTE.

Vous ſerez ſatisfaite.

DORFISE.

On le croit fille, à ſon air, à ſon ton,
A ſon menton doux, liſſe & ſans coton,
Dis-lui, qu'en fille il eſt bon qu'il s'habille,
Que décemment il s'introduiſe en fille.

COLLETTE.

Puiſſe le ciel bénir vos bons deſſeins !

DORFISE.

Cet enfant-là calmerait mes chagrins ;
Mais le grand point c'eſt que l'on imagine,
Que tout le mal vient de notre couſine.
C'eſt que Blanford ſoit par lui convaincu,
Qu'Adine ici pour une autre eſt venu,
Qu'il ſoit toujours dupe de l'apparence.

COLLETTE.

Oh, qu'il eſt bon à tromper ! car il penſe

Tout le mal d'elle, & de vous tout le bien.
Il croit tout voir bien clair, & ne voit rien.
J'ai confirmé que c'est notre rieuse,
Qui du jeune homme est tombée amoureuse.

DORFISE.

Ah ! c'est mentir tant soit peu ; j'en convien,
C'est un grand mal ; mais il produit un bien.

SCENE IV.

BLANFORD, DORFISE.

BLANFORD.

O Mœurs ! ô tems ! corruption maudite,
Elle s'est fait rendre déja visite
Par cet enfant simple, ingénu, charmant,
Elle voulait en faire son amant,
Elle employait l'art des subtiles trames
De ces filets, où l'amour prend les ames.
Hom ! la coquette !

DORFISE.

Ecoutez, après tout
Je ne crois pas qu'elle ait jusques au bout
Osé pousser cette tendre avanture ;
Je ne veux point lui faire cette injure,
Il ne faut pas mal penser du prochain ;
Mais on était, me semble, en fort bon train.
Vous connaissez nos coquettes de France.

BLANFORD.

Tant ?

DORFISE.

Un jeune homme avec l'air d'innocence
Paraît à peine ; on vous le court par-tout.

BLANFORD.

Oui, la vertu plaît au vice ſur-tout.
Mais, dites-moi, comment pouvez-vous faire
Pour ſupporter gens d'un tel caractère ?

DORFISE.

Je prends la choſe aſſez patiemment.
Ce n'eſt pas tout.

BLANFORD.

Comment donc ?

DORFISE.

Oh ! vraiment,
Vous allez bien apprendre une autre hiſtoire,
Ces étourdis prétendent faire accroire,
Qu'en tapinois j'ai moi de mon côté
De cet enfant convoité la beauté.

BLANFORD.

Vous ?

DORFISE.

Moi ; l'on dit que je veux le ſéduire.

BLANFORD.

J'en ſuis charmé, voilà bien de quoi rire.
Qui, vous ?

DORFISE.

Moi-même, & que ce beau garçon.

BLANFORD.

Bien inventé, le tour me semble bon.

DORFISE.

Plus qu'on ne pense ; on m'en donne bien d'autres.
Si vous saviez quels malheurs sont les nôtres,
On dit encor que je dois me lier
En mariage au fou de chevalier :
Cette nuit même.

BLANFORD.

Ah, ma chère Dorfise !
Plus contre vous la calomnie épuise
L'acier tranchant de ses traits empestés,
Et plus mon cœur, épris de vos beautés,
Saura défendre une vertu si pure.

DORFISE.

Vous vous trompez bien fort, je vous le jure.

BLANFORD.

Non, croyez-moi, je m'y connais un peu :
Et j'aurais mis ces quatre doigts au feu ;
J'aurais juré qu'aujourd'hui la cousine
Aurait lorgné notre petit Adine.
Pour être honnête, il faut de la raison,
Quand on est fou, le cœur n'est jamais bon ;
Et la vertu n'est que le bon sens-même.

A part.

Je plains Darmin, je l'estime, je l'aime.
Mais il est fait pour être un peu mocqué,
C'est malgré moi qu'il s'était embarqué
Sur un vaisseau si frêle & si fragile.

SCENE V.

BLANFORD, DORFISE, DARMIN, Mde. BURLET.

Mde. BURLET.

Quoi ? toujours noir, sombre, pétri, débile,
Moralisant, grondant dans ton dépit
Le genre humain qui l'ignore, ou s'en rit ?
Vertueux fou, finis tes soliloques,
Suis-moi, je viens d'acheter vingt breloques,
J'en ai pour toi. Viens chez le chevalier,
Il nous attend, il doit nous fétoyer.
J'ai demandé quelque peu de musique,
Pour dérider ton front mélancolique.
Après cela te prenant par la main,
Nous danserons jusques au lendemain.

à Dorfise.

Tu danseras, madame, la sucrée.

DORFISE.

Modérez-vous, cervelle évaporée ;
Un tel propos ne peut me convenir,
Et de tantôt il faut vous souvenir.

Mde. BURLET.

Bon, laisse-là ton tantôt, tout s'oublie,
Point de mémoire est ma philosophie.

DORFISE *à Blanford.*

Vous l'entendez, vous voyez si j'ai tort,
Adieu, monsieur, le scandale est trop fort.
Je me retire.

BLANFORD.

Eh, demeurez, madame !

DORFISE.

Non, voyez-vous, tout cela perce l'ame,
L'honneur...

Mde. BURLET.

Mon dieu, parle nous moins d'honneur,
Et ſois honnête.

Dorfiſe ſort.

DARMIN *à Mde. Burlet.*

Elle a de la douleur.
L'ami Blanford ſait déjà quelque choſe.

Mde. BURLET.

Oh, comme il faut que tout le monde cauſe !
Darmin & moi nous n'en avons dit rien,
Nous nous taiſions.

BLANFORD.

Vraiment, je le crois bien ;
Oſeriez-vous me faire confidence
De tels excès, de telle extravagance ?

DARMIN.

Non. Ce ſerait vous navrer de douleur.

Mde. BURLET.

Nous connaiſſons trop bien ta belle humeur,
Sans en vouloir épaiſſir les nuages.
En te bridant le nez de tes outrages.

BLANFORD.

Mourez de honte, allez & cachez-vous.

Mde. BURLET.

Comment ? pourquoi ? fallait-il entre nous
Venir troubler le repos de ta vie,
Couvrir tout haut Dorsise d'infamie,
Et présenter aux railleurs dangereux
De ton affront le plaisir scandaleux ?
Tiens ; je suis vive, & franche, & familiere.
Mais je suis bonne, & jamais tracassiere.
Je te verrais par ton ami trompé,
Et comme il faut par ta femme dupé,
Je t'entendrais chansonner par la ville,
J'aurais cent fois chanté ton vaudeville,
Que rien par moi tu n'apprendrais jamais,
J'ai deux grands buts, le plaisir & la paix.
Je fuis, je hais presque autant que je m'aime,
Les faux rapports & les vrais, tout de même ;
Vivons pour nous, va, bien sot est celui,
Qui fait son mal des sottises d'autrui.

BLANFORD.

Et ce n'est pas d'autrui, tête legère,
Dont il s'agit, c'est votre propre affaire ;
C'est vous.

Mde. BURLET.

Moi ?

BLANFORD.

Vous, qui sans respecter rien,
Avez séduit un jeune homme de bien ;
Vous, qui voulez mettre encor sur Dorsise
Cette effroyable & honteuse sottise.

Mde. BURLET.

Le trait eſt bon ; je ne m'attendais pas,
Je te l'avoue, à de pareils éclats ;
Quoi c'eſt donc moi, qui tantôt...

BLANFORD.

Oui ; vous-même.

Mde. BURLET.

Avec Adine ?

BLANFORD.

Oui.

Mde. BURLET.

C'eſt donc moi qui l'aime ?

BLANFORD.

Aſſurément.

Mde. BURLET.

Qui, dans mon cabinet,
L'avait caché ?

BLANFORD.

Certes, le fait eſt net.

Mde. BURLET.

Fort bien, voilà de très-belles penſées,
Je les admire ; elles ſont fort ſenſées,
Ma foi, tu joins mon cher homme entêté,
Le ridicule avec la probité.
Il me paraît que ta triſte cervelle
De Don Quichotte a ſuivi le modèle.
Très-honnête-homme, inſtruit, brave, ſavant,
Mais dans un point toujours extravagant,

Garde-toi bien de devenir plus ſage,
On y perdrait ; ce ſerait grand dommage :
L'extravagance a ſon mérite. Adieu.
Venez Darmin.

SCENE VI.

BLANFORD, DARMIN.

BLANFORD.

Non, demeurez, morbleu !
J'ai votre honneur à cœur, & j'en enrage,
Il faut quitter cette fourbe volage,
De ſes filets retirer votre foi,
La mépriſer, ou bien rompre avec moi.

DARMIN.

Le choix eſt triſte, & mon cœur vous confeſſe,
Qu'il aime fort ſon ami, ſa maîtreſſe.
Mais ſe peut-il que votre eſprit chagrin
Juge toujours ſi mal du cœur humain ?
Voyez-vous pas qu'une femme hardie
Tiſſut le fil de cette perfidie,
Qu'elle vous trompe, & de ſon propre affront
Veut à vos yeux flétrir un autre front ?

BLANDORD.

Voyez-vous pas, homme à cervelle creuſe,
Qu'une inſenſée & fauſſe & ſcandaleuſe
Vous a choiſi pour être ſon plaſtron,
Que vous gobez comme un ſot l'hameçon,

Qu'elle veut voir juſqu'où ſa tyrannie
Peut s'éxercer ſur votre plat génie.

DARMIN.

Tout plat qu'il eſt, daignez interroger
Le ſeul témoin par qui l'on peut juger.
J'ai fait venir ici le jeune Adine,
Il vous dira le fait.

BLANFORD.

Bon, je devine
Que la friponne aura par ſon caquet
Très-bien ſifflé ſon jeune perroquet.
Qu'il vienne un peu, qu'il vienne me ſéduire !
Je ne croirai rien de ce qu'il va dire.
Je vois de loin, je vois que vous cherchez,
Avec le jeu de cent reſſorts cachés,
A dénigrer, à perdre ma maîtreſſe,
Pour me donner je ne ſai quelle niéce,
Dont vous m'avez tant vanté les attraits ;
Mais touchez-là, j'y renonce à jamais.

DARMIN.

Soit, mais je plains votre excès d'imprudence ;
D'une perfide eſſuyer l'inconſtance
N'eſt pas ſans doute un cas bien affligeant ;
Mais c'eſt un mal de perdre ſon argent.
C'eſt-là le point. Bartolin, ce brave homme,
A-t-il enfin reſtitué la ſomme ?

BLANFORD.

Que vous importe ?

DARMIN.

Ah ! pardon, je croyais,
Qu'il m'importait. J'ai tort, je me trompais.

Adine vient ; pour moi je me retire,
Par lui du moins tâchez de vous inſtruire.
Si c'eſt de lui que vous vous défiez,
Vous avez tort plus que vous ne croyez ;
C'eſt un cœur noble & vous pourrez connaître,
Qu'il n'était pas ce qu'il a pû paraître.

SCENE VII.

BLANFORD, ADINE.

BLANFORD.

OUais ! les voilà fortement acharnés,
A me vouloir conduire par le nez.
Oh que Dorfiſe eſt bien d'une autre eſpéce ;
Elle ſe tait, en proye à ſa triſteſſe,
Sans affecter un air trop empreſſé,
Trop confiant, & trop embarraſſé,
Elle me fuit, elle eſt dans ſa retraite ;
Et c'eſt ainſi que l'innocence eſt faite.
Or ça jeune homme avec ſincérité,
De point en point dites la vérité ;
Vous m'êtes cher & la belle nature
Paraît en vous incorruptible & pure.
Mes vœux ne vont qu'à vous rendre parfait
N'abuſez point de ce penchant ſecret.
Si vous m'aimez, ſongez bien, je vous prie,
Qu'il s'agit là du bonheur de ma vie.

ADINE.

Oui, je vous aime, oui, oui, je vous promets,
Que je ne veux vous abuſer jamais.

BLANFORD.

J'en ſuis charmé. Mais dites-moi de grace
Ce qui s'eſt fait, & tout ce qui ſe paſſe.

ADINE.

D'abórd Dorfiſe.

BLANFORD.

Alte-là ; mon mignon,
C'eſt ſa couſine ; avouez-le moi.

ADINE.

Non.

BLANFORD.

Eh bien, voyons.

ADINE.

Dorfiſe à ſa toilette
M'a fait venir par la porte ſecrette.

BLANFORD.

Mais ce n'eſt pas pour Dorfiſe.

ADINE.

Si fait.

BLANFORD.

C'eſt de la part de madame Burlet.

ADINE.

Eh non, monſieur, je vous dis que Dorfiſe
S'était pour moi de bienveillance épriſe.

BLANFORD.

Petit fripon !

ADINE.

L'excès de ses bontés
Etait tout neuf à mes sens agités ;
Un tel amour n'est pas fait pour me plaire ;
Je ne sentais qu'une juste colère,
Je m'indignais, monsieur, avec raison,
Et de sa flamme & de sa trahison,
Et je disais que si j'étais comme elle,
Assurément je serais plus fidelle.

BLANFORD

Ah le pendard ! comme on a préparé
De ses discours le poison trop sucré !
Eh bien, après !

ADINE.

Eh bien, son éloquence
Déja prenait un peu de véhémence.
Soudain, monsieur, elle jette un grand cri.
On heurte, on entre, & c'était son mari.

BLANFORD.

Son mari ? bon, quels sots contes j'écoute !
C'était ce fou de chevalier sans doute.

ADINE.

Oh non, c'était un véritable époux,
Car il était bien brutal, bien jaloux ;
Il menaçait d'assassiner sa femme,
Il la nommait fausse, perfide, infâme.
Il prétendait me tuer aussi moi,
Sans que je susse hélas ! trop bien pourquoi ?
Il m'a fallu conjurer sa furie
A deux genoux de me sauver la vie,
J'en tremble encor de peur.

BLANFORD.

Eh le poltron !
Eh ce mari, voyons, quel eſt ſon nom ?

ADINE.

Oh ! je l'ignore.

BLANFORD.

Oh, la bonne impoſture !
Ça peignez-moi, s'il ſe peut, ſa figure.

ADINE.

Mais il me ſemble, autant que l'a permis
L'horrible effroi qui troublait mes eſprits,
Que c'eſt un homme à fort méchante mine,
Gros, court, baſſet, nez camard, large échine,
Le dos en voûte, un teint jaûne, & tanné ;
Un ſourcil gris, un œil de vrai damné.

BLANFORD.

Le beau portrait ! qui puis-je y reconnaître ?
Jaune, tanné, gris, gros, court, qui peut-ce être ?
En vérité, vous vous moquez de moi.

ADINE.

Eprouvez donc, monſieur, ma bonne foi !
Je vous apprends que la même perſonne
Ce ſoir chez elle un rendez-vous me donne.

BLANFORD.

Un rendez-vous chez madame Burlet ?

ADINE.

Eh non ; jamais ne ſerez-vous au fait ?

BLANFORD.

Quoi, chez madame?

ADINE.

Oui.

BLANFORD.

Chez elle?

ADINE.

Oui, vous dis-je.

BLANFORD.

Que cette intrigue & m'étonne, & m'afflige,
Un rendez-vous? Dorfise, vous, ce soir?

ADINE.

Si vous voulez; vous y pourrez me voir,
Ce même soir, sous un habit de fille
Qu'elle m'envoye, & duquel je m'habille.
Par l'huis secret je dois être introduit
Chez cet objet dont l'amour vous séduit,
Chez cet objet si fidèle & si sage.

BLANFORD.

Ceci commence à me remplir de rage;
Et j'apperçois d'un ou d'autre côté,
Toute l'horreur de la déloyauté.
Ne mens-tu point?

ADINE.

Mon ame mal connue
Pour vous, monsieur, se sent trop prévenue,
Pour s'écarter de la sincérité.
Votre cœur noble aime la vérité,

Je l'aime en vous, & je lui ſuis fidèle.

BLANFORD.

Ah le flatteur !

ADINE.

Doutez-vous de mon zèle !

BLANFORD.

Ouf...

SCENE VIII.

BLANFORD, ADINE, le chevalier MONDOR.

Le chevalier MONDOR.

ALlons donc ; peux-tu faire languir
Nos conviés, & l'heure du plaiſir ?
Tu n'eus jamais dans ta mélancolie
Plus de beſoin de bonne compagnie.
Conſole-toi ; tes affaires vont mal,
Tu n'es pas fait pour être mon rival.
Je t'ai bien dit que j'aurais la victoire ;
Je l'ai, mon cher, & ſans beaucoup de gloire.

BLANFORD.

Que penſes-tu m'apprendre ?

Le chevalier MONDOR.

Oh, preſque rien !
Nous épouſons ta maîtreſſe.

BLANFORD.

Ah! fort bien,
Nous le savions.

Le chevalier MONDOR.

Quoi, tu sais qu'un Notaire? ....

BLANFORD.

Oui, je le sais. Il ne m'importe guère.
Je connais tout le complot; se peut-il,
Qu'on en ait pu si mal ourdir le fil?

Au petit Adine.

Ce rendez-vous, quand il serait possible,
Avec le vôtre est tout incompatible.
Ai-je raison? parle, en es-tu frappé?
Tu me trompais, ou l'on t'avait trompé.
Je te crois bon, ton cœur sans artifice
Est apprenti dans l'école du vice.
Un esprit simple, un cœur neuf & trop bon,
Est un outil dont se sert un fripon.
N'es-tu venu, cruel, que pour me nuire?

ADINE.

Ah! c'en est trop; gardez-vous de détruire,
Par votre humeur, & votre vain courroux,
Cette pitié qui parle encor pour vous.
C'est elle seule à présent qui m'arrête,
N'écoutez rien, faites à votre tête,
Dans vos chagrins noblement affermi,
Soupçonnez bien quiconque est votre ami,
Croyez sur-tout quiconque vous abuse,
Que votre humeur & m'outrage, & m'accuse,
Mais apprenez à respecter un cœur,
Qui n'est pour vous ni trompé ni trompeur.

Le chevalier MONDOR.

En tiens-tu ? là ! le dépit te ſuffoque,
Juſqu'aux enfans, chacun de toi ſe moque,
Deviens plus ſage, il faut tout oublier
Dans le vin grec, où je vais te noyer.
Viens, bel enfant !

SCENE IX.

BLANFORD, ADINE.

BLANFORD.

Demeure encor, Adine ;
Tu m'as ému, ta douleur me chagrine.
Je ſais que j'ai ſouvent un peu d'humeur ;
Mais tu connais tout le fonds de mon cœur.
Il eſt né juſte, il n'eſt que trop ſenſible ;
Tu vois quel eſt mon embarras horrible.
Aurais-tu bien le plaiſir malfaiſant,
De t'égayer à croître mon tourment ?
Parle-moi vrai, mon fils, je t'en conjure.

ADINE.

Vous êtes bon, mon ame eſt auſſi pure,
Je n'ai jamais connu juſqu'à préſent,
Je l'avouerai, qu'un ſeul déguiſement ;
Mais ſi mon cœur en un point ſe déguiſe,
Je ne mens pas ſur vous & ſur Dorfiſe ;
Je plains l'amour qui ſur vos yeux diſtraits,
Mit dès long-tems un bandeau trop épais,
Et je ſens bien que l'amour peut ſéduire ;
Sur tout ceci tâchez de vous inſtruire ;

C'eſt

C'eſt l'amour ſeul qui doit tout réparer ;
Il vous aveugle, il doit vous éclairer.

Elle ſort.

BLANFORD *ſeul.*

Que veut-il dire & quel eſt ce myſtère ?
Il faut, dit-il, que l'amour ſeul m'éclaire ;
Il ſe déguiſe ; il ne ment point ; ma foi,
C'eſt un complot pour ſe moquer de moi ;
Le chevalier, Darmin & ma couſine,
Et Bartolin & le petit Adine,
Dorfiſe, enfin, & Collette & mon cœur,
Le monde entier redoublent mon humeur.
Monde maudit qu'à bon droit je mépriſe,
Ramas confus de fourbe & de ſottiſe,
S'il faut opter, ſi dans ce tourbillon
Il faut choiſir d'être dupe ou fripon ;
Mon choix eſt fait, je bénis mon partage,
Ciel, rends-moi dupe, & rends-moi juſte & ſage.

Fin du quatriéme acte.

ACTE V.

SCENE PREMIERE.

BLANFORD *seul.*

QUe devenir ! où sera mon azile ?
Tous les chagrins m'arrivent à la file.
Je vais sur mer, un pirate maudit
Livre combat, & mon vaisseau périt ;
Je viens sur terre, on me dit qu'une ingrate,
Que j'adorais, est cent fois plus pirate !
Une cassette est mon unique espoir ;
Un Bartolin doit la rendre ce soir ;
Ce Bartolin, promet, remet, diffère,
Serait-ce encor un troisiéme corsaire !
J'attends Adine afin de savoir tout,
Il ne vient point. Chacun me pousse à bout,
Chacun me fuit ; voilà le fruit peut-être
De cette humeur dont je ne fus pas maître,
Qui me rendait difficile en amis,
Et confiant pour mes seuls ennemis !
S'il est ainsi, j'ai bien tort ; je l'avoue ;
Bien justement la fortune me joue.
A quoi me sert ma triste probité,
Qu'à mieux sentir que j'ai tout mérité ?
Quoi, cet enfant ne vient point ?

SCENE II.

BLANFORD, Mde. BURLET *passant sur le théâtre.*

BLANFORD *l'arrêtant.*

Ah ! madame,
Daignez calmer l'orage de mon ame,
Un mot de grace, un moment de loisir.
Où courez-vous ?

Mde. BURLET.

Souper, me réjouir,
Je suis pressée.

BLANFORD.

Ah ! j'ai dû vous déplaire,
Mais oubliez votre juste colère.
Pardonnez.

Mde. BURLET *en riant.*

Bon ! loin de me courroucer,
J'ai pardonné déjà sans y penser.

BLANFORD.

Elle est trop bonne ; eh bien qu'à ma tristesse
Votre humeur gaye un moment s'intéresse.

Mde. BURLET.

Va, j'ai gayement pour toi de l'amitié,
Beaucoup d'estime & beaucoup de pitié.

BLANFORD.

Vous plaindriez le destin qui m'outrage!

Mde. BURLET.

Ton destin, oui; ton humeur davantage.

BLANFORD.

Vous êtes vraie au moins; la bonne foi,
Vous le savez, a des charmes pour moi,
Parlez, Darmin n'aurait-il qu'un faux zèle,
Me trompe-t-il, est-il ami fidèle?

Mde. BURLET.

Viens, Darmin t'aime, & Darmin dans son cœur
A tes vertus avec plus de doueeur.

BLANFORD.

Et Bartolin?

Mde. BURLET.

Tu veux que je réponde
De Bartolin, du cœur de tout le monde,
Il est, je pense, un honnête caissier.
Pourquoi de lui veux-tu te défier?
C'est ton ami, c'est l'ami de Dorfise.

BLANFORD.

Dorfise! mais... parlez avec franchise,
Se pourrait-il que Dorfise en un jour
Pour un enfant eût trahi tant d'amour?
Et que veut dire encor en cette affaire
Ce chevalier qui parle de notaire?
Le bruit public est qu'il va l'épouser.

Mde. BURLET.

Les bruits publics doivent se mépriser.

BLANFORD.

Je ſors encor à l'inſtant de chez elle ;
Elle m'a fait ſerment d'être fidelle.
Elle a pleuré .... l'amour & la douleur
Sont dans ſes yeux, démentent-ils ſon cœur ?
Eſt-elle fauſſe ? & notre jeune Adine...
Quoi, vous riez ?

Mde. BURLET.

Oui, je ris de ta mine ;
Raſſure-toi. Va, pour cet enfant-là,
Crois que jamais on ne te quittera,
Sois-en très-ſûr. La choſe eſt impoſſible.

BLANFORD.

Ah ! vous calmez mon ame trop ſenſible ;
Le chevalier n'en trouble point la paix ;
Dorfiſe m'aime, & je l'aime à jamais.

Mde. BURLET.

A jamais ! c'eſt beaucoup.

BLANFORD.

Mais ſi l'on m'aime ?
Adine eſt donc d'une impudence extrême.
Il calomnie, & le petit fripon
A donc le cœur le plus gâté !

Mde. BURLET.

Lui ? non.
Il a le cœur charmant, & la nature
A mis dans lui la candeur la plus pure ;
Compte ſur lui.

BLANFORD.

Quels discours sont-ce-là ?
Vous vous moquez.

Mde. BURLET.

Je dis vrai.

BLANFORD.

Me voilà
Plus enfoncé dans mon incertitude ;
Vous vous jouez de mon inquiétude,
Vous vous plaisez à déchirer mon cœur.
Dorfise ou lui m'outrage avec noirceur ;
Convenez-en. L'un des deux est un traître,
Répondez donc.

Mde. BURLET *en riant.*

Cela pourrait bien être.

BLANFORD.

S'il est ainsi, vous voyez quels éclats.

Mde, BURLET.

Oh ! mais aussi cela peut n'être pas ;
Je n'accuse personne.

BLANFORD.

Hom ! que j'enrage.

Mde. BURLET.

N'enrage point, sois moins triste & plus sage.
Tiens, veux-tu prendre un parti qui soit sûr ?

BLANFORD.

Oui.

Mde. BURLET.

Laiſſe-là tout ce complot obſcur,
Point d'examen, point de tracaſſerie;
Tourne avec moi tout en plaiſanterie,
Prens ton argent chez monſieur Bartolin,
Vis avec nous uniment, ſans chagrin.
N'approfondis jamais rien dans la vie,
Et gliſſe-moi ſur la ſuperficie,
Connais le monde & ſais le tolérer,
Pour en jouir il le faut éfleurer.
Tu me traitais de cervelle légère,
Mais ſouviens-toi que la ſolide affaire,
La ſeule ici qu'on doive approfondir,
C'eſt d'être heureux, & d'avoir du plaiſir.

SCENE III.

BLANFORD *ſeul.*

ETre heureux! moi? le conſeil eſt utile;
Dirait-on pas que la choſe eſt facile?
Ce n'eſt qu'un rien, & l'on n'a qu'à vouloir.
Ah! ſi la choſe était en mon pouvoir!
Et pourquoi non? dans quelle gêne extrême
Je me ſuis mis pour m'outrager moi-même?
Quoi, cet enfant, Darmin, le chevalier
Par leurs diſcours auront pu m'effrayer?
Non, non, ſuivons le conſeil que me donne
Cette couſine; elle eſt folle, mais bonne.
Elle a rendu gloire à la vérité.
Dorfiſe m'aime, on eſt en ſureté.
Je ne veux plus rien voir, ni rien entendre.
Par cet Adine on voulait me ſurprendre,

Pour m'éblouir, & pour me gouverner.
Dans ces filets je ne veux point donner.
Darmin toujours est coëffé de sa niéce.
Que je la hais ! mais quelle étrange espéce....

Adine paraît dans le fond du théâtre.

Le voici donc ce malheureux enfant,
Qui cause ici tant de déchaînement !
On le prendrait, je crois, pour une fille.
Sous ces habits, que sa mine est gentille !
Jamais, ma foi, je ne m'étais douté,
Qu'il pût avoir cette fleur de beauté ;
Il n'a point l'air gêné dans sa parure,
Et son visage est fait pour sa coëffure.

SCENE IV.

BLANFORD, ADINE.

ADINE *en habit de fille.*

EH bien, monsieur, je suis tout ajusté,
Et vous saurez bientôt la vérité !

BLANFORD.

Je ne veux plus rien savoir de ma vie.
C'en est assez. Laissez-moi, je vous prie.
J'ai depuis peu changé de sentiment,
Je n'aime point tout ce déguisement.
Ne vous mêlez jamais de cette affaire,
Et reprenez votre habit ordinaire.

ADINE.

Qu'entends-je, hélas ! je m'apperçois enfin,
Que je ne puis changer votre destin,

Ni votre cœur, votre ame inaltérable
Ne connaît point la douleur qui m'accable ;
Vous en ſaurez les funeſtes effets ;
Je me retire. Adieu donc pour jamais.

BLANFORD.

Mais quels accens ? d'où viennent tes allarmes ?
Il eſt outré. Je vois couler ſes larmes.
Que prétend-il ? parlez, quel interêt
Avez-vous donc à ce qui me déplaît ?

ADINE.

Mon interêt, monſieur, était le vôtre ;
Juſqu'à préſent je n'en connus point d'autre.
Je vois quel eſt tout l'excès de mon tort,
Pour vous ſervir je faiſais un effort ;
Mais ce n'eſt pas le premier.

BLANFORD.

L'innocence
De ſon maintien, ſa modeſte aſſurance,
Son ton, ſa voix, ſon ingénuité,
Me font pencher preſque de ſon côté.
Mais cependant, tu vois, l'heure ſe paſſe,
Où ce projet plein de fourbe & d'audace
Devait, dis-tu, ſous mes yeux s'accomplir.

ADINE.

Auſſi j'entends une porte s'ouvrir.
Voici l'endroit, voici le moment même,
Où vous auriez pu ſavoir qui vous aime.

BLANFORD.

Eſt-il poſſible! eſt-il vrai? juſte Dieu!

ADINE *finement*.

Il me paraît très-poſſible.

BLANFORD.

En ce lieu
Demeurez donc, quoi, tant de fourberie ?
Dorfife ? non . . . .

ADINE.

Taifez-vous, je vous prie !
Paix, attendez, j'entends un peu de bruit,
On vient vers nous; j'ai peur, car il fait nuit.

BLANFORD.

N'ayez point peur.

ADINE.

Gardez donc le filence,
Voici quelqu'un fûrement qui s'avance.

SCENE V.

ADINE, BLANFORD *d'un côté*, DORFISE *de l'autre côté à tâtons.*

Le théâtre repréfente une nuit.

DORFISE.

J'Entends, je crois, la voix de mon amant.
Qu'il eft exact ! ah ! quel enfant charmant !

ADINE.

Chut.

DORFISE.

Chut, c'eft vous ?

ADINE.

Oui, c'eſt moi dont le zèle
Pour ce que j'aime eſt à jamais fidèle.
C'eſt moi, qui veut lui prouver en ce jour,
Qu'il me devait un plus tendre retour.

DORFISE.

Ah! je ne puis en donner un plus tendre;
Pardonnez-moi, ſi je vous fais attendre;
Mais Bartolin que je n'attendais pas
Dans le logis ſe promene à grands pas.
Il ſemble encor que quelque jalouſie
Malgré mes ſoins trouble ſa fantaiſie.

ADINE.

Peut-être il craint de voir ici Blanford,
C'eſt un rival bien dangereux.

DORFISE.

D'accord.
Hélas! mon fils, je me vois bien à plaindre.
Tout à la fois, il me faut ici craindre
Monſieur Blanford & mon maudit mari.
Lequel des deux eſt de moi plus haï,
Mon cœur l'ignore, & dans mon trouble extrême
Je ne ſais rien, ſinon que je vous aime.

ADINE.

Vous haïſſez Blanford, là, tout de bon?

DORFISE.

La crainte enfin produit l'averſion.

ADINE *finement.*

Et l'autre époux?

DORFISE.

A lui rien ne m'engage.

BLANFORD.

Que je voudrais !

ADINE *bas allant vers lui.*

Paix donc !

DORFISE.

En femme sage
J'ai consulté sur le contrat dressé,
Il est cassable, ah, qu'il sera cassé !
Qu'un autre hymen flatte mon espérance !

ADINE.

Quoi, m'épouser ?

DORFISE.

Je veux qu'avec prudence
Secretement nous partions tous les deux
Pour éviter un éclat scandaleux,
Et que bientôt, quand d'ici je m'éloigne,
Un lien sûr & bien serré nous joigne ;
Un nœud sacré, durable autant que doux.

ADINE.

Durable ! allons ! mais de quoi vivrons-nous ?

DORFISE.

Vous me charmez par cette prévoyance,
Ce qui me plaît en vous c'est la prudence.
Apprenez donc que ce guerrier Blanford,
Héros en mer, en affaire un butor,
Quand de Marseille il quitta les pénates,
Pour attaquer de Maroc les pirates,

M'a mis en main très-cordialement
Son cœur, sa foi, ses bijoux, son argent ;
Comme je suis non moins neuve en affaire,
L'autre mari s'en fit dépositaire.
Je vais reprendre & les bijoux & l'or,
Nous en allons aider Monsieur Blanford :
C'est un bon homme, il est juste qu'il vive,
Partageons vîte, & gardons qu'on nous suive.

ADINE.

Et que dira le monde ?

DORFISE.

Ah ! ses éclats
M'ont fait trembler lorsque je n'aimais pas.
Je l'ai trop craint, à présent je le brave,
C'est de vous seul que je veux être esclave.

ADINE.

Hélas ! de moi ?

DORFISE.

Je m'en vais sourdement
Chercher ce coffre à tous deux important ;
Attens ici, je revole sur l'heure.

SCENE VI.

BLANFORD, ADINE.

ADINE.

QU'en dites-vous, eh bien là ?

BLANFORD.

Que je meure,
S'il fut jamais un tour plus déloyal,
Plus enragé, plus noir, plus infernal;
Et cependant admirez, jeune Adine,
Comme à jamais dans nos ames domine
Ce vif instinct, ce cri de la vertu,
Qui parle encore dans un corrompu.

ADINE.

Comment ?

BLANFORD.

Tu vois, que la perfide n'ose
Me voler tout, & me rend quelque chose.

ADINE *avec un ton ironique.*

Oui, vous devez bien l'en remercier;
N'avez-vous pas encor à confier
Quelque cassette à cette honnête prude ?

BLANFORD.

Ah ! prens pitié d'une peine si rude
Ne tourne point le poignard dans mon cœur.

ADINE.

Je ne voulais que le guérir, monsieur,
Mais à vos yeux est-elle encor jolie ?

BLANFORD.

Ah ! qu'elle eſt laide après ſa perfidie !

ADINE.

Si tout ceci peut pour vous proſpérer,
De ſes filets ſi je peux vous tirer,
Puis-je eſpérer qu'en déteſtant ſes vices,
Votre vertu chérira mes ſervices ?

BLANFORD.

Aimable enfant, ſoyez ſûr que mon cœur
Croit voir ſon fils & ſon libérateur ;
Je vous admire & le ciel qui m'éclaire,
Semble m'offrir mon ange tutelaire ;
Ah ! de mon bien la moitié pour le moins,
N'eſt qu'un vil prix au-deſſous de vos ſoins.

ADINE.

Vous ne pouvez à préſent trop entendre,
Quel eſt le prix auquel je dois prétendre.
Mais votre cœur pourra-t-il refuſer
Ce que Darmin viendra vous propoſer ?

BLANFORD.

Ce que j'entends ſemble éclairer mon ame,
Et la percer avec des traits de flamme.
Ah ! de quel nom dois-je vous appeller,
Quoi, votre ſort ainſi s'eſt pu voiler ?
Quoi, j'aurais pu toujours vous méconnaître,
Et vous ſeriez ce que vous ſemblez être ?

ADINE *en riant.*

Qui que ce ſoit, de grace, taiſez-vous,
J'entends Dorfiſe, elle revient à nous.

DORFISE *en revenant avec la cassette.*

J'ai la cassette, enfin ; l'amour propice
A secondé mon petit artifice.
Tiens, mon enfant, prens vîte & détalons.
Tiens-tu bien ?

BLANFORD *à la place d'Adine qui lui donne la cassette.*

Oui.

DORFISE.

Le tout nous presse, allons.

SCENE VII.

BLANFORD, DORFISE, ADINE, BARTOLIN *l'épée à la main dans l'obscurité courant à Adine.*

BARTOLIN.

AH ! c'en est trop, arrête, arrête, infâme,
C'est bien assez de m'enlever ma femme ;
Mais pour l'argent !

ADINE *à Blanford.*

Eh ! monsieur, je me meurs.

BLANFORD *en se battant d'une main & en remettant la cassette à Adine de l'autre.*

Tiens la cassette.

SCENE VIII.

BLANFORD, DORFISE, ADINE, BARTOLIN, DARMIN, Mde. BURLET, COLLETTE, le chevalier MONDOR *une serviette & une bouteille à la main, des flambeaux.*

Mde. BURLET.

Ah ! ah ! quelles clameurs ?
Dieu me pardonne ! on se bat.

Le chevalier MONDOR.

Gare, gare,
Voyons un peu, d'où vient ce tintamare ?

ADINE *à Blanford.*

Hélas ! monsieur, seriez-vous point blessé ?

DORFISE *toute étonnée.*

Ah !

Mde. BURLET.

Qu'est-ce donc, qu'est-ce qui s'est passé ?

BLANFORD *à Bartolin qu'il a désarmé.*

Rien, c'est monsieur, homme à vertu parfaite,
Bon trésorier, grand gardeur de cassette,
Qui me prenait, sans me manquer en rien,
Tout doucement ma maîtresse & mon bien.
Grace, aux vertus de cet enfant aimable,
J'ai découvert ce complot détestable ;
Il a remis ma cassette en mes mains.

A Bartolin.

Va, je te laisse à tes mauvais destins,
Pour dire plus je te laisse à madame.
Mes chers amis, j'ai démasqué leur ame.
Et ce coquin . . . .

BARTOLIN *s'en allant.*

Adieu.

Le chevalier MONDOR.

Mon rendez-vous,
Que devient-il ?

BLANFORD.

On se moquait de vous.

Le chevalier MONDOR *à Blanford.*

De vous aussi m'est avis ?

BLANFORD.

De moi-même ?
J'en suis encor dans un dépit extrême.

Le chevalier MONDOR.

On te trompait comme un sot.

BLANFORD.

Que d'horreur !
O pruderie ! ô comble de noirceur !

Le chevalier MONDOR.

Eh, laisse-là toute la pruderie,
Et femme, & tout, viens boire, je te prie ;
Je traite ainsi tous les malheurs que j'ai.
Qui boit toujours n'est jamais affligé.

Mde. BURLET.

Je suis fâchée entre nous que Dorfise
Ait pû commettre une telle sottise.
Cela pourra d'abord faire jaser ;
Mais tout s'appaise & tout doit s'appaiser.

DARMIN.

Sortez enfin de votre inquiétude,
Et pour jamais gardez-vous d'une prude.
Savez-vous bien, mon ami, quel enfant
Vous a rendu votre honneur, votre argent,
Vous a tiré du fond du précipice,
Où vous plongeaït votre aveugle caprice ?

BLANFORD *regardant tendrement Adine.*

Mais...

DARMIN.

C'est ma niéce.

BLANFORD.

O ciel !

DARMIN.

C'est cet objet,
Qu'en vain mon zèle à vos vœux proposait,
Quand mon ami, trompé par l'infidelle,
Méprisait tout, haïssait tout pour elle.

BLANFORD.

Quoi, j'outrageais par d'indignes refus
Tant de beautés, de graces, de vertus !

ADINE.

Vous n'en auriez jamais eu connaissance,
Si ce hazard, mes bontés, ma constance

N'avaient levé les voiles odieux,
Dont une ingrate avait couvert vos yeux.

DARMIN.

Vous devez tout à ſon amour extrême,
Votre fortune & votre raiſon même.
Répondez donc, que doit-elle eſpérer?
Que voulez-vous, en un mot?

BLANFORD *en ſe jettant à ſes genoux.*

L'adorer.

Le chevalier MONDOR.

Ce changement eſt doux autant qu'étrange;
Allons, l'enfant, nous gagnons tous au change.

Fin du cinquiéme & dernier Acte, & du cinquiéme Volume.

www.ingramcontent.com/pod-product-compliance
Lightning Source LLC
Chambersburg PA
CBHW070754030726
47504CB00003B/549
* 9 7 8 2 3 2 9 0 0 7 6 3 2 *